For our sunshine, Joon

누들로드 PD의 세계 최고 요리학교 르 코르동 블뢰 생존기

Cook

쿡쿡

이욱정 지음

문학동네

차　례

Part 3 Superior - 요리하는 스토리텔러를 꿈꾸며

앙드레 J. 쿠앵트로 르 코르동 블뢰 회장
얀 바오고 런던분교 수석 셰프

　　나는 살면서 오늘 끼니는 무엇을 먹어야 하나를 오 분 이상 고민해본 적이 없다. 신기하게도 밥때가 되면, 바로 머릿속에 먹고 싶은 메뉴가 떠올랐다. 마치 신경회로 속에 평생 식단표가 입력되기라도 한 것처럼 그랬다. 더 신기한 것은 그 '자동인식' 메뉴 외에 다른 음식을 억지로 먹게 되면 나머지 하루가 즐겁지 않았고 어김없이 속탈이 났다. '위장의 숨김없는 목소리'를 그대로 따르는 것이 내 식생활의 정답이었다.

　　인생의 다른 선택도 그랬다. 프로듀서라는 직업을 선택할 때도, 프로그램을 제작할 때도 마찬가지였다. 한번 꽂히면 저질러봐야 직성이 풀렸고 도전의 결과와 관계없이 행복했다.

　　삼 년 전 여름, 대책 없이 요리유학을 결심했을 때도 마찬가지였다.

자정이 넘은 늦은 밤, 나는 그 주 일요일 방송될 〈주방의 철학자—한
식을 논하다〉를 편집하고 있었다. 마우스를 잠시 놓고 물끄러미 모니
터를 들여다보았다. 화면 속에는 미슐랭 쓰리스타 레스토랑을 운영하
는 스타 셰프 피에르 가니에르가 반짝이는 검은색 트라이엄프 바이크
를 몰고 파리 거리를 내달리고 있었다. 환갑이 넘은 프랑스 셰프가 은
발을 바람에 휘날리며 달리는 모습이 그토록 섹시해 보일 줄이야. 갑
자기 이런 생각이 들었다. 음식관련 프로그램을 여러 편 제작했고 셀
수 없이 많은 요리를 촬영했지만, 정작 내 손으로 만든 요리는 하나도
없구나. 명색이 음식 다큐멘터리를 찍는 연출자라면서 실제 조리경험
이라곤 회사 야유회 요리경력이 전부라니, 이건 야구 전문 프로듀서
가 글러브 한 번 만져보지 않은 것과 마찬가지 아닐까.

　　그냥 스쳐지나갈 수도 있었을 생각은 곧 결심으로 바뀌었다. '인생
은 물이 막 끓기 시작한 2.5리터 냄비야. 우왕좌왕하는 사이 펄펄 끓
던 물은 증발해버릴 것이고 영원할 것 같던 불꽃도 사그라질 거야.
더 늦기 전에 내가 가진 재료를 있는 대로 집어넣고 죽이든 밥이든
리소토든 무언가를 만들어야 돼.'

　　그것은 우연한 순간에 번쩍 떠오른 생각이 아니었다. 오랫동안 마
음속에 품어둔 갈망이자 배고픔이 비로소 내게 말을 걸어온 느낌이
었다. 아직 준비된 레시피는 없지만 꼭 한번 제대로 만들어보고 싶은
요리가 떠올랐다고나 할까. 내 인생접시에 담아내고픈 한 가지는 요
리사가 되어보는 것이었다.

　　사는 건 코스요리와 비슷하다. 세상맛을 배우는 애피타이저(전채

요리)가 지나면 본격적으로 자기가 원하는 일을 찾아 목표를 성취해야 하는 메인요리가 기다리고 있다. 그리고 마지막으로 느긋한 마음으로 즐기는 달콤한 디저트가 있다. 식당에서야 전채-메인-디저트가 순서대로 이어지지만 우리 인생에서는 꼭 그렇지만은 않다. 어떤 이의 인생은 달콤한 디저트부터 먼저 즐기다가 메인요리라는 도전의 시간을 영원히 맛보지 못하고 끝나기도 한다. 반면에, 일에 미쳐 버둥거리다가 달콤향긋한 디저트를 아예 맛보지 못하는 이도 있을 것이고, 평생 자기 길을 못 찾고 변죽만 울리다가 끝나는 전채요리 인생도 있을 것이다. 인생의 코스요리는 어찌 보면 공평하지도 않고 사람마다 순서도 제각각이다.

또한 레스토랑에서야 셰프가 차려준 식사를 먹는 손님 노릇만 하면 되지만 삶에서는 나 자신이 셰프가 된다. 주어진 삶의 시간 동안 내가 어떤 요리를 하느냐에 따라 내 인생의 질과 품격이 판가름난다. 물론 요리를 하다가 망치면 또다시 할 수 있듯이 직업을 바꿀 수도 있고, 결혼했다가 이혼을 할 수도 있고 사업을 벌였다가 말아먹고 다시 시작할 수도 있다. 하지만 인생 시계는 그사이에도 사정없이 똑딱똑딱 흘러간다.

두렵고 초조하기 때문에, 내 식으로 하다가 망치면 나만 혼자 뒤처질 거라는 공포 때문에 나만의 창의적인 레시피를 시도해볼 용기를 내지 못한다. 그래서 이유도 따지지 않고, 내가 마지막에 완성할 요리가 무엇이 될 것인지 깊이 생각하지 않고, 옆의 사람이 당근을 썰면 나도 당근을 썰고, 고기를 다지면 나도 열심히 고기를 다진다.

대학도, 직업도, 결혼도, 노후도 남들 하는 레시피대로 그냥 똑같은 접시에 똑같은 음식을 만들다 끝이 난다. 나는 그게 싫었다. 내 밥상은, 내 인생만은 나만의 레시피에 따라 요리하고 싶었다.

그러나 뒤이어 스멀스멀 피어오르는 걱정. 다큐멘터리 프로듀서 질 외에 다른 재주라곤 털끝만치도 없는 내가, 멋진 요리를 먹는 것은 섹스보다 황홀하다고 떠벌리면서도 막상 제대로 할 줄 아는 요리라곤 하나도 없는 내가, 심지어 넥타이나 구두끈조차 야무지게 매지 못하는 엉성한 손놀림을 가진 내가, 과연 이 두 손으로 프로들의 주방에서 자르고 익히고 지지고 볶을 수 있을까? 게다가 회사에는 뭐라고 이야기하고 떠나지? 적지 않은 유학자금은 어디서 어떻게 마련해야 하나? 머릿속을 가득 채울 걱정도 대책 없이 낙천적인 성격 덕택인지 순식간에 증발해버렸다. "그래 좋아, 한번 저질러볼까?" 그것이 500일 요리유학의 시작이었다.

Basic

직장 10년차,
서랍 속 꿈을 꺼내다

내 인생의
미션

어머니에게는 평생의 미션이 있었다. 바로 가족의 입맛이었다. 일본에서 태어나 그곳에서 중학교를 다니다가 한국에 들어와 살게 되었던 어머니는 돈가스, 카레, 스키야키 같은 일본 가정식 요리에 능하셨다(지금도 고로케는 여기저기서 먹어보았지만 어머니의 것이 단연 최고다). 일본 음식뿐이 아니었다. 어머니는 헌책방에서 일본어 요리책(1970년대만 해도 한국어 요리책은 찾아보기 어려웠다)이나 『주부의 벗』 같은 일본 여성잡지를 구해와 손수 레시피 북을 만들어 끊임없이 메뉴를 개발하셨다. 보고 또 보면서 매번 새로운 요리를 만들어주셨던 탓에 어머니의 요리책은 기름에 절어 있었다. 오래된 개량한옥의 재래식 부엌에 가스오븐을 들여놓고 피자, 파이, 빵까지 구웠고, 한식 솜씨도 수준급이셔서 순대, 두부도 집에서 만들어 먹을 정도였다. 평생 요리학원 근처에도 가보신 적이 없었지만 어머니는 테크닉으로 보나, 쉴 새 없이 연구하는 자세로 보나, 진정한 셰프였다.

한 명의 훌륭한 셰프가 탄생하기 위해서는 100명의 까다로운 비평가가 있어야 한다는 말이 있다. 어머니에게는 일당백의 미각을 소유한 까칠한 비평가가 한 사람 곁에 있었는데 바로 아버지였다. 대학교수였던 아버지는 소문난 미식가셨다. 어머니는 그토록 훌륭한 음식 솜씨를 가지고 있었지만 "네 아버지 혀는 도저히 못 따라가겠다. 음식맛이 조금만 달라져도, 재료의 신선도가 조금만 떨어져도 바로 알아차리신다"고 언제나 말씀하셨다.

아버지는 예고 없이 손님을 초대하는 걸 좋아하셨다. 한밤중에 동료교수들을 잔뜩 데려와 야밤의 만찬을 즐기셨는가 하면, 럭비부 지도교수를 맡은 다음부터는 럭비 선수들을 우르르 몰고 들이닥치기도 했다. 손님상을 차리는 건 어머니 몫이라, 럭비 경기가 있는 날이면 어머니는 다른 집에선 김장할 때나 쓰는 커다란 고무대야를 꺼내 엄청난 양의 불고기를 만들었다.

남편과 네 자식의 끼니를 챙기는 것만도 쉽지 않았을 텐데 아버지 동료들을 대접하고 럭비부 형들을 거둬 먹이고, 간간이 아버지를 찾아오는 외국손님들에게 한식을 선보이는 일까지 어머니는 거뜬히 해내셨다. 철든 후 어머니의 고생스러움이 생각나서 그때 힘들지 않으셨냐고 물어보면 어머니의 답은 한결같았다. "뭐가 고생이냐, 재밌었지."

어머니는 가족끼리 둘러앉아 먹는 식사도 허투루 준비한 적이 없었다. 기본 찬도 많았지만 메인 요리가 기본 두 가지 이상이었다. 그 모든 것들이 좋은 식기에 맛깔스럽게 담겨 있었다. 그런데도 아버지는 그날 밥상에 없는 즉석요리를 추가 주문하거나 시시콜콜한 음식평을 늘어놓으셨으니, 아무리 옛날이었다고 해도 참 간 큰 남편이었다.

아침에 눈을 뜨면 부엌에선 도마질 소리가 들렸고 고소하고 달달한 음식냄새에 잠이 깼다. 나는 그 소리와 냄새로 내가 집에 있다는 것, 그 집의 한가운데에 어머니가 존재한다는 것을 느끼곤 했다. 제대로 차려진 식탁에 가족들이 둘러앉아 식사하는 것을 이상적인 가정의 모습으로 생각했던 어머니 덕분에, 어린 시절의 기억은 늘 그녀의 손끝에서 만들어진 아름답고 맛있는 음식들과 함께했다. 후에 나를 요리의 세계로 이끈 뒷심도 따져보면 어린 시절 밥상의 기억이었다.

먹거리에 대한 각별한 관심은 대학에 가서도 이어졌다. 대학원에서 인류학을 전공했던 나의 석사논문도 「국내에 불법취업한 방글라데시 무슬림 노동자들의 음식금기」였다. 인류학 석사논문을 쓰려면 육 개월 이상 현지조사를 해야 한다. 그래서 무작정 포천의 한 공장으로 내려가 외국인 노동자들과 육 개월 가까이 같은 숙소에서 함께 생활했다. 논문도 논문이었지만 그때 나는 다른 재미에 빠져 있었다. 그들이 직접 해준 요리를 먹는 즐거움이었다.

불법체류 노동자였던 그들은 처음에는 나를 경계하는 분위기가 역력했다. 이런저런 질문을 해도 자세한 속내를 털어놓는 법이 없었

다. 그 벽을 없애준 것이 다름 아닌 음식이었다. 방글라데시에서 온 이들은 공장의 직원식당을 이용하지 않고 숙소에서 자기들끼리 점심과 저녁을 차려먹었다. 주 메뉴는 카레였다. 그때 먹었던 방글라데시 카레는 우리에게 익숙한 일본식 카레와는 완전히 다른 맛이었다. 일본식 카레는 향신료에 익숙하지 않은 한국인이나 일본인 들의 입맛에 맞춘 부드럽고 순한 맛이 특징이다. 하지만 인도 대륙의 오리지널 카레는 강렬한 아로마 향과 맛을 자랑하는 남성적인 음식이다.

방글라데시 카레는 북부 인도식과 비슷한데 특히 매운 맛이 강했다. 무슬림 노동자들은 가끔씩 공장의 한국인 직원들을 숙소에 초대해서 방글라데시 카레 요리를 대접했는데 나중에 들려오는 반응들이 영 아니었다. "저는 처음 한 입 먹고 토할 뻔했어요." 한국인 직원이 나에게만 털어놓은 솔직한 평가였다. 독특한 향과 비릿한 냄새가 풀풀 나는 인도 대륙의 요리들이 한국인의 평균적인 입맛과는 너무 동떨어져 있었기 때문이다.

그런데 나는 진한 향신료가 듬뿍 들어간 방글라데시 요리들이 그렇게 맛있을 수 없었다. 수저를 쓰지 않고 손으로 집어먹을 때 손끝에 느껴지는 촉촉한 밥알의 감촉도 정말 좋았다. 재료도 매우 다양해서 닭고기, 양고기뿐 아니라 생선으로도 카레를 곧잘 만들어 먹었다. 생선 카레를 정말 잘하는 칼리라는 친구가 있었는데 방글라데시 최고 명문인 국립 다카 대학을 나온 수재였다.

"어머니가 하셨던 대로 만들어봤는데 한국에서는 좋은 향신료를 구할 수가 없어서 그 맛이 안 나." 그는 겸손한 요리사였지만 음식솜씨는 서울의 웬만한 인도 음식점보다 나았다. 우리가 청국장찌개를 맛나게 먹을 줄 아는 외국인에게 친근감을 느끼는 것처럼 그들도 그랬다. 밥상을 같이한 지 이 주째, 방글라데시 노동자들은 나를 친구로 받아들여주었다.

하루는 방글라데시 친구들이 공장 근처에 있는 농장에 닭을 사러 가는데 통역이 필요하다고 해서 같이 따라나섰다. 친구들이 20마리 정도를 사겠다고 했더니 농장 사람들은 (당연하게도) 손질된 닭을 가지고 나왔다. 그러자 방글라데시 친구들이 고개를 절레절레 흔들며 살아 있는 닭으로 달라고 했다. 이슬람식으로 도살해야 하기 때문이다.

살아서 퍼덕거리는 닭 20마리를 어찌어찌 숙소로 가지고 돌아온 그들은, 목욕탕으로 들어가더니 코란의 기도문을 외우기 시작했다. 기도문 낭송이 끝나자마자 도마 위에 오른 닭은 거침없이 뎅강뎅강 모가지가 잘려나갔다. 모가지 없는 닭이 목욕탕 안을 활개 치며 돌아다니는 것을 보고 나는 기절할 뻔했다. 닭이 잠잠해지기를 기다린 후 대야를 놓고 피를 뽑았다. 그들에게는 그렇게 도살한 닭만이 먹을 수 있는 음식, '할랄 푸드'였다.

할랄 푸드는 이슬람 율법이 허락한 음식으로 과일, 야채, 곡류 등 식물성 음식과 해산물, 그리고 알라의 이름으로 도살된 고기를 뜻한다. 반대로 술처럼 정신을 흐리게 하는 음료, 자연사했거나 잔인하게 도살된 짐승, 개와 고양이는 금지된 음식, '하람 푸드'다. 이런 무슬림의 음식금기는 한국과 같은 비이슬람 국가에 거주하는 신자들에게도 엄격하게 적용된다. 이태원에 가면 이슬람 율법에 따라 도축한 할랄 고기만 파는 정육점이 있을 정도다.

하지만 어떻게 세상을 율법대로만 살 수 있겠는가. 한번은 이 친구들과 포천 읍내의 중국 음식점에 간 적이 있었다(공장에서 힘들게 돈을 벌면서도 학생인 네가 무슨 돈이 있느냐며 밥값을 꼭 그들이 냈다). 알다시피 무슬림은 돼지고기를 먹어서도, 심지어 손으로 만져서도 안 된다. 하지만 돈육이 빠진 중화요리가 시골 중국집에 얼마나 있겠는가. 이것저것 시키다보면 돼지고기가 들어간 메뉴가 상에 오르기 마련이다. 먹음직스러운 탕수육 접시가 나오자 한 친구가 나에게 은밀히 귀띔을 했다. "이 안에 뭐가 들어 있는지 말하지 마. 모르고 먹으면 괜찮아."

고국에서는 최고의 학벌을 가진 엘리트 청년들이었지만 한국에서는 가장 천대받는 외국인 불법취업자로 살아야 했던 방글라데시 노동자들. 이들을 한국이라는 험한 이국땅에서 견디게 해준 것은 고향의 음식이었고 어머니의 레시피였다.

이런 경험들은 이후 방송국에 입사하여 음식전문 프로듀서가 되리라 마음먹게 된 또다른 뒷심이었다.

순간적으로 떠오른 생각을 메모해두면 나중에 유용하게 쓰일 때
가 많다. 2005년 암스테르담의 스키폴 국제공항에 있는 누들 바에서
일본식 라면을 먹다가 새삼스럽게 신기하다는 생각이 들었을 때도
그랬다.

가늘고 길고 꼬불꼬불한 면발, 미끈미끈하고 부드러운 식감. 익숙
한 음식이 색다르게 보이자 주변 풍경도 기이하게 여겨졌다. 여러 인
종의 사람들이 국물 속에 엉겨 있는 면발을 제각기 건져 먹는 모습
이 신기하게 느껴졌던 것이다. 나는 수첩을 꺼내 이렇게 적었다. '인
류는 언제부터 어떤 방식으로 면을 먹기 시작했을까?' 이 물음표가
〈누들로드〉의 출발점이었다.

그러나 음식의 기원을 찾기란 쉬운 일이 아니었다. 예를 들어 최초로 멍게의 속살을 발라먹은 사람은 누구인가. 가장 먼저 달팽이를 먹은 녀석은 누구이고, 밀가루로 빵을 만든 녀석은 누구인가. 섬나라인 영국은 그 어느 나라보다 풍족한 해산물을 활용할 수 있었지만 꽤 오랫동안 물고기를 먹지 않고 버렸다. 먹거리가 지천에 널려 있어도 먹을 생각을 못했던 사람들이 어느 순간 어떤 계기로 그것을 조리하게 되었을까.

인류가 음식을 먹으면서 기록하지 않았다는 것은 의아하다. 먹을 게 없어 궁핍한 삶을 살았던 하층민은 그렇다 치더라도 산해진미를 즐겼던 계급조차 어떤 재료를 어떻게 조리했는지 기록하지 않았다. 음식을 생존을 위한 중요한 요소로 여기면서도 의복과 사냥, 제의祭儀와 같은 삶의 방식을 드러내는 문화라고는 생각하지 못했던 게 아닐까. 아니면 기나긴 시간 동안 인구의 99퍼센트는 여전히 열악한 음식으로 배를 채우기에 바빴기 때문일까.

처음부터 〈누들로드〉가 성공할 거라고 믿는 사람은 많지 않았다. 당시 다큐멘터리국의 부장님 한 분은 내가 낸 기획안을 보고 "야, 욱정이가 황당한 거 하나 냈더라"고 했다가 〈누들로드〉로 상을 받자 "거 봐, 내가 그때 될 거라 그랬잖아"라는 말을 남기셨다(엥? 언제?).

제작진을 구성할 때 조연출 지원공고를 내자 며칠 후 순진한 표정의 친구 하나가 면접을 보러 왔다. 외주 프로덕션에서 일했다는 이 친구는 인터뷰가 끝나고 내가 다른 질문은 없느냐고 묻자 조금 쑥스러운 표정으로 말했다. "저, 피디님…… 이런 말씀 드려도 될지 모르겠는데요. 〈누들누드〉 같은 성인만화를 공영방송에서 다큐멘터리로 만들어도 별일 없을까요?" 하긴, 사내에서조차 이욱정 프로듀서가 〈누들누드〉를 다큐멘터리로 만든다는 소문이 떠돌고 있었다.

중국 오지에서 시작된 여정은 태국으로, 베트남으로, 이탈리아로, 일본으로 종횡무진하다가 히말라야까지 이어졌다. 이 년 동안 십 개국을 다니면서 동서양을 넘나들며 전파된 국수의 발자취를 좇았고, 3000년에 이르는 국수의 역사를 카메라에 담았다. 그 과정에서 중점을 둔 것은 국수를 우리만의 시각이 아닌 인류의 보편적인 시각으로 봐야 한다는 것이었다. 국수는 특정한 나라, 특정한 민족의 소산이 아니므로 국수사史에서 한국의 국수는 한 장章 불과했다. 기존의 음식 프로그램들이 우리 것의 위대함, 한식의 미덕에 치중했다면 나는 국수라는 음식의 장구한 역사, 그 문명사적 의미에 관해 이야기하고 싶었다.

나는 〈누들로드〉가 한국뿐 아니라 전 세계 시청자들이 같이 볼 수 있는 프로그램이 되기를 원했다. 그러자면 해외에서도 인지도가 높은 셰프를 진행자로 기용해야 했다. 그때 떠오른 사람이 켄 홈Ken Hom이었다. 국수의 문명사에서 중요한 장을 차지하는 중국, 국제적인 감각과 명성을 가진 셰프. 중국계 유명 셰프인 켄 홈은 그 두 가지 요소를 모두 갖춘 진행자였다.

중국계 미국인인 켄은 친척의 식당에서 요리를 배운 뒤 버클리 대학교에 진학해 미술사를 전공했다. 졸업 후 그는 요리사의 꿈을 접지 않고 다시 한번 음식업계에 뛰어들었다. 하지만 이때 켄은 여느 요리사들과 다른 길을 선택한다. 미슐랭 레스토랑에서 경력을 쌓기보다는 대학에서 쌓은 풍부한 인문학적 소양을 바탕으로 새로운 콘셉트의 요리책『중국의 기술』을 집필한 것이다.

기름기 많고 안 쓰이는 식재료가 없다는 중국 요리에 대한 부정적인 인식을 바꾸어놓은 이 책은 우연히 BBC 프로듀서의 눈에 띄었고, 켄은 BBC의 첫 중국 요리 프로그램 〈켄 홈의 중국 요리〉의 주인공으로 전격 기용되었다. 프로그램이 '대박'나면서 그의 요리사 인생도 바닥에서 정상으로 껑충 뛰어올랐다. 켄 홈의 요리책은 100만 권이 넘게 팔렸고 그의 이름을 딴 '켄 홈 웍(중국 냄비)' 역시 영국 시장에서만 100만 개 이상의 판매고를 올렸다.

국경을 넘나들며 국수의 문명사를 탐구하는 모험을 함께 하면서 우리는 꽤 친해졌다. 사막 한가운데에서 국수를 만드는 요리사부터 미슐랭 스리스타 요리사까지 수많은 요리사들을 만났지만, 그중에서도 내게 가장 큰 영향을 끼친 이는 역시 켄 홈이었다. 나는 켄을 통해 요리와 관련된 길이 셰프만은 아니라는 사실을 깨닫게 되었다. 레스토랑 경영자가 되기 위해서, 푸드 라이터가 되기 위해서, 레스토랑을 설계하고 디자인하기 위해서, 그리고 음식에 관한 다큐멘터리를 제작하고 연출하기 위해서, 요리를 배울 수도 있다는 것을 알게 되었다. 어느 날 켄에게 물었다.

"내가 요리학교에 가면 어떨까요?"

"이 감독이? 프로듀서 계속하지 요리학교는 왜?"

"셰프가 되려는 건 아니고요. 요리 프로그램의 연출자가 되려면 누구보다 제가 직접 그 과정을 배우고 체험하는 게 좋지 않겠어요?"

그는 어떤 학교를 가는 것이 좋을지, 어떤 코스를 들으면 괜찮을지 조언해주면서 이렇게 당부했다.

"이 감독, 요리를 배울 때 반드시 기억해야 할 것이 있어요. 요리학교에서 배워야 할 가장 중요한 것은 테크닉이 아니라는 사실입니다. 정말 중요한 것은 요리를 상상할 수 있는 능력이에요. 당근을 똑같은 크기로 재빨리 채 썰 수 있는 요리사는 많지만, 당근으로 새로운 레시피를 생각해낼 수 있는 요리사는 드물지요."

전세금 털어
유학길에 오르다

나는 꿈을 현실화할 방법을 찾았다. 요리사가 궁극적인 목표라면 교육·환경면에서 미국이 좋겠고, 호주나 캐나다는 졸업 후에 워킹 비자를 받아 주방에서 일해볼 수 있을 것 같았다. 하지만 내 선택은 영국이었다. 영국이 전 세계에서 텔레비전 요리 프로그램을 가장 잘 만든다는 데 마음이 끌렸다. 나로서는 요리를 공부하더라도 프로듀서로서의 감을 잃지 않아야 했다. 영국은 방송과 음식이 결합했을 때 얼마나 다양한 형태로 성공적인 사례를 만들어낼 수 있는지 보여주는 곳이다.

음식자원이 부족한 영국이 수많은 스타 셰프를 배출해낸 데에는 텔레비전의 공이 크다. 고든 램지, 제이미 올리버, 릭 스타인, 켄 홈…… 대부분의 스타 셰프가 영국 출신이거나 영국에서 활동하는 이유는, 그들을 세계적으로 알린 것이 다름 아닌 영국의 텔레비전 프로그램이었기 때문이다. 그러니 요리를 배우는 것에 더해 요리에 관한 방송문화 저변을 보기 위해서는 영국만한 나라가 없었다. 그리고 혹시 아는가, 내가 영국에 뒤지지 않는 세계적인 프로그램을 만들면 우리나라가 그렇게 염원하는 '한식 세계화'도 저절로 이루어질지.

사실 런던은 촬영 때문에 두어 번 가본 게 다였다. 영국엔 '피시 앤 칩스'뿐이고 통 먹을 게 없다는 이야기를 많이 들은 터라, 걸신 프로듀서인 나도 처음 영국 출장을 갈 때는 음식에 대해 크게 기대하지 않았다. 그런데 막상 가보니 이게 웬일? 인도 음식점, 중동 음식점, 북아프리카 음식점 등 다양한 음식문화가 공존하고 있었다. 이탈리아에서는 스시를 먹을 수 없어 안타까웠는데 런던에는 좋은 일본 음식점도 많았고, 내가 좋아하는 태국 음식점도 합장하는 동양인 인형을 갖다놓는 상투적인 실내장식이 아니라 세련된 인테리어에 음식 맛도 훌륭했다.

영국인들이 요리 프로그램을 즐겨 보며, 요리에 대한 책을 관심 있게 읽는 것은 어쩌면 대리만족일지 모르겠다. 이탈리아나 프랑스처럼 다양한 식재료를 바탕으로 독자적인 음식문화를 형성하지 못했으니 요리에 대한 간접체험을 더욱 중요시 하게 된 것은 아닌지.

알랭 뒤카스, CIA 등 명문 요리학교들 가운데 내가 최종적으로 선택한 곳은 '르 코르동 블뢰'였다. 1895년 개교한 르 코르동 블뢰는 세계에서 가장 오래된 요리학교로 15개국에 29개의 해외분교를 가진 프랑스 요리 전문학교다. 우리나라 숙명여자대학교에서 운영하는 '르 코르동 블뢰—숙명 아카데미'에 몇 번 취재를 간 적이 있어 익숙한 곳이기도 했다.

요즘 우리나라에서는 이탈리아 요리가 신선한 재료와 캐주얼한 분위기로 인기를 끌고 있지만, 기본 틀은 뭐니뭐니해도 프랑스 요리다. 프랑스 요리는 오늘날 주방의 분업체계와 직급체계는 물론 기본조리법, 식탁문화, 음식용어, 에티켓 등을 체계화했으며 레스토랑 평가와 요리비평이라는 새로운 문화를 도입했다. 때문에 서양의 음식문화를 기본부터 배우려면 르 코르동 블뢰가 가장 좋을 것 같았다.

나는 아무도 모르게 바다 건너 르 코르동 블뢰 런던 캠퍼스에 지원서를 냈다. 결과는 합격이었다. 르 코르동 블뢰는 셰프만이 아니라 다양한 분야의 인재를 길러내는데 관심이 많은 학교다. 졸업생들은 레스토랑 셰프뿐 아니라 식품연구, 레스토랑 기획 등 여러 직종에서 활동하고 있다. 때문에 지원서에 〈누들로드〉 DVD와 함께 피버디 어워드the PEABODY Awards 수상이력을 기재했는데, 르 코르동 블뢰에서 내 이력을 보고 합격시켜줄 만한 가치가 있다고 판단한 듯했다.

잘 다니던 방송사에 휴직계를 내고 요리학교로 유학을 간다고 하자 주변 사람들이 나의 앞날을 걱정하기 시작했다. "〈누들로드〉도 성공했고 이제 팀장이나 부장으로 승진할 일만 남았는데 왜 다른 길을 가려고 해?" 내 요리실력을 못 미더워하는 사람도 있었다. "거, 종로에 요리학원이라도 좀 다닌 다음에 가야 하는 거 아냐?" 한편으로는 속사정을 의심하는 사람도 있었다. "재가 믿는 구석(강남의 숨겨둔 부동산 같은)이 있는 거겠지." 하지만 실상 나의 속사정이란 전세금과 마이너스 통장을 톡톡 털어 마련한 유학비가 전부였고, 믿는 구석이란 요리학교 다니면서 굶기야 하겠느냐는 태평한 현실감각뿐이었다.

하지만 막상 마지막 날, "가겠습니다" 하고 돌아서자 기분이 이상했다. 방송국을 나와 여의도 광장을 걷다가 문득 멈춰 섰다. 뒤를 돌아보니 어느새 TV 송신탑이 저만치 멀어져 있었다. 직장인으로서의 안정된 생활, 프로듀서로서의 이력 월말이면 꼬박꼬박 들어오던 월급통장도 당분간은 없을 터였다. 그 모든 것들도 저만치 멀어져가고 있었다.

'이제와 무를 수도 없잖아.' 나는 마음을 다잡았다. 정신을 차렸을 때 나는 이미 영국 히스로 공항에 서 있었다.

엥? 무슨 학교가
이렇게 **쪼그매?**

런던에 도착했을 때는 겨울이었다. 런던의 겨울은 '을씨년스럽다'는 단어 그 자체다. 스산하다, 음산하다, 음침하다, 쓸쓸하다, 그런 형용사를 얼마든지 갖다붙여도 모자라지 않을 것이다. 오후 세시 삼십분이면 사위가 어둑해지고 한겨울에 웬 비는 그리 자주 내리는지, 추운데 습하기까지 하니 기분이 좋지 않았다. 영국 사람들은 봄·여름에 얻은 힘으로 간신히 겨울을 나는 게 아닐까 싶다.

내가 구한 집은 런던 서남부의 햄프턴코트에 있는, 지은 지 오십 년이 넘은 플랫(영국식 연립주택)이었다. 런던 시내에 있는 르 코르동 블뢰에 가려면 자전거로, 기차로, 지하철로 갈아타야 하는 거리였다.

사실 처음엔 나도 학교 근처에 집을 보러 다녔다. 그런데 이놈의 런던은 집값이 너무 비쌌다. 내가 찾는 가격대의 집들은 도저히 사람이 살 수 있는 수준이 아니었다. 그래서 눈물을 머금고 외곽으로 나갈 수밖에 없었다. 학교까지의 교통도 불편하고 거리도 멀었지만 햄프턴코트의 집은 호젓하고 한적한 숲속에 있어 좋았다. 햄프턴코트 주택가는 얼마나 나무가 우거졌는지 집 근처에 여우가 돌아다닐 정도였다. 게다가 내가 아침마다 기차를 타야 하는 햄프턴코트 역은 헨리 8세가 살던 햄프턴코트 성의 바로 코앞에 있는 작은 간이역으로 얼마나 운치가 있는지 모른다.

집을 구한 뒤 학교구경도 할 겸 르 코르동 블뢰를 찾았다. 학교가 있는 본드스트리트에 가기 위해서는 집에서 햄프턴코트 역까지 자전거를 타고 간 뒤, 기차를 타고 런던 워털루 역에 내려 지하철을 타야 했다. '튜브'라는 애칭을 가진 런던 지하철은 세계 최초의 지하철답게 얼마나 낡고 좁은지, 그야말로 튜브 속에 들어앉은 기분이었다. 덩치 큰 영국인들과 함께 튜브에 끼어 있자니 통조림 속의 꽁치가 따로 없었다.

나중에 알게 되었지만 여름엔 냉방도 안 돼서 후텁지근한 공기와 함께 땀 냄새와 체취가 진동을 한다. 안내판에 '여름엔 식수를 가지고 타시오'라고 적혀 있는 것이 하나도 이상하지 않을 정도였다. 지하철만이 아니다. 영국은 거의 모든 인프라가 골동품 수준이다. 히스로 공항도 우리네 시골의 버스 터미널 같다. 공항이든 청사든 찾아가기는 또 얼마나 어려운지 진짜 똑똑한 사람 아니면 몇 번을 가도 헷갈릴 것이다(올림픽은 어떻게 하나 모르겠어).

어깨를 한껏 움츠린 채 건장한 영국인들에게 이리저리 치인 후에야 르 코르동 블뢰 캠퍼스가 있는 본드스트리트 역에 내렸다. 거리로 나갔더니 사람들로 복작복작하고 온갖 브랜드들이 다 모여 있는 풍경이 서울의 명동을 연상케 했다. 주소를 들고 지도를 보면서 골목길을 헤맸다. 100년 이상 된 고풍스러운 건물들은 멋졌지만 아무리 돌아다녀도 학교처럼 생긴 건물은 눈에 띄지 않았다.

그러다 흰색 건물에 푸른색 글자로 적힌 'Le Cordon Bleu' 간판을 발견했을 땐 반가움도 잠시, '엥? 무슨 학교가 이렇게 쪼그매?' 음식 프로그램을 만들면서 꽤 많은 요리학교를 가봤지만 사층짜리 건물 하나가 교사校舍인 르 코르동 블뢰는 다른 요리학교에 비해 규모도 작고 시설도 많이 낡아 있었다(현재 르 코르동 블뢰 런던 캠퍼스는 이사를 했고 시설이 환상적으로 바뀌었다. 내가 다녔을 때가 캠퍼스를 옮기기 직전이었다. 운도 없지).

내가 학교에 들른 데에는 학교구경 외에 촬영을 위한 사전탐사 목적도 있었다. 런던으로 요리유학을 떠나겠다고 작정했을 때 내 머릿속에는 한 편의 다큐멘터리 기획안이 있었다. 최고의 셰프를 꿈꾸며 세계 곳곳에서 모여든 젊은이들. 그들이 요리학교에 입학하여 요리사의 세계로 첫발을 내딛는 전 과정을 함께 체험하며 기록하는 프로듀서. 제목은 〈셰프의 탄생〉!

기왕 르 코르동 블뢰에 입학했으니, 요리학교 학생이자 다큐멘터리 프로듀서로 두 가지 판을 벌여보자는 심사였다. 처음엔 조리수업을 받으면서 촬영을 할 생각도 했다. 오른손에는 카메라, 왼손에는

칼이라니 상상만 해도 죽여주는 그림이 나올 것 같았다. 그야말로 요리학교의 실상과 학생으로서의 내 주제를 몰라도 한참 몰랐던 것이다(첫 실습시간, 나는 양손으로도 모자라 발가락까지 동원해 칼을 잡아야 할 지경이었다). 다행히 이 문제는 현지에서 촬영과 연출을 도와줄 인재들을 구해서 해결할 수 있었다.

진짜 난관은 르 코르동 블뢰 런던 캠퍼스를 설득하는 일이었다. 르 코르동 블뢰 재단은 촬영에 협조적이었지만 런던 캠퍼스의 입장은 달랐다. 학교가 가장 우려하는 것은 촬영중 발생할 수 있는 안전사고였다. '뜨거운 것'과 '날카로운 것'으로 가득 차 있는 주방에서는 순간의 방심이 큰 사고로 이어질 수 있기 때문이다.

학교는 사고방지를 위해 카메라맨이 주방에 들어가지 않고 입구에서만 촬영할 것을 요청했다. 그러나 요리사가 신선한 재료를 원하듯 프로듀서와 카메라맨은 한 발짝이라도 가까운 곳에서 생생하게 포착한 영상을 원하는 법이다. 결국 이 문제는 입구에서 찍되 카메라 위치를 바꿔야 할 때는 셰프(선생님)의 허락을 받는 것으로 결론지었다.

하지만 더 큰 문제는 장기간에 걸친 다큐멘터리 촬영을 학생들이 어떻게 받아들일 것인가 하는 점이었다. 유럽 학생들의 높은 권리의식은 요리학교도 매한가지여서 학교 측은 단 한 명의 학생이라도 촬영을 원치 않으면 자기들도 어쩔 수 없다는 입장이었다. 이 사안은 입학식 날 몸으로 부딪쳐서 해결할 수밖에 없었다. 초급반 학생들이 모두 모인 자리에서 전원을 설득해야 하는데 프라이버시, 안전, 법률적인 문제 등에 유난히 예민한 서양애들을 상대로 촬영동의서를 받아내는 게 쉽지 않을 듯싶었다. 외국의 요리학교를 다녀야 하는 것만도 두려운데 이래저래 골치가 아파왔다. 긴장과 스트레스 속에서 입학식은 하루하루 다가오고 있었다.

초급반 학생들,
스타 셰프론에 넘어가다

입학식 첫날 아침. 〈셰프의 탄생〉 준비차 미리 학교답사도 하고 나름대로 워밍업을 했는데도, 떨리고 긴장되는 마음은 어쩔 수 없었다. 아직 교문이 열리지도 않았는데 런던 시내 한복판에 위치한 르 코르동 블뢰 입구는 신입생들로 북적였다. 페이스북으로 이미 친분을 쌓은 학생들은 만나자마자 알은체를 하며 삼삼오오 모여 이야기를 나누었다. 이럴 줄 알았으면 나도 페이스북 할걸.

학생들은 한눈에 보기에도 각양각색이었다. 영국, 포르투갈, 헝가리, 태국, 말레이시아, 중국, 브라질, 그리스, 이스라엘…… 유엔 총회를 방불케 하는 다양한 국적에다 고등학교를 갓 졸업한 애송이부터 그만한 애가 있을 것 같은 아줌마까지 모두 르 코르동 블뢰의 신입생 신분으로 모여 있었다. 나도 그 틈에 끼어 어색하게 서 있는데 머리카락을 박박 민 녀석이 말을 걸어왔다.

"난 브라질에서 온 호세야. 브라질에선 변호사로 일했어. 넌 어디서 왔니?"

길고 강인한 턱선에 깍두기머리를 한 호세는 변호사가 아니라 '변호사가 필요한' 인상으로 보였지만 살갑게 말을 붙여오는 것으로 보아 꽤 다정다감할 것 같은 녀석이었다.

"난 한국에서 왔어. 이름은 어려우니까 그냥 리^{Lee}라고 불러."

내 이름 '욱정'을 제대로 발음하는 외국인을 본 적이 없기에 나는 그렇게 대답했다. 호세와 말문을 트자 주변에서 기다렸다는 듯이 말을 걸어왔다.

"난 토미 슬라브. 크로아티아에서 장사를 하다 왔어."

"난 안나. 포르투갈에서 간호사로 일했어."

국제적인 요리학교인 르 코르동 블뢰의 학생들은 국적과 나이뿐 아니라 이력 또한 다양했다. 여러 분야에서 이력을 쌓은 사람들과 어깨를 부딪쳐가며 공부할 수 있는 교육환경은 르 코르동 블뢰의 장점이다. 내 입장에서는 내가 가진 경력과 요리를 결합해 제삼의 길을 만들어나갈 수 있고, 요리라는 테두리 안에서 나와는 다른 길을 가는 동지가 생기는 셈이니 다양한 아이디어를 얻는 데 도움이 많이 되었다.

"너는 한국에서 뭘 했어?" 토미가 물었다.

내가 한국에서 텔레비전 프로듀서였다고 말하자 나를 둘러싼 학생들이 갑자기 관심을 보였다.

"와, 나중에 나도 네 요리 프로그램에 출연시켜주라."

요리학교 문턱에 발도 안 들여놓은 녀석들이 벌써 로비하려 들기는. 내가 가방에서 비디오카메라를 꺼내 촬영을 시작하자 아이들은 얼굴을 들이밀며 서로 나오려고 난리였다. 카메라를 들고 있다는 게 그들과 나를 조금 더 가깝게 해주는 것 같았다. 활발하고 적극적인 서양애들은 카메라 앞에서 부끄러워하지 않는다. 차라리 자기를 덜 찍어줘서 문제랄까.

여덟시 정각이 되자 '뿌우우' 하는 벨소리와 함께 문이 활짝 열렸다. 학생들은 "와~" 하는 환호성을 내지르며 앞다투어 학교로 들어갔고, 나도 비디오카메라를 든 채 교문으로 달려갔다. 드디어 입성이다! 부글부글 끓는 요리사의 세계에 풍덩, 몸을 내던지는 순간이었다.

입학식이 진행되는 동안 나는 한 손에 여전히 비디오카메라를 들고 있었다. 르 코르동 블뢰 홍보직원은 입학식은 찍지 말라며 또다시 태클을 걸었다. 다시 머리가 지끈거렸다. 그러잖아도 얼마 후면 학생들이 모인 자리에서 프로그램 제작에 대해 양해를 구해야 했다. 전날 밤을 새우다시피 하며 스피치를 준비했지만 누가 어떻게 딴죽을 걸지 몰라 은근히 긴장되었다.

입학식이 끝나자 유니폼이 지급되었다. 벨크로로 여닫게 되어 있는 펑퍼짐한 체크무늬 바지는 하체비만인 학생들도 부담 없이 입을 수 있는 디자인이었고, 흰색 셰프 재킷의 가슴께에는 르 코르동 블뢰의 푸른색 마크가 반짝거리고 있었다. 옷은 화기로부터 신체를 보호할 수 있도록 방염처리가 되어 있었고, 신발도 뜨거운 것이나 날카로운 것이 떨어졌을 때 부상을 막아줄 수 있는 특수한 소재였다.

옷을 입고 빳빳한 앞치마까지 두른 뒤 거울을 봤더니, 내가 봐도 정말 멋있었다. 아직 요리는 할 줄 모르지만 '포스'만은 단연 일류 셰프였다. '이제 시작이구나' 하는 마음과 함께 '휴, 여기까지 오는 것도 쉽지 않았네' 싶어서 웃음이 났다. 돌아보니 다른 학생들도 새 유니폼을 입고 흡족하게 웃고 있었다.

마지막으로 조리 세트를 받았다. 아코디언케이스처럼 생긴 가방을 쫙 당겼더니 길게 펴지면서 수십 종의 칼이 나타났다. 세상에 그렇게 많은 종류의 칼이 있는지, 나는 그날 처음 알았다. 요리를 배우기로 결심하고 가장 걱정스러웠던 것이 손가락을 썰면 어쩌나 하는 것이 있었는데, 날이 시퍼런 칼이 하나도 아니고 열몇 개나 번쩍거리고 있는 것을 보자니 막연하게 느꼈던 공포가 되살아났다(방송국으로 복귀할 때 과연 내 손가락 열 개가 온전히 남아 있을까).

초급반 학생들이 모두 모인 자리, 나는 학생들 앞에서 프로그램 제작에 대해 양해를 구했다. 누가 어떻게 시비를 걸지 몰라 최대한 좋은 인상을 주려고 애쓰며 열심히 〈셰프의 탄생〉 기획의도를 설명하는데 아니나 다를까, 내가 이야기하는 내내 앞자리에서 상체를 한껏 뒤로 젖힌 채 나를 꼬나보던 헝가리 남자애가 손을 번쩍 들었다.

"그래, 다 좋은데, 그게 나한테 무슨 이득이 있는데?"

마음 같아서는 당장 달려가 한 대 쥐어박고 싶었지만 나는 애써 미소를 지으며 부드러운 목소리로 말했다.

"네가 세계적인 스타 셰프가 되었을 때를 생각해보렴. 네 요리학교

시절을 담은 영상이 굉장한 가치가 있지 않겠니?"

"그……래?"

스타 셰프 대비론이 통했는지 어땠는지 몰라도 그날 나는 50명 전원의 동의서를 얻을 수 있었다. 야호!

저를 이 환란에서
구하소서

입학식 다음날 나는 교실을 찾아 복도를 헤매고 있었다. 교실번호와 수업명, 클래스 등급을 기호로 표시한 시간표를 읽는 것조차 헷갈려서 여기저기 기웃거리다 교실에 들어섰더니, 시연수업이 막 시작되려는 참이었다. 선생님(르 코르동 블뢰의 모든 선생님은 셰프다)은 먼저 칠판에 커다랗게 글씨를 썼다.

'Mise en place(미즈 앙 플라스).'

내게 낯설기만 한 이 용어는 요리하기 쉽게 식재료를 다듬어 배열하는 것을 뜻하는 프랑스어였다. 보통 레스토랑에서는 셰프들이 아침부터 재료를 준비하지만, 요리학교에서는 세 시간의 시연수업 동안 미즈 앙 플라스를 포함해 스타터, 메인, 디저트 등 세 가지 요리과정을 보여준다. 한마디로 빛의 속도로 요리를 하는 것이다.

조리대 천장에 설치된 커다란 거울과, 정면의 모니터에 나타난 시연장면은 놀라웠다. 세 가지 요리를 동시다발적으로 만드는 선생님을 보고 있자니, 팔이 여섯 개 달린 인도의 칼리 여신이 프랑스 셰프로 환생한 게 틀림없다는 확신이 들었다. 오른손으로 푸아그라를 프라이팬에 소테(생선이나 고기류를 버터나 샐러드유를 녹인 프라이팬이나 철판에 굽는 방법)하면서, 왼손으로는 데친 양상추에 치킨 무스를 채워 넣고, 왼편 발가락으로 애플타르트 반죽을 시작하는 저 놀라운 광경이라니.

나는 넋을 잃은 채 그 현란한 팔들의 향연을 주시했다. 셰프가 썰고 있는 저 양파는 양상추 접시에 들어갈 것인가, 가니시(음식 위에 뿌리거나 얹는 장식)로 쓰일 것인가. 지금 끓고 있는 육수냄비에 들어앉은 것은 닭인가 칠면조인가. 저 접시에 담긴 소스는 벨루테인가 치즈인가 고추장인가 된장인가. 위대한 요리신의 숲에서 서서히 길을 잃어가고 있는 나는 아무것도 알 수 없었다.

내 손에 들린 교재, '르 코르동 블뢰 바이블'로 통하는 푸른색 바인더의 레시피 북도 별 도움이 되지 못했다. 책의 내용은 요리이름과 재료목록이 전부다. 일반 요리책에 나오는 '양파 반쪽을 3센티미터 크기로 썰어 버터 20그램을 넣은 뒤 프라이팬에서 약한 불로 볶아주세요' 같은 친절한 설명은 르 코르동 블뢰 바이블에서는 전혀 기대할 수 없다.

다빈치 코드와 다를 바 없는 이 책을 해독하는 방법은 오직 하나, 선생님의 시연이다. 요리이름과 재료목록 아래 시원스레 남겨진 여백

은 선생님의 시연을 보면서 스스로 채워나가야 한다. 조리하는 모습을 낱낱이 기억하고 필기해도 모자랄 판이었건만 완전히 몽매한 상태로 수업이 끝났다.

드디어 완성된 음식이 조리대 위에 오르자, 학생들이 우르르 달려나가 휴대전화 카메라를 들고 접시를 에워쌌다. 레드카펫 위의 여배우를 찍는 기자들처럼 음식을 앞에 두고 때아닌 촬영경쟁이 벌어졌다. 사진을 찍고 시식까지 하고 나자 그다음에 벌어질 일에 앞이 캄캄했다. 다음 수업은 방금 본 대로, 먹은 대로, '똑같이' 만들어야 하는 실습시간이었다.

진짜 실습은 시작도 안했는데 등에선 이미 식은땀이 줄줄 흘러내리고 있었다. 내 손으로 쓰고도 도통 이해할 수 없는 레시피 노트를 들고 실습실 주방문을 향해 한발 한발 다가섰다. 문을 열자 오븐의 후끈한 열기가 훅 끼쳐왔다. 저 오븐 속에선 필시 지옥불이 이글거리고 있을 것이다. 나도 모르게 중얼거렸다. '주여, 저를 이 환란에서 구하소서.'

학생들이 실습실 앞에 줄을 서자 선생님이 복장검사부터 시작했다. 마음대로 뛰어놀던 초등학생이 머리 빡빡 깎고 중학교에 간 기분이랄까. 이크, 누군가 안전화 대신 다른 신발을 신고 왔다. "이게 뭡니까?" 선생님이 학생의 발을 툭 걷어찼다(세게 차진 않았지만). 수염이 덥수룩한 인도 학생도 딱 걸렸다. "면도하고 오세요. 주방에선 청결해야 합니다." 인도 학생이 면도기를 사러 조리실 밖으로 뛰어나갔다.

"조리시작!"

학생들은 일사분란하게 흩어져 각자 조리대를 하나씩 차지했다. 일단 나도 한자리 맡긴 했는데 무엇부터 해야 할지 오리무중이었다. 선생님이 당근을 들고 "이것은 당근이라는 재료인데요" 하고 설명하는 상황까지는 바라지 않았지만 최소한 "먼저 당근부터 써세요. 3센티미터 두께로요" 정도는 말해줄 줄 알았는데 그냥 알아서 하는 분위기였다. 사실 그중에는 도무지 정체를 알 수 없는 식재료도 끼어 있어 이름부터 설명해줘도 전혀 이상할 게 없었다. 그중 하나가 아티초크였다. 요리학교에 들어가기 전까진 본 적도 들은 적도 없는 이 채소는 초록색 파인애플처럼 생겼는데, 세상에, 그렇게 다듬기 어려운 야채는 지구상에 없을 것이다.

내가 두리번거리는 사이 다른 학생들은 가방을 열고, 그날 사용할 조리도구를 꺼내 착착 정리하고 있었다. 그래, 일단 가방을 열어야지. 칼 가방의 지퍼가 빡빡한지 중간에 걸려 도통 열리지 않았다. 칼도 못 꺼내고 혼자 낑낑거리다가 오른쪽에 있는 여학생을 슬쩍 보니 벌써 셰프 나이프를 꺼내 쓱쓱 갈고 있었다. 그 여학생만이 아니었다. 왼쪽에 자리잡은 학생은 이미 칼 갈기를 마친 뒤 능숙하게 재료를 다듬고 있었고, 뒤쪽의 학생은 웬 칼질이 그렇게 빠른지 등뒤에서 따발총 갈겨대는 소리가 들렸다. 따다다다다……

지금 나 초급반에 와 있는 거 맞아? 쟤들은 뭔데 저렇게 잘하는 거야? 사이좋게 같이 헤매면 마음이 한결 편하련만 초장부터 불안감이 밀려왔다. 분위기가 얼마나 심각한지 SOS를 요청할 사람도 없었다. 조리를 하다가 옆사람 팔이라도 칠라치면 곧바로 째려보고, 옆의 조리대에 내 재료가 넘어가기라도 하면 눈을 부라리고.

그날 만들 음식은 감자 샐러드였다. 감자를 으깨고 드레싱만 만들면 되는 바로 그 감자 샐러드였다. 다른 사람이 만드는 걸 구경할 때는 그렇게 쉬워 보이던 감자 샐러드가, 막상 내가 만들려고 하니 그렇게 난해하고 복잡할 수 없었다. 옆의 학생을 필사적으로 훔쳐보며 일단 감자를 다듬어 냄비에 넣고, 감자가 익는 동안 양파와 차이브 등을 다졌다. 내가 봐도 칼질을 하는 내 손놀림이 어찌나 어눌한지 완성된 감자 샐러드에서 양파 대신 손가락이 발견된다 해도 전혀 이상할 것 같지 않았다.

달걀을 삶으면서 감자가 얼마나 익었는지를 확인했다. 칼로 찔러서 들어보고 감자가 미끄러져 떨어지면 더 삶으려고 했는데, 불 조절이 잘못 됐는지 감자가 자꾸 떨어졌다. 에라, 모르겠다. 차라리 푹 삶아버리지 뭐. 나는 감자를 방치해놓고 마요네즈 소스 만들기에 돌입했다.

시연수업의 기억을 되살려 믹싱볼에 달걀노른자와 화이트와인 식초, 소금, 디종 머스터드(프랑스 디종 지방의 겨자를 이용한 머스터드)를 넣고 거품기로 저었다. 오일을 조금씩 넣어가며 빠르게 저었다. 나중에 알고 보니 처음엔 천천히 젓다가 점점 속도를 올려야 하는데 마음이 급해서 그런 건 하나도 생각나지 않았다. 그러잖아도 불안해죽겠는데 나를 더욱 초조하게 만드는 목소리가 여기저기에서 들려왔다.

"셰프, 지금 검사 맡아도 돼요?"

그래도 내가 꼴찌는 아니었다. 솔직히 꼴찌에서 두번째였지만 꼴찌를 면한 게 어디랴. 나는 마지막으로 있는 힘껏 레몬을 눌러 시원하게 짜 넣었다. 좀 많이 넣었나 싶긴 했지만, 요리 프로그램에 등장하는 셰프들이 떠올랐다. 하나같이 액션을 크게 해서 발사하듯 즙을 짜 넣지 않던가. 병아리 눈물만큼 똑똑 짜 넣는 것은 모양새 떨어지는 일이었다. 나는 떨리는 마음으로 샐러드 접시를 들고 선생님 앞으로 다가갔다.

“레몬이 너무 많이 들어갔군. 감자도 지나치게 익었고.”(역시 텔레비전 셰프들을 너무 믿으면 안 된다니까.)

검사를 맡은 뒤 내가 만든 감자 샐러드를 먹어보았다. 이럴 수가! 맛있었다! 레몬이 너무 들어갔든 감자가 너무 익었든 나 자신이 대견했다. 늘 누군가가 해주는 음식을 먹기만 하다가, 늘 누군가가 만들어놓은 음식을 촬영만 하다가, 내 손으로 직접 뭔가를 만든 것이다. 좋은 점수를 받진 못했지만, 칭찬보단 지적을 더 많이 받았지만 뭐 어떠랴. 빳빳했던 앞치마는 어느새 풀이 죽었고, 새하얗던 셰프 재킷은 소스와 땀으로 얼룩져 있었다. 하지만 셰프의 세계에 첫발을 내디딘 순간, 내 마음은 런던 상공으로 두둥실 날아올랐다.

얼간이 **클럽**
멤버가 되다

르 코르동 블뢰에는 퀴진^{Cuisine}과 파티세리^{Patisserie} 과정이 있고 각 과정은 초급, 중급, 고급반으로 나뉜다. 각 과정이 끝날 때마다 기말시험을 치르는데 90점 이상이면 우등졸업, 50점 이하면 낙제다. 레스토랑 밥을 십 년 넘게 먹었어도 요리학교에 입학하면 예외 없이 초급반부터 시작해야 한다. 그러다보니 초급반 학생들은 실력차가 엄청난데, 실력에 따라 세 그룹으로 분류해볼 수 있겠다.

먼저 엘리트 그룹A. 자격증이 필요해서 들어온 경력자들이다. 이들은 학교 문을 두드리기 전에 이미 몇 년 동안 레스토랑의 주방을 구르면서 탄탄한 실전경험을 쌓았다. 조리실력이 뛰어난데도 비싼 등록금을 내고 요리학교에 들어오는 이유는 명문학교 졸업장과 여기서

맺어진 인맥이 필요해서다. 좋은 레스토랑에 취업하는데 연줄이 중
요한 건 서양도 마찬가지다. 특히 추천서의 위력이 막강한 서양에서
아는 셰프의 추천 없이 이력서 수백 장 돌려봐야 누구도 거들떠보지
않는다는 건 요리학교 학생들 사이에서 정설이다.

　　그룹A의 멤버인 헝가리 출신 실력자 아틸라를 보자. 호화찬란한
문신이 새겨진 팔뚝, 바짝 깎아 올린 헤어스타일, 어느 레스토랑의
주방에서나 마주칠 수 있는 전형적인 쿡의 인상이다. 입학식 날 내가
〈셰프의 탄생〉 촬영동의를 구할 때 "그게 나한테 무슨 도움이 되는
데?" 하고 따졌던 녀석이 바로 아틸라다.

　　그는 평소에도 상체를 한껏 젖히고 팔을 의
자 등받이에 턱 걸친 채, 동부사람 특유의 영어
발음으로 엄청난 '후까시'를 잡으며 말한다. 시
연수업 때 선생님에게 날카로운 질문을 던지
는 사람도 아틸라이고, 조리수업 때 가장 먼
저 검사를 받는 사람도 아틸라다. 그렇다고
잘난 체만 하는 얄미운 녀석인가 하면 천
만에. 그의 '후까시'는 진정한 카
리스마에서 나오는 것인바,
동급생인데도 선생님처럼
우러러보이는 멋진 친구다.

아틸라

아틸라는 피자하우스 견습생에서 시작해 작은 프랑스 레스토랑의 부주방장^{sous-chef}에 오르기까지 오 년 이상 주방 밥을 먹었다. 그는 학교가 끝나면 돈을 벌기 위해 또다른 주방으로 직행했고, 요리학교보다 더 험난한 전쟁터에서 매일매일을 보내면서도 요리사로서의 긍지로 충만해 있었다. 그런 사연을 듣고 보니 아틸라가 늘 상체를 젖히고 의자 등받이에 팔을 걸치고 있는 게 이해가 됐다('똥폼'이 아니라 일이 힘들어서 나온 자세일 게다).

아틸라와 친해진 뒤 나는 실습시간마다 그에게 많은 도움을 받았다. 아무리 좋은 친구라도 실습에 들어가면 다른 사람을 돕기가 쉽지 않다. 자기도 정신없는데 누군가를 도와주고 가르쳐줄 여유가 없는 것이다. 그런 의미에서 내 질문에 일일이 대꾸해주는 아틸라 같은 애들은 성인^{聖人}의 반열에 오른 사람이라 할 수 있다.

아틸라를 비롯해 실습실에서 거침없이 요리하는 엘리트 군단을 보면 선생인지 학생인지 구분이 안 간다. 이 그룹에 있는 또 한 명의 멤버로는 아틸라와 경쟁구도에 있는 스테파니를 들 수 있는데 이들은 실습시간에 누가 빨리 하나 경쟁이 붙어서 다른 학생들보다 십 분 먼저 완성하곤 했다. 주방의 실태를 모르는 사람이라면 '겨우 십 분?' 하고 반문할 수 있겠지만 요리의 세계에서 십 분은 영겁의 시간이다.

스테파니에게 어떻게 하면 그렇게 빨리 요리할 수 있는지 물었더니 "현재 하고 있는 단계에서 두 단계를 미리 생각해야 해" 하고 대답했다. 그 말을 듣고 스테파니가 요리하는 모습을 보니, 역시, 동선과 동작에 낭비나 군더더기가 없었다. 한 단계도 아니고 두 단계라니, 나는 가르쳐줘도 못 따라할 방법이었다.

그룹B는 다른 일을 하다가 요리의 묘미에 빠져 본업을 접고 입학한 경우로, 학생들 사이에서는 '커리어 체인저Career Changer(전직 희망자)'라 불린다. 신입생 중 절반이 이 그룹에 속하는데 인도에서 온 튜사도 그중 하나다.

튜사는 뭄바이의 잘나가는 컴퓨터 회사를 다니다 요리사가 되고 싶어 다 때려치우고, 있는 재산을 몽땅 털어 르 코르동 블뢰에 입성했다. 첫 실습시간에 면도기를 사러 뛰쳐나가야 했던 비운의 학생 튜사는 첫날 프랑스 셰프의 먹잇감이 된 뒤 눈에 띄게 기가 죽은 모습이었다. 게다가 서양음식을 많이 접해보지 못했던 튜사가 받은 문화적인 충격은 이만저만한 것이 아니었다. 수많은 향신료를 상시적으로 쓰는 인도 요리와 달리, 대부분 소금과 후추로 간을 맞추는 프랑스 요리가 그에게는 다른 우주의 음식처럼 보였단다. 튜사는 저평가되어 있는 인도 요리를 세계화하는 데 평생을 걸겠다는 포부를 갖고 있었다(인도 요리가 저평가되어 있다니 그럼 한국 요리는 뭐지?). 못하는 인도 요리가 없었지만 그중에서도 튜사표 탄두리치킨은 황홀했다. 평생 모니터 앞에 앉아 있기에는 내가 봐도 아까운 재능이었다. 역시나 튜사는 초반에 주눅 든 모습도 잠시, 엄청나게 실력이 성장하며 초급반에서 두각을 나타냈다.

그룹B의 또다른 멤버로는 입학식 날 내게 가장 먼저 말을 걸어온 변호사 출신 호세가 있다. 그 추운 겨울에 털모자나 외투도 없이 서

츠 하나만 달랑 입고 와서는 촬영한다니까 좋아서 방방 뜨던 녀석이다. 지나치게 쾌활해서 처음 봤을 때도 약을 먹었나 술을 먹었나 싶었는데, 첫날부터 아무 데나 끼어서 음담패설을 늘어놓고 화끈하게 욕을 하는 등 눈에 띄는 모습으로 주목을 받았다. 요리를 빨리 만들어내는 것이라면 호세 또한 그룹A에 뒤지지 않는다. 차이가 있다면 완성도. 실습 때 음식을 빨리 완성하는 학생들은 아틸라나 스테파니처럼 정말 뛰어나지 않으면 오히려 선생님께 야단을 맞는다. 꼼꼼하지 않으면서 속도로만 경쟁하려는 학생들을 벼르기 때문이다. 문제는 선생님이 지적을 해도 호세는 납득하지 않고 논쟁을 벌이다 더 박살나곤 한다는 것. 자기 요리에 대한 자부심이 엄청난 호세는 선생님의 평가를 인정할 수 없다며 매번 뒤에 가서 구시렁거린다. 이런 애들은 어딜 가나 있는 것 같다.

이들의 특징은 레스토랑 경력은 없지만 오랜 세월 홈쿠킹으로 갈고닦은 실력이 만만치 않다는 것이다. 집에서 혼자 느긋하게 요리하던 습관이 있어 제한시간 안에 여러 명이 어깨를 부딪치며 조리하는 실습실 환경을 낯설어하지만 실력은 세미프로 수준이라 우왕좌왕하는 법이 없다.

마지막은 초급반 사다리의 맨 밑바닥에

있는 그룹C. 이 그룹의 학생들은 맛집 찾아다니는 것을 즐기고 집에 가보면 책장에 온갖 요리책이 가득하다는 특징이 있다. 또한 자신만의 단골 메뉴가 있어 가족이나 친구 같은 공짜손님에게 "맛있다, 식당 한번 해봐라" 하는 칭찬도 적잖게 들어왔다(그런 인사치레를 믿고 식당 차렸다 망한 사람 여럿 보았다).

하지만 그룹C의 실체는 양파 하나도 제대로 썰 줄 모르는 완전 초보자들, 학생들이 즐겨 쓰는 표현으로 '주방의 얼간이들Kitchen Idiots'이다. '얼간이들'은 수적으로는 10퍼센트 안팎의 소수지만, 특유의 이상행동(비명 지르기, 정신사납게 왔다갔다하기)과 겁에 질린 낯빛 때문에 프로와 세미프로들이 장악한 실습실에서 단연 눈에 띈다. 애처롭게도 이들은 주방에서 종종 패닉 상태(의학적으로는 갑작스런 공포와 불안에 의한 심리적 혼란상태를 일컫지만 주방용어로는 굉장히 얼빠진 상태)에 빠진다.

패닉 상태에 빠진 얼간이들은 지금 자신의 두 손이 무엇을 조리하고 있는지 뇌가 인지하지 못한 상태에서 A, B 그룹 멤버들의 동작을 필사적으로 엿보며, 오직 대열에서 낙오하지 않으려는 처절한 생존본능에 의존한 채 수업에 임한다. 인정하기 어려웠지만, 나는 마지막 그룹, 즉 얼간이 클럽의 멤버가 되었다(제길).

수업 첫날, 나는 인간이 주방에서 저지를 수 있는 다채로운 실수와 사고를 하나도 빠짐없이 골고루 체험하고 있었다. 그때 나에게 심리적 위안이 된 친구가 있었으니 바로 인도네시아에서 온 디토였다. 그는 실습시간 내내 나의 심리적 안전망 구실을 해주었는데 이유는

단 하나, 나보다 더 심한 얼간이 짓으로 나에게로 쏟아지는 선생님
의 시선을 적당히 분산시켜주었기 때문이다. 내가 칼 가방의 지퍼를
낑낑대며 겨우 열었던 순간에도 디토는 여전히 가방을 붙잡고 씨름
하고 있었다. 그것도 주방바닥에 털썩 주저앉아서 말이다(키친 패닉의
전형적인 사례다). 이 광경을 본 프랑스인 선생님은 고개를 절레절레
흔들었다.

"여기는 자카르타 시장이 아니야. 빨리 일어나요."

우리 두 사람은 주방의 실수 챔피언 자리를 놓고 매번 선의의 경쟁
을 벌였는데 디토는 누구도 상상할 수 없는 대형사고를 저질러 번번
이 나를 압도했다. 내가 '걸어다니는 주방실수 포켓 사전'이었다면 디
토는 '옥스퍼드 대백과'였다.

예를 들어 셰프가 "마늘 한 쪽
을 넣으세요" 하고 말하면 디토는
줄기에 달린 마늘 한 다발을 뜯어
서 통째로 집어넣는 식이었다. 누가
봐도 '지금 애가 본 적도 먹은 적
도 없는 요리를 하고 있구나' 싶을
만큼 음식에 대한 기본적인 지식
이 없었다. "그걸 다 넣는 게 아니라
구" 하고 으스대며 내가 충고를 할
수 있는 사람도 디토뿐이었으니,
그는 내게 위안과 자신감을

불어넣어주는 '진정' 고마운 친구였다.

무슨 우연인지 디토도 인도네시아의 텔레비전 프로듀서였고, 요리 프로그램을 만들겠다는 꿈을 가지고 르 코르동 블뢰에 입학했다. 디토가 내게 자신의 직업을 말했을 때 동질감과 함께 '우리 둘 다 왜 이러나' 싶어 한숨이 나왔다. 차라리 모르고 있었더라면 싶은 생각마저 들었다.

실력별로 그룹을 나누긴 했지만 더 큰 차이는 각자의 '형편'에 있었다. '생계형' 학생들은 런던의 값비싼 물가와 어마어마한 등록금을 충당하기 위해 평일에는 물론 주말에도 밤늦게까지 주방에서 일을 했다. 옷을 살 돈이 없어 매일 똑같은 셔츠에 무릎이 해진 청바지를 입고 너덜너덜해진 운동화를 신고 다녔다. 수업시간에 만든 요리로 대충 끼니를 때웠으며, 담뱃값도 아까워 잎담배를 손수 말아 피웠다(강의가 없는 시간 양지바른 곳에서 서너 명이 옹기종기 모여 있다 치면 십중팔구 사제담배를 제조중인 것이었다). 피 같은 돈으로 공부하는 것이니만큼 피로와 수면부족에 시달리면서도 셰프의 꿈을 이루기 위해 수업에 열정적으로 임하는 존경스러운 친구들이었다.

반면 르 코르동 블뢰에는 '있는 집' 자제분들도 많았다. 부자도 보통부자가 아니라 슈퍼리치였다. 월요일 수업에 피곤한 얼굴로 앉아 있는 그들에게 주말에 뭘 했느냐고 물으면 알프스에 가서 스키를 타고 왔다는 대답이 나왔고, 취미가 뭐냐고 물어보면 '클래식 카' 수집이라고 했다. 집에서 호랑이를 애완용으로 키운다는 여학생도 있었는데 소문에 의하면 그녀는 손꼽히는 태국 재벌가의 딸이었다.

나라도, 배경도, 학력도 천차만별인 학생들이 모인 르 코르동 블뢰는 그래서 더욱 흥미진진했다. 하지만 무엇보다 좋은 점은 부유하건 가난하건 서로 티내는 법 없이 잘 어울린다는 것이다. 다 해진 옷을 입고 다니는 꾀죄죄한 입성의 학생이든, 『보그』의 화보에서 갓 튀어나온 듯한 차림의 학생이든, 학교 유니폼을 입고 오븐 앞에서 땀을 흘릴 때는 모두 평등하다. 학교가 끝나자마자 온종일 연기나는 주방에서 굴러야 하는 시급 8파운드짜리 동네 레스토랑의 코미 셰프Commie Chef(견습요리사)라고 무시당하는 법이 없다. 오히려 그 친구가 레시피를 머릿속에 꿰고 있고 양갈비를 기막히게 구워낸다면 그는 동급생의 우상이다. 르 코르동 블뢰 주방에서는 배경이나 학벌이 아니라 요리 잘하는 사람이 최고대접을 받는다.

'없는 집' 학생들은 생계를 위해 요리를 배우러 왔지만 '있는 집' 학생들은 취미로 요리를 배운다. 졸업 후 '없는 집' 친구들은 제대로 된 자기 레스토랑을 갖기 위해 십 년 넘게 남의 주방에서 고생해야 하지만, '있는 집' 친구들은 단기간의 경력만 쌓고도 집안의 자본으로 쉽게 오너 셰프가 된다. 그러나 출발선이 달라도 누가 마지막 승자가 될지는 알 수 없다. 르 코르동 블뢰의 어느 셰프는 이렇게 말했다.

"이 교실에 있는 많은 학생들이 평생 셰프의 길을 가리라 꿈꾸고 있을지 모릅니다. 하지만 여러분 중에 오직 5퍼센트만이 셰프로 은퇴할 수 있을 것입니다. 부자가 되기를 원한다면, 스타가 되기를 원한다면 어서 다른 길을 택하십시오."

칼맛,
불맛을 배우다

실습이 시작되면 학생들은 모두 전투 모드로 돌변한다. 조금 전까지 라커룸에서 희희낙락하던 모습은 온데간데없고 다들 날카로운 칼끝처럼 신경이 곤두선다. 군대에서 사격장 군기가 제일 무섭듯, 다른 수업 때는 상냥하던 선생님들도 실습실 주방에만 들어오면 미소가 사라진다. 특히 초급반에서는 학생들의 작은 실수에도 불호령이 떨어진다. 레스토랑 주방에서 잠깐 정신을 놓았다가는 크게 다칠 수 있기 때문이다.

첫날 안전사고 오리엔테이션을 할 때, 선생님들은 선배들의 수많은 사고사례를 이야기하며 주방의 위험성에 대해 누누이 경고했다. 달궈진 오븐에 손을 집어넣었다가 돌이킬 수 없는 화상을 입은 여학생부터 뜨거운 기름에 물이 튀어 몇 달간 병원치료를 받았다는 괴담까지, 공포영화를 방불케 하는 무서운 이야기들이 줄줄이 쏟아져 나왔다.

첫날 칼을 지급받고 손가락을 자르면 어쩌나 하던 걱정이 노파심이 아니라는 것을 확인하는 데에는 오랜 시간이 걸리지 않았다. 시퍼렇게 벼려진 칼은 보는 것만으로도 섬뜩한데, 가뜩이나 손재주가 없다보니 내가 칼을 휘두르는지 칼이 나를 휘두르는지 모를 만큼 제어하기가 힘들었다. 하지만 시간이 지나면서 두려움과 경계심은 무뎌졌다. 하루는, 나라고 고수들처럼 칼질을 못할 건 뭐냐 싶어 평소보다 두 배 속도로 빠르게 당근을 썰다가 기어이 피를 보고야 말았다. 나뿐이 아니었다. 학기 초, 학교에 비치된 반창고는 불티나게 나갔다. 동기들의 손가락 마디마다 새파란 반창고(르 코르동 블뢰는 반창고도 파란색이다)가 훈장처럼 붙어 있었다. 학교 다닐 때도 칼침 한 번 안 맞아본 나름 칼과 거리가 먼 사람이었는데, 이제 내 손에는 내가 직접 새긴 칼자국들이 훈장처럼 새겨져 있다.

요리유학을 오기 전 촬영하다 만난 한 셰프가 이런 말을 했다. "불맛을 알아야 맛있는 요리가 나온다." 똑같은 재료와 도구로 요리를 하더라도 화력의 세기와 종류에 따라 맛이 완전히 달라진다는 것이다. 그 셰프의 말을 뒷받침하듯, 프로들의 주방에서는 눈에 보이는 모든 쇳덩이들이 겁나게 뜨겁다.

가장 무시무시한 것은 플랫톱Flat Top 오븐이다. 큰 테이블만한 철판이 통째로 불덩이처럼 달구어져 있어서 한꺼번에 올려놓은 수십 개의 소스팬과 프라이팬들을 오 분 안에 데울 수 있는 괴물이다. 깜빡 정신놓고 있다가 플랫톱 위에 손이라도 얹게 되면 순식간에 살갗이 달라붙는다. 실습실에서 플랫톱을 처음 봤을 때, 나는 고대 중국에서 대역죄인에게 사용했다는 고문기구를 떠올렸다. 장작불로 시뻘겋게 달군 뒤 죄인을 맨발로 걷게 했다던 엽기적인 고문장치 말이다. 그러니 고문기구가 즐비한 주방은 가정집 부엌과 분위기가 판이하다. 음식을 만드는 어머니의 뒷모습, 똑똑똑 채소 써는 소리, 구수한 음식냄새로 포근한 부엌과 달리 넘실거리는 불길이 장악한 프로들의 주방은 그 모양새부터 위압적이다.

'로스트비프'를 요리하던 날, 나는 불맛을 제대로 보았다. 그날 나를 잡아먹은 괴물은 천만다행으로 플랫톱이 아니었다(그랬다면 나는 지금 이 글을 쓰기 위해 이로 자판을 누르고 있었을 것이다). 프로들이 쓰는 냄비나 팬은 손잡이가 나무나 플라스틱이 아니라 금속재질이다. 고기나 생선을 직화로 조리한 다음 냄비나 프라이팬째 오븐에 넣어 속까지 익히는 프랑스 요리의 기본적인 테크닉 때문이다.

시작은 나름 순조로웠다. 설로인 스테이크를 만들기 위해 지방과 자투리 살코기를 잘라내고, 쇠고기 등심의 연한 부위를 실로 동여맨 다음 뜨거운 팬에 바깥쪽 여섯 면을 골고루 익혔다. 소스를 만들기 위해 미르푸아 ^{mirepoix}(토막 낸 양파, 당근, 셀러리 모음)를 볶아 기름을 걸러내고 부케 가르니, 마늘 등을 넣은 다음 육수를 부어 다시 불에 올렸다. 육수의 양이 반으로 줄 때까지 끓여야 했기 때문에 소스

가 완성되기를 기다리며 180도로 예열한 오븐 안에 프라이팬째 스테이크를 집어넣고 추가로 익혔다. 여기까지는 좋았다. 순서에 따라 착착 조리를 하는 스스로가 대견할 만큼.

재앙의 순간은 프라이팬을 꺼낸 뒤에 찾아왔다. 오븐에 달궈진 프라이팬 손잡이를 조심스럽게 키친타월로 감싸잡고 조리대에 올려놓은 지 일 분 후, 몸을 돌려 다른 작업을 하다가 금속 손잡이가 여전히 대장간의 쇠뭉치처럼 달구어져 있다는 사실을 까맣게 잊어버리고 말았다. 집에서 하던 버릇대로 맨손으로 덥석 프라이팬을 잡은 순간, '으악' 비명을 지를 틈도 없이 이미 손바닥은 미디엄 레어로 익어버리고 말았다(이런 사고를 방지하기 위해 손잡이에 항상 키친타월을 감아놔야 한다는 수칙을 모르고 있었다).

눈물이 찔끔 나올 만큼 아팠지만 얼음물에 잠깐 담그는 응급조치만 한 다음 다시 조리를 시작했다(이 정도 화상은 그 누구도 "괜찮냐?"라고 건성으로도 묻지 않는다). 전열을 복구하고 마지막 피치를 올려야 하는데 온 신경이 손바닥의 통증으로 쏠렸다. 물집이 생겨 손아귀가 벌겋게 부어오르고 사정없이 따끔거리는 상황에서 데드라인은 일분일초 다가오고 있었다.

그 와중에 소스는 졸아들어 바닥을 드러내지, 스테이크에 곁들이는 폼샤토^{Pommes Chateau}(감자요리)는 탄 냄새를 풍기기 시작하지, 초조해 죽을 지경이었다. 하필 그날 실습 셰프는 깐깐하기로 소문난 얀 선생님이었다. 샤를 드골이 떠오르는 오뚝한 매부리코에 신비로운 느낌의 푸른 눈매, 여권을 보지 않아도 "나는 오만한 프랑스인이오"라고 얼굴에 쓰여 있는 사람이었다. 셰프 얀이 단호하게 외쳤다.

"자, 이제 그만. 접시를 가지고 오세요."

완성된 로스트비프를 접시에 담으려는데 아차 이런, 접시를 따뜻하게 데워놓는 것을 깜빡했네. 에라 모르겠다, 비상수단으로 뜨거운 오븐 안에 접시를 집어넣었다가 일분 후에 꺼냈더니, 엄마야 이 일을 어째, 이번에는 접시가 비빔밥용 돌솥처럼 불덩이로 변했다. 냉장고에 다시 넣을 시간이 없어서 허겁지겁 스테이크 위에 소스를 얹고 가니시를 곁들여 셰프에게 가져갔다. 접시부터 만져본 셰프의 눈초리가 확 올라갔다.

"네 접시가 활활 타고 있어(Your plate is burning hot)!"

이럴 때는 변명의 여지가 없으니 실없이 웃는 수밖에.

"고기는 그런대로 잘 구웠네. 그런데 소스는 어디로 갔지?"

엥? 접시를 내려다보니 조금 전까지만 해도 고기 주위를 둘러싸고 있던 소스가 온데간데없었다. 뜨거운 접시의 열기 때문에 다 말라버린 것이었다. 마지막까지 불이 말썽이었다.

손바닥의 물집은 한동안 나를 괴롭혔지만, 다행히 나의 주방사고는 대수롭지 않은 자상 한 번과 화상 한 번으로 끝났다. 이듬해 신입생 오리엔테이션 때 나의 사례가 회자되지 않아 얼마나 다행인지 모르겠다. 요리사가 되는 과정은 두려움과 싸우는 과정이기도 하다. 튀김요리라도 할라치면 부글부글 끓고 있는 기름 솥 근처에 가는 것만으로도 두려움이 밀려온다. 그렇다고 지레 겁을 먹고 멀찌감치 서서 음식을 던져넣었다가는 사방으로 튀어오르는 기름에 혼비백산하게 된다. 무딘 칼이 위험하고 날 선 칼이 안전하다는 것, 뜨거운 것이 두려울수록 더 가까이 다가가야 한다는 것. 주방에 익숙해지기 위해서는 그 아이러니를 먼저 배워야 한다.

　저녁 일곱시가 다 되어 땀범벅이 된 채 집으로 가는 교외선 기차에 올랐다. 화상 입은 손바닥이 심하게 쓰려왔다. 잘 다니던 방송사를 떠나 왜 이런 고생을 사서 하고 있지, 괜히 우울해져 멍하니 차창 너머로 해 저무는 템스 강의 풍경을 바라보았다. 무릎 위 배낭 안에는 오늘 내 손으로 만든 로스트비프가 들어 있었다. 아직 채 식지 않은 음식의 온기가 느껴졌고 마음이 조금 편안하고 뿌듯해졌다. 막 조명이 켜진 런던 아이^{London Eye}의 원형 궤도가 밤하늘의 거대한 접시가 되어 나를 내려다보고 있었다.

버터가 아니면
죽음을 달라

르 코르동 블뢰에 입학하기 전에 나는 프랑스 요리에 익숙한 사람
이 아니었다. 파스타로 대변되는 파스타가 단골 외식 메뉴이자 집에
서도 손쉽게 만들었던 '만만한' 서양요리였다면, 프랑스 요리는 멋진
외양과 기막힌 맛에도 불구하고 범접하기 어려운 음식이었다. 가끔
이태원이나 서래마을의 프랑스 레스토랑에 가더라도 오렌지 소스에
곁들인 오리고기나 해산물요리 부야베스 등 내 입맛에 꼭 맞는 특정
메뉴만 주문했다. 그러다보니 프랑스 요리 하면 뭐 하나 금방 머릿속
에 떠오르는 것이 없었다. 프랑스 요리에 대한 무지로 인한 환상이
결국 프랑스 요리학교를 지원하게 만든 것인지도 모르겠다.

르 코르동 블뢰 요리학교 문턱을 넘자마자 먹을 복이 터졌다. 그것도 일반서민들이 먹는 가정식이 아니라, 옛날부터 특권계층들이 즐겨먹던 클래식한 요리였다. 프랑스 귀족들의 음식을 종류별로 요리하고 원 없이 먹는 나날이 어찌 즐겁지 않으랴. 하지만 그 즐거움도 처음 몇 주뿐이었다. 세상의 모든 일은 취미나 놀이일 때나 신나지, 직업이 되거나 프로가 되기 위해 고군분투하는 순간 스트레스가 된다. 그런 차이를 가장 극단적으로 보여주는 인간행위를 두 가지 꼽는다면 첫번째가 섹스이고 두번째가 요리 같다. 전자의 경우는 잘 모르겠지만 후자는 확실히 그랬다.

나로 말하면 타고난 '양식洋食 체질'로 방송국에서 한때 내 별명은 '빵 피디'였다. 유럽 출장을 가면 몇 주건 논스톱으로 김치 없이 버틸 수 있었고(생각조차 안 났다), 한국에서도 쌀과 밀을 먹는 횟수가 거의 비슷했다. 하지만 그런 나도 르 코르동 블뢰에서 한 달이 넘어가자 몸에 이상신호가 왔다. 으악, 느끼해서 더 못 먹겠다!

빵 피디도 역시 태생은 속일 수 없는 걸까? 이따금 먹을 땐 입에 착착 달라붙던 프랑스 요리가 왜 매일 먹게 되자 한 달도 안 돼서 질려버린 걸까? 한식은 일 년 내내 먹어도 그렇지 않은데 말이지. 해답을 찾는 데는 그리 오랜 시간이 걸리지 않았다. 전통적인 한식에는 전혀 들어가지 않는 식재료 한 가지가 프랑스 요리에는 어마어마하게 들어간다는 것을 르 코르동 블뢰 주방에서 발견했기 때문이다. 실습실 냉장고를 가득 채운 프랑스 요리의 필요불가결한 식재료, 빵 피디로 하여금 집에 가자마자 김치찌개에 밥을 말아먹게 만든 주범, 바로 버터였다.

버터가 들어가지 않은 프랑스 요리를 찾는 것보다 간장이 들어가지 않은 한국 요리를 찾는 편이 더 쉬울 만큼, 버터는 프랑스식 레시피에서 절대적인 재료다. 양념과 소스를 만들 때에도, 고기와 생선과 채소를 굽고 볶고 조릴 때에도 버터는 빠지는 법이 없다. 이 미끈미끈한 동물성 지방덩어리는 한마디로 프랑스 요리에서 천상의 조미료이자 프랑스인의 일용할 양식이다. 지구상에서 버터가 사라진다면 프랑스 셰프들은 반쯤 미쳐서 "버터가 아니면 죽음을 달라"고 외치며 거리로 뛰쳐나갈 것이고, 인류의 주방에서 프랑스 요리는 영원히 사라질 것이며, 수주일 내에 프랑스 민족도 멸종할 것이 분명하다.

버터는 프랑스 요리에서 다양한 쓰임을 자랑할 뿐 아니라 들어가는 양도 어마어마하다. 과장을 좀 보태면, 보통의 한국인이 평생 소비하는 버터를 보통의 프랑스인은 일주일(건강을 챙기는 프랑스인이라면 한 달) 안에 다 먹어치울 것이다. 실습시간에 메인 요리와 사이드 요리 두 가지(이인분)를 한다고 치면, 적게는 150그램에서 많게는 250그램의 버터가 들어간다.

나도 한국에서는 작은 팩에 담긴 250그램짜리 버터 한 덩어리를 사면 토스트에 몇 번 발라 먹다가 냉장고 한구석에 던져놓고 몇 달씩 방치하곤 했다. 그러다 유통기한이 넘은 뒤 내다버리기 일쑤였다. 버터보다 마가린이 좋다고 해서 한동안 구입하지 않은 적도 있었다. 그러니 양식애호가인 나 같은 사람도 (각종 디저트와 빵에 숨어 있는 버터의 양을 감안하더라도) 버터를 한꺼번에 다량 섭취할 일이 없었다. 그런데 르 코르동 블뢰에 들어오자마자 일 년치 버터를 일주일에 몰아

 먹었으니 몸 안의 세포들이 반기를 든 것도 당연했다.

　내 몸이 '으악' 비명을 지른 데에는 한 가지 이유가 더 있었다. 프랑스 음식은 대체로 간이 엄청나게 세다. 내 입맛에 맞게 소금을 넣었다간 바로 감점이다. 지금도 내 요리를 맛본 프랑스 선생님들의 카랑카랑한 목소리가 귓가에 맴돈다. "More Salt, More Salt!(소금 더 많이!)" 물론 맛있는 음식과 맛없는 음식을 나누는 기준이 상대적이듯, 짜고 싱거운 것도 한국과 프랑스의 판단기준이 다를 수 있다. 어쨌든 르 코르동 블뢰의 주방에서는 프랑스 셰프의 입맛이 곧 법인지라, 일개 학생인 나로서는 버터를 더 넣으라면 더 넣고 소금을 더 넣으라면 더 넣는 수밖에.

　그날 시연수업에서도 프랑스 셰프는 버터와 소금을 듬뿍듬뿍 넣고 있었다. 입으로는 "Just a little bit of butter(버터 약간만 더)"라고 말하고 있었지만 그의 손에는 이미 큼지막한 동물성 지방덩어리(평균 한국인의 일 년 소비량은 족히 될 듯한)가 들려 있었다. 학생들이 킥킥거리자 셰프도 슬쩍 미소를 띠었다.

"Come on, I am a French(나 프랑스 사람이잖아)."

옆자리에 앉아 있던 크로아티아 출신 휴대전화 사업가 토미가 소곤거렸다.

"리, 너 실습시간에 높은 점수 받는 비법 알려줄까? 레시피보다 20퍼센트 정도씩 버터랑 소금을 더 넣어. 그러면 아무리 망친 요리라도 셰프들이 대충 맛있다고 생각해서 점수를 더 준다구."

토미는 나와 마찬가지로 C그룹 일명 얼간이 클럽 소속이었기 때문에 그의 비법이 약간 미심쩍기는 했으나 얼핏 들었을 때는 꽤 쓸 만한 정보 같았다.

곧이어 시작된 실습시간. 토미의 비법을 써먹을 기회가 바로 왔다. 그날 메뉴는 오리가슴살 로스트에 소테한 시금치와 으깬 감자였다. 아무래도 불안해서 버터를 있는 대로 집어넣었다. 뜨거운 팬 위에서 샛노란 버터와 함께 지글지글 익는 고기를 보니 과연, 여느 때보다 맛있어 보였다. 평가를 받기 위해 완성된 요리를 들고 평소보다 가벼운 발걸음으로 셰프에게 다가갔다. 셰프의 눈에도 내 요리가 괜찮아 보였는지 표정이 나쁘지 않았다. 그리고 고기를 썰어 맛을 보자마자 프랑스 셰프의 입에서 튀어나온 말,

"우웩, 느끼해!"

역시 토미 말을 믿을 게 아니었다.

석 달쯤 지나자 몸에서 알 수 없는 변화가 느껴졌다. 연휴가 겹쳐 학교를 며칠 안 나가면 버터 향이 그리웠고, 집에서 조리할 때도 버터를 넣지 않으면 도무지 음식맛이 나지 않는 것 같았다. 예전 같으면 건강 챙긴다고 올리브오일을 썼을 요리도 기어이 버터를 한 덩어리 넣어야 마음이 놓였다.

시간이 지나면서 나는 프랑스 셰프가 만류할 정도로 버터를 집어넣는 '버터 예찬론자'가 되었다. 버터는 '먹을 때'만 쾌감이 있는 게 아니라 '넣을 때'도 쾌감이 있다. 노란색의 먹음직스러운 색감, 미끈거리는 덩어리의 감촉, 그것을 손으로 집어 프라이팬에 던져넣을 때의 짜릿함! 막 뒤집은 스테이크 위에 올린 버터가 순식간에 녹아내려 고기에 배어드는 순간, 정신을 혼미하게 하는 그 냄새는 또 어떻고.

건강을 생각하는 요즘 사람들에게 나의 버터 예찬론이 뜬금없이 들릴 수도 있겠다. 서민들이 단출하고 소박한 음식으로 끼니를 때우던 옛날이나 웰빙이 화두인 요즘이나, 비싸고 기름진 음식은 늘 죄악시되는 것 같다. 그러나 우리가 종족보존본능이나 질병예방 차원에서 섹스를 하는 것이 아니듯 음식도 마찬가지다. 내가 르 코르동 블뢰에서 배운 정말 중요한 것은 어떤 요리, 어떤 레시피든 인류의 위대한 창조물이라는 사실이다.

음식이 가진 가치 중에는 기쁨과 즐거움, 쾌락과 감정정화의 영역도 있다. 그것은 그 나름대로 중요하므로 나는 그런 것들이 간과되고 심하게는 적대시되는 분위기가 좀 슬프다. 물론 건강 때문에, 환경 때문에, 그리고 다른 중요한 이유들 때문에 채식을 하고 웰빙을 논하는 것은 훌륭한 일이다. 하지만 세상에는 그냥 '훌륭하다'는 말만으로도 설명이 되는 요리들도 많다.

프랑스인도, 요리사도 아니었지만 마크 트웨인은 이렇게 말했다. "세상 사람들이 건강에 좋지 않다는 이유만으로 좋은 음식을 배척하는 것은 안타까운 일이다. 우여곡절을 겪으면서 명성을 얻은, 먹고 마시고 피울 수 있는 모두를 엄격하게 물리치는 사람들이 있다. 건강이라는 이유로 이 모든 대가를 치르는 것이다. 그리고 얻는 것이라고는 오로지 건강뿐이다."

그리하여 버터로 범벅된 기름진 음식이 우리에게 선사하는 즐거움을 나는 포기할 수 없다.

오늘은
네 소스가 최고다!

프랑스 요리에서 소스는 광채이자 마지막 영광으로 불릴 만큼 핵심요소다. 요리를 시작하면서 가장 먼저 만들어야 하는 것도 소스이고, 음식을 프레젠테이션할 때 가장 마지막으로 올려야 하는 것도 소스이니, 소스는 프랑스 음식의 처음과 끝을 장식하는 백미라 할 수 있다.

잘 구운 농어와 곁들이는 화이트와인 소스, 돼지안심 로스트에 얹은 맥주로 맛을 낸 캐러멜 맛 소스, 부드러운 수란에 얹은 네덜란드식 홀랜다이즈 소스까지, 특별한 소스가 더해짐으로써 특별한 요리가 완성된다. 과거 프랑스 주방에서는 소스를 책임지는 소시에saucier의 끗발이 마스터 셰프 다음이었을 정도로 그 위세가 대단했다고 한다.

소스는 조리법만 400가지가 넘고 만들기도 힘들어 한방의 보약달이기에 버금가는 시간과 정성이 필요하다. 스테이크, 포크춉, 양갈비 등 주로 고기요리에 들어가는 브라운 소스 계열엔 고기는 물론 양파, 당근, 셀러리, 월계수, 타임(허브), 리크, 토마토퓌레 등 좋은 건 다 들어간다. 이것들을 곰탕 끓이듯 오래 달이고 달인 뒤, 건더기를 건지고 찌꺼기를 걸러서 엑기스만 뽑아낸 것이 브라운 소스다. 이 과정을 처음 보고 난 뒤 학생들이 이구동성으로 했던 말이 있다.

"세상에 이런 낭비가!"

몇 숟가락도 안 되는 진득한 액체를 위해 온갖 훌륭한 식재료들이 살신성인해야 하니 '낭비'로 여겨질 만하다. 하지만 시간이 지날수록 '맛있는 소스 한 스푼을 얻기 위해서라면 그런 희생을 감수할 만하지, 충분한 가치가 있구말구'라며 고개를 끄덕이게 된다. 비교적 만들기에 간단한 홀랜다이즈 소스의 경우에는 일단 아주 큰 믹싱 볼을 준비해야 한다. 볼에 달걀노른자와 끓인 화이트와인을 넣고 중탕으로 온도를 조절해가며 거품기로 젓다가, 거품이 일고 사바이옹이 제대로 만들어졌다 싶으면 정제 버터를 천천히 흘려가며 저어준다. 이 과정에서 중요한 건 온도다. 온도가 높으면 소스가 분리되기 때문이다. 하지만 분리가 되어도 물을 조금 넣거나 달걀노른자를 넣어 다시 섞으면 기사회생시킬 수 있다. 마지막 단계로 레몬즙과 소금을 넣고 따뜻한 온도를 유지하며 저으면 맛있는 홀랜다이즈 소스가 완성된다. 수많은 재료를 희생하고 온도를 맞춰가며 얻어낸 소스를 요리의 마지막 순간 뿌리고 나면, 주재료는 소금·후추로 간을 했을 때와는 확연히 차별

화된 풍미를 가진다. 웅크리고 있던 맛의 인자가 활짝 열리는 느낌이랄까.

미각적으로만이 아니라 시각적으로도 소스는 프랑스 요리의 종결자다. 완성된 접시에서 소스는 화가의 물감과 같은 역할을 한다. 침을 고이게 하는 맛깔스러운 색감의 소스가 선과 점으로 접시를 수놓는 장면을 상상해보라. 이것은 요리사에게 극적인 화룡점정의 순간이다. 소스는 프랑스 요리가 예술로 추앙받고 인류의 위대한 문화유산으로 대접받게 된 비결 중 하나다.

실기수업이 '땡' 하고 시작되면 가장 먼저 준비하는 것이 소스다. 맛있는 소스를 만들려면 지난한 인내심이 필요하다. 수업에서야 시간문제도 있고 하니 세 시간 안에 소스를 뽑아내야 하지만 제대로 된 프랑스 레스토랑의 경우, 육수 내는 것까지 합하면 소스 만들기는 하루종일 걸리는 작업이다.

소스 만들기는 기본 중의 기본으로 거의 매일 연습하는 테크닉이지만, 반복훈련에도 불구하고 녹록지 않은 작업이다. 선생님들까지도 "소스를 제대로 만들 수 있다면, 넌 진짜 셰프가 된 거야"라는 말을 자주 하는데, 조리가 덜 되면 맛이 옅고 너무 오래 졸이면 색이 진해지거나 탄 맛이 난다. 더하지도 덜하지도 않은 딱 중간, 적정선에서 맛을 내는 게 쉽지 않다.

그러니 소스가 맛있으려면 갓난아기를 돌보는 정성으로 눈을 떼지 말아야 하는 것은 물론, 때가 될 때까지 국물 위의 기름덩어리를 걷어내며 참을성 있게 기다려야 한다. 급한 내 성격에 쉬운 일이 아니다. 나의 실수담은 이 장에서도 계속된다(칭찬받았던 이야기도 한두 번 써야 하는데 기억이 안 나니 이런 제길!).

그날은 무를 곁들인 오리고기 소테를 만드는 수업이었다. 먼저 소금과 후추로 간을 맞춘 오리고기 필렛^{fillet}(고기나 생선의 뼈 없는 조각)에 버터를 바르고 프라이팬에서 서서히 익혔다. 아, 엄청나게 맛있는 냄새가 났다. 최상급 고기가 버터와 함께 지글지글 익어갈 때의 소리와 냄새에 넋이 나가지 않는다면 당신은 심한 위장장애나 우울증을 의심해봐야 한다.

프라이팬에 당근, 양파, 베이컨을 함께 볶다가 무를 넣고 팬에 남아 있는 국물에 화이트와인을 부어 데글라세^{Deglacer}(포도주나 코냑 등을 넣어 국물을 끓여내는 것)를 시작했다. 여기까지는 순조로웠다. 그런데 즙이 완전히 증발할 때까지 기다려야지 하고, 잠시 가니시로 낼 감자요리를 하다가 소스 팬을 깜빡해버렸다. 고개를 돌렸을 땐 이미 소스가 검은 용암처럼 끓어오르는 중이었고, 손을 쓸 틈도 없이 연기를 내며 타버렸다.

시계를 보니, 어이쿠, 검사 15분 전이다. 셰프는 먼저 끝낸 학생의 요리를 평가하느라 바빴고 친구들의 소스 팬에서는 맛깔난 소스가 끓고 있었다. 그날 나는 심봉사가 되어 젖동냥이 아닌 소스 동냥을 해야 했다. 한 국자씩 얻어낸 소스를 빈 소스 팬에 옮겨 담았다. 다채로운 풍미의 소스가 섞이니 더 맛있어 보였다. 소스를 맛본 셰프가 눈을 찡긋했다.

"오늘은 네 소스가 최고다!"

친구들을 살짝 보니 다들 킥킥거리며 눈을 찡긋거렸다. 소스 동냥이 제 실력을 발휘할 줄이야.

돌아오는 하굣길, 스산한 런던의 겨울바람이 차창을 때리고 있었다. 주머니는 비어 있었고 몸은 고단했고 서울이 그리웠다. 내가 가진 재료의 가장 좋은 부분만 달여 뽑아낸 에센스. 마지막 순간 내 인생에 아름답게 곁들여질 소스는 과연 무엇일까?

초급반 기말시험,
낙제괴담의 주인공이 되다

입학한 지 석 달째, 초급과정의 최종관문인 '파이널 프랙티컬 테스트', 기말 실기시험이 다가오고 있었다. 평소 수업시간의 평가가 아무리 좋아도 기말시험을 망치면 초급과정을 처음부터 재수강해야 한다. 운동선수가 연습경기에서 어떤 기록을 세웠든 실전에서 잘못하면 아무 소용 없듯이, 무용수가 리허설에서 제아무리 완벽한 춤을 선보였어도 관객들 앞에서 넘어지면 공연을 망치듯이, 우리도 세 시간의 실기시험에 사활이 걸려 있었다.

기말시험이 삼 주 앞으로 다가오자 학교로 가는 기차 안에서 우두커니 창밖을 바라보다가, 실습실에서 스테이크를 굽다가, 펍에서 맥주를 마시다가, 불쑥불쑥 끔찍한 질문이 떠올랐다. '낙제를 하면 어쩌지?' 상상만으로도 오금이 저리고 등골이 오싹했다.

비싼 등록금을 또 내야 한다는 것도 막막하지만 새파란 신입생으로 돌아가 지긋지긋한 신병훈련을 다시 받는다는 것은 치욕 중의 치욕이었다. 그렇다고 '에라, 모르겠다' 하고 한국으로 내뺄 수도 없었다. "거 봐라, 방송국 프로듀서가 겁 없이 르 코르동 블뢰 들어가더니만, 결국 초급도 못 넘기고 낙방이네." 그런 소리를 들으면서 얼굴 들고 다닐 수 있을까. 낙제를 하느니 250도로 끓는 식용유에 가운뎃손가락을 '딥 프라이'하는 편이 나았다.

시험일이 하루하루 다가오면서 초급반 교실에는 비장한 기운이 감돌았다. 여느 때 같으면 뒷자리에서 꾸벅꾸벅 졸고 있거나, 앞에 앉은 노르웨이 금발녀의 뒤태나 감상하고 있을 얼간이 클럽 멤버들까지 눈에 불을 켜고 수업에 집중했다. 불안은 출처 미상의 괴담을 만들어냈다.

'지난 기수들은 기말시험 당일에 지하철 센트럴라인(우리로 치면 지하철 일호선쯤 된다)의 신호기 고장으로 다섯 명이 무더기로 지각해 시험을 못 봤다더라.' 골동품 수준의 런던 지하철은 툭하면 고장이라 이 소문은 상당히 신빙성 있게 들렸다. '이층 주방의 왼쪽 마지막 작업대의 오븐 온도조절기가 제멋대로라 지난 시험 때 그 오븐을 사용했던 학생 두 명이 양갈비를 새까맣게 태워먹어 떨어졌다더라.' 이것 역시 충분히 발생가능한 시나리오로 들렸다. '맨해튼의 원스타 레스토랑에서 일하다 온 똘똘한 미국 친구가 시험 전날 생선을 먹고 탈이 나는 바람에 정신 못 차리고 헤매다가 탈락했다더라.' 출처 없는 '카더라' 통신은 눈덩이처럼 불어나 초급반 학생들을 공포의 도가니로 몰아넣었다.

우리 반에서는 두 사람이 '낙제괴담 시즌2'의 주인공 후보로 떠올랐다. 첫번째 후보는 인도네시아에서 온 '걸어다니는 주방실수 대백과' 디토였다. 디토에게는 그 누구도 범접할 수 없는 재주가 있었는데, 남부 프랑스 레시피를 가지고 자카르타 가정식을 만들거나, 전채와 메인 요리 레시피를 뒤죽박죽 믹스해서 셰프의 혼을 빼놓는 정체불명의 요리를 만드는 것이었다. 이는 디토가 아니면 누구도 할 수 없는 일이었다. 특히 그의 뿔닭구이는 모양새가 얼마나 처참한지, 한적한 시골 국도변에서 대형 화물트럭에 로드킬당한 야생고양이를 떠올리게 할 지경이었다.

이런 디토의 뒤를 바짝 쫓는 또 한 명의 낙제후보는, 슬프게도 바로 '나'였다. 물론 나는 적어도 디토보다는 내가 여러 면에서 앞서 있다고 굳게 믿고 있었다. 그래서 조리수업 때도 디토에게만은 슬쩍 으스대기까지 하면서, 이것저것 '코치'해주곤 했다. 이건 전혀 근거 없는 자신감이 아니었다. 모의실기 테스트 때도 나는 턱걸이이긴 했지만 제한시간 안에 한 접시를 완성했던 반면, 디토는 수업종이 칠 때까지 야생동물 사냥에 열중하고 있었으니까. 그럼에도 내가 "Can I bring my knife(내 칼 가져와도 돼요)?"라는 말을 "Can I bring my wife(내 아내를 데려와도 돼요)?"라고 발음한 일은 얼간이 클럽 멤버임을 모두에게 되새겨주는 일이었다.

대망의 기말시험 메뉴가 발표되었다. 프로방스 햄과 버섯으로 속을 채운 뿔닭요리와 화이트와인으로 조리한 가자미요리. 시험 당일, 두 가지 메뉴 중 하나를 제비뽑기로 선택하고, 시간 안에 메인 요리와 함께 오이나 감자로 만든 사이드 요리 한 접시씩을 곁들이는 것이 미션이었다. 두 메뉴 전부 프랑스 요리의 기본이 되는 테크닉을 포함하고 있어 시간 안에 완성하는 것이 녹록지 않은데다, 어떤 것이 걸릴지 모르니 두 가지 메인 요리와 두 가지 사이드 요리를 전부 숙달해야 했다. 반복, 반복, 연습, 연습만이 살 길이었다.

요리학교 실기시험에서 중요한 것은 창의력이 아니라 모방능력이다. 요리의 전 과정은 모방한 것을 반복해서 습득하는 일이기 때문이다. 물론 요리학교 학생들에게 그것은 좌절의 경험이기도 했다. 왜 선생님이 만든 것과 똑같이 안 되지? 혀는 점점 더 고급스러워지는데 손은 그렇지 않다. 요리학교의 실습은 그 괴리감과 싸우는 일이기도 하다.

작가라면 남들과 변별되는 독창적인 작품을 만들어야 하고, 디자이너라면 급변하는 트렌드에 맞춰 새로운 스타일을 창조해야 하지만 요리의 세계는 다르다. 사람들은 레스토랑에서 지난번에 맛있게 먹은 음식이 이번에도 똑같은 맛을 내기를 기대한다. 요리에서는 피카소급의 몇몇 대가가 혁신을 일으키면 그걸로 충분할 뿐, 대부분의 요리사들은 어떤 상황에서도 똑같은 맛을 낼 수 있는 능력을 요구받는다.

요리는 표절에 관대하다 못해 심지어 조장하는 분야라 할 수 있다. 누군가 거장의 요리를 똑같은 모양, 똑같은 맛으로 복제해냈다면

그는 손가락질을 받는 게 아니라 칭찬을 듣는다. 알랭 뒤카스나 피에르 가니에르의 요리를, 그것도 풀코스 요리를 똑같이 만들 줄 아는 셰프는 양심 없는 삼류 요리사가 아니라 천재인 것이다. 작가가 남의 문장을 베끼면 표절이지만, 요리사가 남의 요리를 베끼는 것은 표절이 아니라 재현이다.

영국의 유명 레스토랑 '팻 덕The Pat Duck'의 셰프이자 창의적인 요리사로 손꼽히는 헤스턴 블루멘털^{Heston Blumenthal}은 〈더 타임스〉에 기고한 칼럼에서 이렇게 말했다.

"어느 레스토랑에 갔는데 내 요리랑 똑같은 음식이 나왔다. 하지만 그걸 보고 왜 내 요리를 카피했느냐고 소송할 수 없다. 요리의 세계는 서로가 서로를 훔치고 복제하기 때문이다."

시험 전 르 코르동 블뢰 셰프들은 말한다.

"요리란 모방과 반복학습을 통한 근육과 혀의 기억이다."

헤스턴이 한 말의 요지는 모방도 능력이라는 뜻이고, 르 코르동 블뢰 셰프들이 한 말의 요지는 시험에 통과하고 싶으면 집에 돌아가서 복습하라는 것이다.

나는 레시피를 반복해서 외웠다. 자다 깨서도 레시피를 줄줄 읊을 정도가 돼야 손이 알아서 착착 움직이니까. 실습시간이라면 중간에 망쳐도 처음부터 다시 해보겠지만 시험 때는 단 한 번의 기회가 전부다. 어떻게든 시간 안에 완성해야 하기 때문에, 어떤 치명적인 실수가 있더라도 재도전할 수 없다. 게다가 머리로만 외운 레시피는 소용없다지 않은가. 선생님들 말처럼 근육과 혀가 맛을 기억하기 위해선 반복훈련을 해야 했다. 일반적인 시험공부야 조용한 방에서 책을 펴놓고 읽기만 하면 되지만 요리학교의 실기시험 준비는 번거로운 절차가 필요하다. 큰 슈퍼마켓에 가서 레시피에 나오는 재료들을 무더기로 사와야 하는 것이다.

시험 메뉴가 발표되던 날, 집에 가는 길에 대형 슈퍼마켓에 들렀다. 일반 슈퍼마켓에서는 뿔닭을 구하는 것이 어렵기 때문에 중간크기의 닭으로 대신했다. 생선을 구하는 것도 쉽지 않았다. 생선요리는 잘 손질해서 필렛을 완벽하게 뜨는 것이 관건인데 영국 슈퍼마켓들은 생선을 통째로 파는 경우가 거의 없고, 이미 손질된 생선을 포장해서 팔기 때문이었다. 미리 슈퍼마켓에 주문을 하고 기다린 끝에 내장과 지느러미가 온전한 것으로 서너 마리를 준비했다.

매일 학교에서 집에 돌아가면 밤늦게까지 부엌에 틀어박혀 닭을 토막내고 생선살을 발랐다. 뿔닭요리는 제한시간 안에 닭을 다듬는 일과, 감자 무스를 보기 좋게 프레젠테이션하는 것이 어려웠다. 까다롭기는 가자미 쪽이 훨씬 더했다. 껍질과 가시를 제거하고 흰살 부분만 널찍하게 펼쳐 부서지지 않게 속을 채운 뒤 김밥처럼 마는 것은 상당한 테크닉이 필요했다.

몇 날 며칠 동안 저녁식사를 가자미와 뿔닭으로 때우면서 연습했지만, 가자미요리는 생선 필렛을 뜨는 첫 단계부터 자꾸 삐걱거렸다. 등과 배부터 칼집을 낸 가운뎃부분까지 반듯하게 생선살을 저며야 했지만, 필렛 나이프가 생각처럼 잘 다뤄지지 않았다. 칼날이 가시 위를 스치듯 지나가며 뼈를 따라 휘어져야 깨끗하게 발리는데 자꾸 생선살이 부서졌다. 부서진 생선살 위로 나의 라이벌, 디토의 얼굴이 둥실 떠올랐다. 무슨 일이 있어도 디토에게만은 질 수 없었다. 더이상 연습용 식재료를 살 수 없게 되자, 내가 할 일은 기도뿐이었다. 신이시여, 제발 제비뽑기에서 가자미 말고 뿔닭이 걸리게 해주세요.

축하해,
합격이야

　　드디어 결전의 날이었다. 전날 먹은 음식이 배탈을 일으키지도 않고, 지하철 신호기도 고장나지 않아 시험 30분 전 무사히 학교에 도착할 수 있었다. 실습주방 앞은 이미 학생들로 북적였다. 언제나 시끌시끌한 호세가 가장 먼저 눈에 띄었다. 다들 잠을 설친 듯 푸석푸석한 얼굴이었지만 호세는 자신감이 넘쳤다.

　　"난 아주 푹 잤어. 내가 우등상을 탈 거야. 최고가 될 거라구."

　　아틸라는 호세처럼 과시하진 않았지만 침착한 얼굴이었다. 그로서는 레스토랑에서 만날 하던 음식이고, 손님이라는 냉정한 심사위원들 앞에 매일매일 요리를 내놓았으니, 시험이라고 해서 크게 긴장하지 않는 것이다.

　　친구들을 훑어보면서 나도 모르게 디토를 찾고 있었다. 그는 흰

유니폼과 앞치마를 깨끗이 다려 입고 최후의 결전을 앞둔 특공대원처럼 비장한 표정을 지은 채 뿔닭 레시피를 외우고 있었다. 나의 라이벌은 떨고 있음이 분명했다. 그리고 잠시 후 운명의 제비뽑기! 나는 바라던 대로 뿔닭요리를 뽑았고 라이벌은 가자미요리를 뽑았다. 일단 대진표는 나에게 유리했다.

실습에 들어가기에 앞서 두 가지 요리의 레시피를 적는 필기시험이 있었다. 15분 동안의 필기시험이 끝나자마자 곧바로 실기시험이 시작되었다.

머리보다 손이 먼저 움직였다. 뿔닭을 다듬는 데 시간을 얼마나 허비하느냐에 초반 승패가 달려 있었다. 가장 먼저 닭의 목과 가슴 사이에 있는 V자 모양의 뼈를 빼서 따로 보관해두었다. 소스를 만들 때 사용하기 위해서였다. 다음으로는 허벅지와 다리를 잘라내 껍질은 그대로 둔 채 살을 발라냈고, 발라낸 살은 힘줄과 연결조직을 제거한 뒤 곱게 다졌다. 이제 발로틴을 만들 차례였다. 달군 팬에 버터를 넣고 샬럿과 송이버섯을 볶아 식힌 다음 미리 펼쳐놓은 다릿살 속에 넣었다. 소금과 후추로 적당히 간을 하고 모양이 흐트러지지 않게 김밥 말듯이 말아서 랩으로 잘 싼 후 끓는 물에 넣어 익혔다. 아무래도 정확하게 익히는 것이 무리일 것 같아 나는 살짝 '오버 쿡'으로 익히기로 했다. 많이 익힌 것은 '언더 쿡'보다 감점이 덜했다. 언더쿡, 즉 '덜 익혀서 먹을 수 없음' 판정을 받으면 점수가 거의 나오지 않았다. 자신이 없으면 더 익히는 편이 나았다. 꺼내서 잘라 맛을 보니 익힌 정도로 괜찮고 맛의 배합도 좋았다.

뒤에서 누군가 분주하게 왔다갔다하는 게 느껴져 돌아보니 아침에 우등상을 타겠다고 호언장담하던 호세가 당황한 얼굴로 오븐 앞에서 쩔쩔매고 있었다. 급기야 호세는 셰프에게 다가가 무언가를 토로하는 듯했다. 말소리는 들리지 않았다.

한편 내 라이벌인 디토에게도 뭔가 곤란한 일이 벌어지고 있는 게 분명했다. 시험자리는 뿔닭을 요리하는 사람과 가자미를 요리하는 사람이 섞여서 배치되어 있었고, 내 왼쪽과 오른쪽에는 가자미를 맡은 디토와 아브라함이 각각 자리했다. 디토는 공황상태였다. 그의 가자미가 위기에 빠진 게 틀림없었다. 디토는 선생님의 눈치를 살피더니 절박한 표정으로 내 왼쪽에 있는 아브라함을 쳐다보았다.

"아브라함! 아브라함!"

디토는 구조신호를 보내는 표류자처럼 애타는 목소리로 우리반 우등생의 이름을 불렀다. 하지만 남의 일에 신경 쓸 계제가 아니었던 나는 사이드 메뉴에 들어갈 감자에 마지막 공력을 기울였다. 멜론 볼러Melon Baller로 감자를 동그란 모양으로 떠서 버터를 두른 팬에 놓고 노릇노릇하게 볶았다. 접시에 뿔닭 발로틴과 가슴살을 놓고 감자와 지롤 버섯을 올린 뒤 소스를 뿌리자 전투가 끝났다. 내 생애에서 가장 빨리 흘러간 세 시간이었다.

시험이 끝난 뒤 학생들의 얼굴에는 희비가 엇갈렸다. 호세는 펍에서 맥주를 마실 때까지도 분이 풀리지 않은 얼굴이었다.

"오븐과 그릴이 제대로 작동하지 않았어. 온도가 올라가질 않았다구. 셰프에게 이야기해도 이미 늦었다고만 하고, 너무 화가 나.”

반면 스트레스로 알레르기가 도졌던 아브라함은 밝은 얼굴이었다.

“생각보다 요리가 잘 나왔어. 난 만족해.”

나는 내 뿔닭요리를 생각하며 점수를 가늠해보았지만 도무지 짐작할 수 없었다.

다음날 시험결과를 듣기 위해 학교에 갔더니, 복도 끝에서 중국인 여학생이 울고 있었다. 요리를 너무 늦게 제출하는 바람에 감점을 당했고 결국 시험을 통과하지 못한 것이었다. 아, 아직 결과는 듣지도 못했는데 나는 왜 저 여학생한테 감정이입을 하는 건지. 불길한 마음으로 담임선생님에게 갔다.

“축하해, 합격이야!”

선생님이 내 성적표를 내밀며 말했다. 디토와 호세를 포함해 우리 반 모두 합격이었다. 비싼 등록금을 다시 낼 필요도 없고, 초급과정을 재수강할 필요도 없으며, 방송국 동료들에게 비웃음을 사지 않아도 되는 것이다. 만세!

며칠 후 그리니치에 있는 해양박물관에서 초급과정 마무리를 기념하는 파티가 열렸다. 클래스 전체가 초급과정을 통과한 덕분에 다들 거리낄 것 없이 즐거운 분위기였다. 디토가 내게 다가오더니 약간 으스대는 표정으로 물었다.

“리, 너 몇 점 받았니?”

나는 ‘디토가 나한테 이런 걸 물어볼 처지가 아닐 텐데’라고 생각하면서 내 점수를 말해주었다.

"77점이야."

80점 이상이 우등이고 90점 이상은 한 기수에서 한두 명 나올까 말까 한 점수였다. 우리반에서는 두 명의 학생이 90점 이상을 받았다. 50점 이하면 낙제이기 때문에 나는 디토가 합격하긴 했어도 아슬아슬한 점수일 거라 생각했다. 그래서 디토가 자기 점수를 밝혔을 때 내심 놀라지 않을 수 없었다.

"그래? 난 82점인데."

디토는 어깨를 으쓱해 보이더니 다른 자리로 갔다(또다른 학생에게 자기 점수를 알려주려고 갔는지 모른다). 오호, 디토는 의외로 실전에 강하군. 중·고급반에 수강신청을 하지 않은 디토는 그렇게 초급과정을 무사히 패스한 뒤 인도네시아로 돌아갔다.

그리고 이번에는 괴담 대신에 출처미상의 뒷담화가 떠돌기 시작했다. 디토의 가자미요리 모양새가 A의 것과 참 많이 흡사했다는 얘기였다. 하하하!

Intermediate

혼돈 대마왕
개과천선 프로젝트

검투사들의
하루

AM 05:50 기상

여섯시에 맞춰놓은 알람이 울리기도 전에 잠이 깬다. 해도 뜨지 않은 이른 아침, 주위는 컴컴하다. 이불 밖으로 튀어나간 발끝에서부터 올라온 냉기가 온몸을 감싼다. 내가 세들어 사는 오래된 플랫은 난방이 시원치 않고 외풍도 심하다. 영화 속에서 영국인들이 잠자리에 들기 전 나이트캡(취침 전 마시는 술)을 한잔하고 우스꽝스런 고깔모자를 쓴 채 잠자리에 드는 장면이 이제는 이해가 간다. 전기담요는 영국 유학생활의 필수품이다. 소주도 챙겨올 수 있으면 더 좋으련만.

야행성인 나는 밤늦게 잠들기 때문에 이른 아침에 일어나는 게 늘 고역이다. 방송사에 있을 때는 지각출근을 생활화했고, 수험생 때도 아침 일곱시 이전에 일어나본 기억이 없다. 이불 속에서 꼬물거리는 사이 여섯시 정각이 되고 알람이 울린다. 이불을 걷고 쌀쌀한 공기 속으로 나갈 엄두가 나지 않는다. 오 분만 더 잘 수 있다면……

하지만 오 분을 지체했다가는 런던으로 가는 6시 52분 기차를 놓치고 만다. 15분 이상 지각하면 결석으로 처리되고 한 학기 결석 5회면 자동유급이다. 르 코르동 블뢰의 엄격한 학칙을 준수하려면 아침마다 결사의 각오로 일어나야 한다. 나는 억지로 몸을 일으켜 고양이세수를 하고 물을 한 잔 마신 뒤 밖으로 나간다.

자전거를 타고 햄프턴코트 역까지 달린다. 자전거는 런던 생활의 필수품이다. 자전거를 많이 이용하는 런더너들이니만큼 이곳에서 자전거는 어엿한 교통수단의 하나다. 자전거가 자동차 앞을 달리고 있어도 빵빵거리지 않고, 자전거가 인도 위로 올라가는 것 또한 상상도 못할 일이다. 자전거대여점도 많아서 누구라도 1파운드만 내면 빌려 탈 수 있다. 하지만 자전거 이용객이 많은 만큼 자전거 도둑도 많다. 우리나라 사람들 같으면 거저 줘도 안 가져갈 낡은 자전거조차 절도의 대상이 된다.

페달을 밟는 발이 빨라질수록 얼굴에 와닿는 새벽공기가 차갑게 느껴진다. 가로수가 울창한, 아직 인적 드문 팰리스로드에 후다닥 짐승 한 마리가 자전거 소리에 놀라 덤불 속으로 숨는다. 여우다. 런던 근교 주택가에서 어슬렁거리는 여우들은 낯익은 이웃이다. 햄프턴코트 역이 거의 가까워졌을 때 안내방송이 들린다. 아뿔싸. 6시 52분 기차가 출발하려는 것이다. 워털루행 기차는 러시아워에도 한 시간에 두 번뿐이라 놓치면 끝장이다. 나는 자전거를 팽개치듯 역 앞에 세우고 자물쇠가 제대로 채워졌는지 확인할 겨를도 없이 플랫폼을 향해 내달린다. 그리고 막 출발하려는 기차에 아슬아슬하게, 세이프!

텅 빈 객차를 가로질러 일호차 중간 창가 좌석으로 향한다. 나는 언제나 이곳에 앉아 이어폰을 귀에 꽂고 음악을 듣는다. 요즘 즐겨 듣는 곡은 원 리퍼블릭One Republic의 〈굿 라이프Good Life〉. 조그맣게 가사를 흥얼거리며 차창 밖을 바라보니 저멀리 동이 터온다. 매일 봐도 묘하게 아름다운 풍경이다.

AM 07:25 등교

학교에 도착하자마자 이층의 남자 라커룸으로 뛰어올라간다. 흰색 바탕에 파란색 테두리를 두른 르 코르동 블뢰 유니폼을 번개같이 갈아입고 일층의 시연 강의실로 내려간다. 교실에서 내가 가장 좋아하는 자리는 뒤편의 왼쪽 가장자리 좌석. 오늘도 그 자리에는 나의 단짝들이 옹기종기 모여 있다.

"What's up, Lee!"

전직 변호사, 호세가 인사를 한다. 활발하고 정이 많은 호세는 언제나 에너지가 넘친다. 나는 전날 수업에 못다 적은 필기를 보여달라고 인도 친구 푸자에게 신호를 보낸다. 초롱초롱하면서 선한 눈망울을 가진 푸자는 뭄바이에서 경영학을 공부한 재원인데, 그녀의 노트 필기는 꼼꼼하기로 유명하다. 아무리 바빠도 노트를 선뜻 내주고 시험 때는 워드파일로 정리한 요약본까지 보내주는 천사표다.

르 코르동 블뢰에 다니면서 요리에 진정한 열정을 가진 사람일수록 남에 대한 배려심이 많고 말보다 실천이 앞선다는 걸 깨닫는다. 요리사의 중요한 덕목 가운데 하나는 인품이 아닐까. 제 입부터 챙기는 이기적이고 게으른 사람이 남을 위해 음식 만드는 일을 평생의 업으로 삼기는 어려울 테니 말이다.

시연수업은 오전 11시까지 계속된다. 프랑스 요리용어를 몰라 애를 먹었던 처음과 달리 요즘은 수업내용이 하나씩 눈에 들어오기 시작한다. 우리말로 된 용어집을 공부하던 초반에는 정말이지 머리가 터지는 줄 알았다. 선생님이 "야채는 줄리앙으로 썰어요"라고 말하면 '줄리앙? 미술 입시생들이 데생하는 그 줄리앙인가?' 하며 어리둥절해했고, "부케 가르니를 만들어요"라고 말하면 '결혼식 때 신부가 들 부케를 왜 만들라는 거지?' 하고 생뚱맞은 생각을 했다. 참고로 줄리앙은 야채 등의 식재료를 네모막대 모양으로 써는 것이고, 부케 가르니는 육수나 소스 등의 향을 낼 때 사용하는 것으로 타임, 파슬리, 셀러리, 월계수잎 등의 향신재료를 다발로 만든 것이다('향초다발'이라는 뜻의 부케 가르니는 결혼식 때 쓰는 부케와 어원이 같으니 아주 엉뚱한 발상만은 아니었다).

눈으로 따라가기도 벅찼던 셰프의 조리과정이 이제는 구분동작으로 하나씩 보이기 시작했고, 이해불가의 다빈치 코드였던 교재도 상상 속에서 먹음직스런 완성품으로 그려질 정도가 되었다. 이런 발전이 가능했던 것은 나만의 공부법 덕택이었다. 일명 '만화 레시피'다.

활자보다는 영상으로 표현하는 데 익숙한 직업적 특성 때문인지 선생님이 시연한 음식을 휴대전화 카메라로 찍어두었다가 요리과정과 완성품을 혼자 그림으로 그려보는 만화 레시피 공부법은 단계별로 기억하고 이해하는 데 큰 도움이 되었다. 미술솜씨가 좋지 않은 탓에 그림은 썩 훌륭하지 못하지만 조리과정이 한눈에 쏙 들어온다는 이점이 있다.

AM 11:00 점심시간

아무리 바빠도 오후 실기수업을 버티려면 잘 먹어두어야 한다. 주머니 가난한 르 코르동 블뢰 학생들이 주로 점심을 해결하는 곳은 학교 앞에 있는 'Eat'라는 샌드위치 체인점이다. 호사스러운 프랑스 요리를 만드는 사람들이 샌드위치로 끼니를 때우는 것이 좀 아이러니하긴 하지만. 그러나 시연수업을 잘 활용하면 이 문제도 어느 정도 해결된다. 시연수업 때 선생님이 요리를 완성하면 학생들은 사진을 찍고 맛과 질감을 음미하는데, 이 과정은 중요한 공부인 동시에 점심값을 절약할 수 있는 절호의 찬스다. 최고의 셰프가 최고의 재료로 요리한 것이니 위생적이고 당연히 맛도 좋다. 요리학교가 아니면 누릴 수 없는 호사다.

하지만 이것도 눈치껏 해야 한다. 시식을 기다리는 다음 학생들을 위해 어느 정도 먹고 빠지는 건 르 코르동 블뢰 학생이라면 필수적으로 지켜야 할 매너다. 그러지 않고 양껏 배를 채우다가는 "셰프, 여기에서 점심을 해결하려는 학생이 있어요!"라는 원성을 듣게 된다.

PM 01:00 실기수업

오후 실기수업은 보통 한시 또는 세시부터 시작한다. 수업시작 최소 십 분 전에는 조리도구와 복장을 완벽하게 갖추고 실습실 앞에 대기해야 한다. 매주 바뀌는 당번은 30분 전에 지하의 재료저장고로 가서 오늘 쓸 식재료를 받는다. 르 코르동 블뢰에서는 당번을 '수셰프(부주방장)'라고 부르는데, 실습실에 가장 먼저 들어가서 재료묶음을 개인별로 나눠주는 일부터 수업이 끝난 뒤 마지막 청소점검까지 주방의 귀찮은 일을 도맡아하는 역할이다. 그날의 수셰프가 꼼꼼하고 헌신적일수록 반 전체가 큰 덕을 본다.

방송사 프로듀서였을 때 사무실청소 같은 것은 나와 무관한 '허드 렛일'이었다. 시키는 이도 없을뿐더러 시켰다 해도 납득하지 못했으리라. 요리학교는 그런 나를 서서히 바꿔놓았다. 다른 이를 위해 귀찮은 일, 허드렛일을 선뜻 하는 것은 내 시간을 낭비하는 게 아니라 남을 배려하는 마음을 배우는 일이라는 것을 알게 되었다. 결국 요리도 그렇고 사는 것도 그렇고 다른 사람을 배려하는 마음에서 시작될 터였다. 그런 점에서 학생들이 청소나 심부름을 할 시간에 '공부 한자'라도 더 하기를 바라는 우리나라 부모의 태도가 과연 옳은 건지 모르겠다.

이윽고 한시 정각. 오늘도 우리는 주방의 지옥불 속으로 걸어들어간다. 나는 얼간이 클럽 멤버 중 한 사람의 옆자리를 슬쩍 지나쳐 튜사 옆으로 간다. 평소에 아무리 친하더라도 실습시간이 되면 얼간이들은 기피대상 일호다. 옆사람의 조리도구를 갖다 쓰질 않나, 다른 사람의 조리영역을 침범하고도 모자라 옆의 조리대에 국물을 줄줄 흘리지 않나. 가뜩이나 내 정신 챙기기에도 바쁜데 옆에서 누군가 비명을 지르고 우왕좌왕하고 있으면 내 요리도 덩달아 산으로 간다.

요리의 난이도가 올라가면서 요즘 나는 초긴장 상태다. 몇 번의 수업 이후 내가 깨달은 것은 잘하는 친구 옆에 붙어 있으면 유리하다는 것. 하지만 나로서는 아틸라나 아브라함 같은 실력자 옆자리도 큰 도움이 되지 않는다. 엘리트 그룹의 학생들은 얼마나 손이 빠른지 정신을 차려보면 두세 단계나 앞서 있어 따라하기조차 벅차기 때문이다. '지나치게' 잘하는 친구 옆에 있어도 순서를 까먹고 헤매기 때문에 내가 가장 선호하는 자리는 나보다 '조금' 잘하는 친구의 옆자리다.

중급반으로 올라오자 실습도 더 까다로워졌다. 초급반 때 이미 프랑스 요리의 중요한 것들을 다 배웠으니 만드는 음식은 비슷했지만 평가기준은 더 엄격해졌다. 초급반 때는 제한시간 안에 레시피를 충실히 구현하는 게 목적이었다면, 중급반 수업은 프레젠테이션부터 식감, 색깔, 맛의 조화 등을 훨씬 높은 기준에서 꼼꼼하게 평가한다.

땀 흘려 일한 탓에 실습이 끝나면 점심을 아무리 든든하게 먹었어도 배가 고프다. 각자 요리한 음식을 먹어본다. 자기가 만든 음식이 맛이 없으면 슬그머니 버리기도 하고, 잘하는 친구들의 음식을 시식하기도 한다. 친구들의 도시락을 빼앗아 먹던 학창시절 점심시간으로 되돌아간 기분이다.

PM 05:00 하교

오후 실습시간이 끝나고 주방의 열기에서 벗어나 라커룸으로 돌아오면 기분 좋은 노곤함이 밀려오고, 땀에 절어 있던 유니폼을 벗으면 해방감마저 느껴진다. ‘오늘도 해냈구나’ 하는 그 순간의 성취감 때문에 나는 서서히 요리학교의 생활에 중독되어갔다.

라커룸으로 돌아오면 다른 학생들도 나와 비슷한 기분인지 고등학생들처럼 음담패설을 나누고 저질스러운 농담을 던지면서 낄낄거린다. 우리는 옷을 갈아입고 학교 앞으로 나가 담배 한 대씩을 나눠 피운다. 하루 중 가장 기분 좋은 순간이다.

“리, 펍에 가서 맥주 한잔?”

토미가 말을 건다. 크로아티아에서 휴대전화 장사를 하다 온 친구다. 수업이 끝나자마자 누군가를 기다려주는 일 없이 쌩하고 제 갈 길 가는 서양애들과 달리, 인간미가 넘치는 토미는 늘 느릿느릿 뒤늦게 나오는 나를 기다려준다. 그러다보니 토미와 함께 전철역까지 걸어가면서 이야기를 나누거나 펍에 가서 한잔하는 일이 자연스러워졌다.

우리는 학교 앞 오래된 펍에서 영국 맥주 에일을 마신다. 소규모 공장에서 생산하는, 미지근한 막걸리 같은 에일을 한 잔 하면 비로

소 하루가 끝나는 것 같다. 우리는 전장에서 살아 돌아온 용사들처럼 그날 실습시간의 무용담을 이야기한다. 오늘도 토미와 나는 주방 칼로 무장한 검투사들이 우글거리는 콜로세움 한가운데에서 살아남아 한 접시의 요리를 완성한 것이다.

토미와 헤어져 집으로 가는 기차 안, 창밖으로 해지는 템스 강이 내다보인다. 무릎에 놓인 배낭 안에는 오늘 내 손으로 만든 음식이 담겨 있다. 많이 피곤하고 많이 뿌듯하다. 막 조명이 켜진 런던 아이의 원형궤도가 하늘에 떠 있는 거대한 접시처럼 보인다. 런던 아이가 접시로 보일 지경이라니, 나도 요리사 다 됐군.

새삼스레 내가 서 있는 곳이 다르게 보인다. 한국에서 나는 신호 대기에 걸릴 필요도, 기어 변속을 할 필요도 없는 일직선의 그 길을, 똑같은 속도로 내달리기만 했어도 괜찮았는지 모른다. 하지만 나는 핸들을 틀었다.

감상에 젖어 햄프턴코트 역에 도착해보니, 어라? 자전거가 없다! 학교에 늦을까봐 마음이 급해 자물쇠를 제대로 채우지 않았던 것이 그제야 기억난다. 이런, 80파운드가 날아갔다.

ORGANIC COUS-COUS
& CHICKEN SALAD
LEBANESE SALAD

스승은 요리학교에만 있는 것이 아니다

런던은 유럽에서 파리 다음으로 미슐랭 스타 레스토랑이 많은 미식의 도시다. 최고의 레스토랑에 가서 마스터셰프의 요리를 시식하는 것이 얼마나 큰 공부가 되는지 모르는 요리학교 학생은 없지만, 다들 호주머니는 가볍고 미슐랭 스타 레스토랑은 하늘의 별만큼이나 높은 곳에 있다. 인턴이 되고자 이력서를 들고 셰프 면담을 갈 때만 빼놓고 말이다.

하지만 런던에는 최고급 레스토랑 말고도 공부가 될 만한 좋은 식당이 골목마다 숨어 있다. 소문난 맛집정보를 검색해서 열심히 찾아다니는 학생들도 있지만 나는 웬만한 인터넷 추천정보는 잘 믿지 않거니와, 또 매번 가는 길도 가끔씩 잊어버리는 타고난 '길치'이기 때문에 발품 팔아가며 돌아다니는 법이 없었다.

그러다보니 내가 런던에서 즐겨 찾는 곳들은 매일 오가는 통학로에 있는 식당들이 대부분이었다. 좋은 식당을 정하는 내 기준은 단순하다. 가격이 정직해야 하고 음식에 자기만의 색깔이 담겨 있는 곳이어야 한다. 신기하게도 서울이나 런던이나 그런 식당들은 외관과 밖에 걸린 차림표만 봐도 티가 난다. 손님이 북적댄다고 좋은 식당은 아니다. 식당의 안팎을 꾸며놓은 모양새와 메뉴의 짜임새를 보면 주인의 내공이 어느 정도인지 짐작된다. 내가 토니를 만난 것도 그런 육감 덕분이었다.

어느 날 지하철에서 내려 학교로 가는데 갑자기 평소와 다른 길로 가고 싶어졌다(길치들이 길을 잃는 이유 중 하나가 이런 뜬금없는 모험심 때문이다). 큰 빌딩들 사이로 어른 한 사람이 들어가면 꽉 찰 것 같은, 구멍이라고 불러도 무방한 아주 좁은 골목이 보였다. 골목을 지나자 작은 광장이 나왔고, 그 앞으로 건물 뒤편에 숨어 있던 카페와 레스토랑 거리가 눈앞에 펼쳐졌다. 역시 런던이라는 도시는 런더너들의 뇌구조만큼이나 예측불허의 미로들로 이어져 있었다.

새로운 발견에 들떠서 학교가 있는 메릴본 스트리트^{Marylebone Street} 쪽으로 나오는데 왼편에 빈티지 느낌의 대형 포스터가 보였다. 살짝 웃고 있는 중동 여인의 초상이었는데 그 미소가 주는 묘한 매력 때문이었는지 발길이 자연스레 멈췄다. 간판에는 '콩투아르^{Comptoir} 레바논 음식'이라고 쓰여 있었다.

런던의 일반적인 중동 음식점들을 보면, 소품을 공동구매로 샀는지 하나같이 똑같은 인테리어다. 페르시아풍의 양탄자, 번쩍이는 물

담배, 살집이 출렁거리는 벨리댄서의 사진들…… 그런데 콩투아르는 입구 장식부터 여타 중동 음식점들과 달랐다. 창유리 사이로 내부를 힐끗 보았더니 중동풍의 하드록카페랄까, 친근하면서도 산뜻해 보였다. 그리고 며칠 뒤 점심을 먹으러 그 식당을 찾아갔다.

먼저, 타불리라는 샐러드를 먹어보았다. 싱싱한 파슬리와 잘게 썬 양파와 토마토, 밀알을 납작하게 눌러 말린 불거^{Bulgur}를 레몬즙과 올리브유에 버무렸는데 입안이 상쾌해지는 느낌이었다. 으깬 완두콩을 마늘과 올리브유에 개서 만든 홈모스^{Hommos}도 새콤한 석류열매를 곁들여 맛이 기가 막혔다(홈모스는 영국 슈퍼마켓에서 구입할 수 있을 정도로 인기 있는 레바논 음식이다).

압권은 타진 요리였다. 타진은 점토로 만든 고깔 모양의 북아프리카 조리도구인데 그 안에 양고기나 닭고기를 넣고 올리브, 살구, 건포도, 대추야자, 견과류, 향신료와 함께 오랜 시간 조리하는 것이 특징이었다. 이 식당에서는 이렇게 요리한 타진을 먹기 편하게 '플랫 브래드(납작한 빵)'에 싸서 주었는데 양념이 잘 밴 닭고기가 입안에서 사르르 녹는 것이 정신을 못 차릴 정도였다.

모던한 인테리어처럼 음식맛도 기존 중동 음식점과 달리 향신료 냄새가 강하지 않고 기름기가 덜했다. 전통적인 틀을 벗어난 듯하면서도 여전히 레바논 요리의 본질은 간직하고 있는 점이 훌륭했다. 게다가 두 가지 요리의 가격을 합쳐 10파운드 정도이니 가격까지 착했다. 작은 샌드위치 하나가 5파운드를 넘는 런던의 고물가를 고려하면

감동 그 자체였다.

대체 이 레스토랑의 주인이 누군지 궁금했다. 이럴 때는 외국에서도 방송사 프로듀서의 명함이 요긴하다. 인터뷰를 요청하자 삼십 분 뒤 건장한 체격의 남자가 나타났다. 짧은 머리에, 단추를 풀어헤친 검은 셔츠 사이로 번쩍이는 금목걸이가 보였다. 아니, 저 마피아 중간 보스같이 생긴 분이 이토록 세련되고 산뜻한 식당의 주인? 콩투아르를 만든 토니는 외모와는 달리 섬세하고 부드러운 사람이었다.

42세인 토니는 레바논 사람으로 알제리에서 태어났다. 요리학교 문턱에도 가본 적이 없지만 이미 열 살 때 샌드위치를 만들어 축구장 앞에서 팔기 시작했다. 18세에 영국에 놀러왔다가 주저앉아 접시닦이부터 배웠다. 어린 나이였지만 술과 담배를 비롯하여 모든 유흥과 담을 쌓고 하루도 쉬지 않고 미친 듯이 주방일을 배웠다. 그는 22세 때 자신의 첫번째 식당(파스타와 피자를 파는 이탈리아 음식점)을 열었고 돈을 모았다. 그리고 십 년 전 비로소 오랜 꿈이었던 레바논 음식점을 열었다.

그가 콩투아르를 열 때만 해도 다른 중동 음식점들의 주고객은 중동 사람들이었다. 런더너들에게 레바논 음식은 생소하고 촌스러운 것이었다. 한때 중동의 파리라고 불릴 정도로 번창했던 레바논은 중동에서 가장 다채롭고 세련된 음식문화를 갖고 있었지만, 내전국가라는 어두운 이미지에 가려 제대로 인정받지 못했다. 토니는 자신의 레스토랑을 통해 그 오랜 편견을 바꾸고 싶었다.

주방에서 수백 번의 시도 끝에 메뉴를 완성했고 식당 내부와 소품

COMPTOIR
LIBANAIS

들도 직접 디자인했다. 콩투아르의 입구를 장식한 여인은 토니가 어린 시절 열광했던 영화의 주인공으로, 1960년대 이집트 최고의 영화배우 시린 자말 앗딘이었다. 얼마 전 토니의 식당은 미슐랭 레스토랑들과 함께 타임지가 선정한 런던 최고의 식당 50위 안에 들었다. 24년 전 기차역에서 노숙하던 접시닦이 토니는 이제 런던 노른자위 땅에 다섯 개의 식당 체인을 소유할 정도로 잘나가는 레스토랑 사업가가 되었다.

토니에게 물었다.

"이 모든 아이디어와 메뉴들이 어디서 나온 거죠?"

"어렵지 않았어요. 가난하던 시절, 내가 먹고 싶었지만 돈이 없어 먹을 수 없었던 음식들, 갖고 싶었던 물건들, 살고 싶었던 공간의 꿈을 모아놓았을 뿐이지요."

세상의 식당주인(또는 셰프)은 세 가지 부류로 나눌 수 있다. 사업가, 범죄자, 성자. 맛있는 음식을 비싸게 팔거나, 맛없는 음식을 싸게 파는 식당주인은 사업가다. 엉터리 같은 음식을 터무니없이 비싸게 파는 것은 사기에 해당되므로 범죄자에 가깝다. 반대로, 좋은 음식을 저렴한 가격에 파는 토니 같은 식당주인은 만인에게 행복을 가져다주기에 성자의 반열에 오를 수 있을지 모른다. 스승은 요리학교에만 있는 것이 아니다.

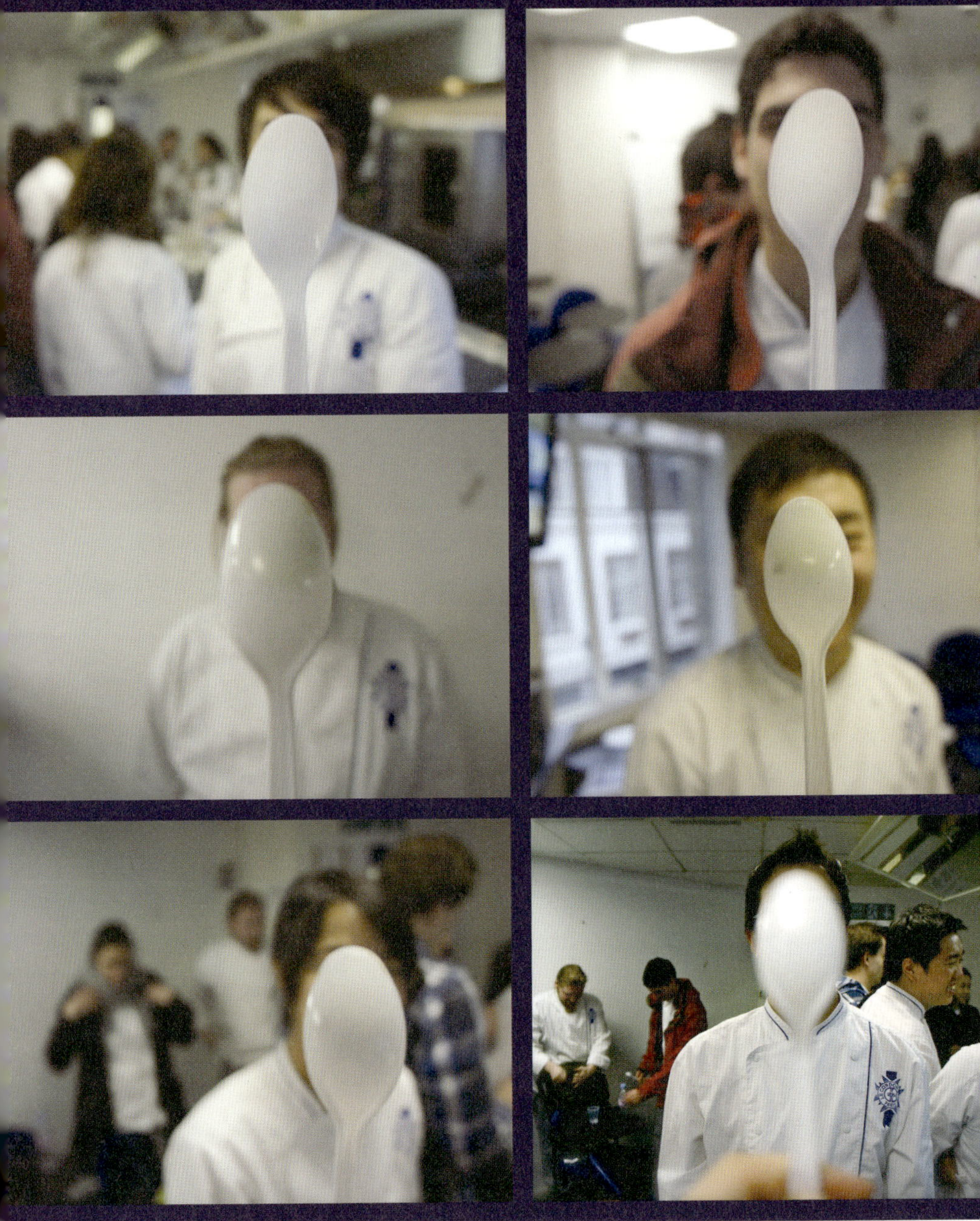

왜 르 코르동 블뢰에는
이탈리아 학생이
없을까?

유럽 학생이 절반을 차지하는 르 코르동 블뢰에서, 나는 흥미로운 점을 발견했다. 다른 나라 학생들에 비해 유독 이탈리아인을 찾기 힘들다는 점이었다. 땅덩이로 보나 인구규모로 보나 최소한 한두 명은 끼어 있어야 자연스러울 텐데 50명 동기생 가운데 이탈리아인은 단 한 명도 없었다. 핀란드, 포르투갈, 벨기에, 독일뿐 아니라 멀리 크로아티아 학생들까지 우글거리는 판에 어찌 이런 일이?

우연히 상급과정 선배 중에서 이탈리아 여학생이 한 명 있다는 것을 알게 되었다. 이탈리아 토스카나에서 온 티치아나였다. 30대 후반인 그녀는 런던과 피렌체를 오가며 올리브유 사업을 하다 프랑스 요리를 배우러 왔다고 했다. 점심시간, 학교 앞 'Eat'에서 샌드위치를 먹다가 슬쩍 물었다.

"티치아나, 왜 르 코르동 블뢰에 이탈리아 학생이 이렇게 없는 거야?"

티치아나는 열심히 먹던 모차렐라 파니니를 접시에 내려놓더니 자못 심각한 표정으로 나를 바라보았다. 그녀는 빨간 안경테를 뾰족한 콧날 위로 고쳐올리더니 이야기를 시작했다.

"지금의 프랑스 요리가 어떻게 시작됐는지 아니? 피렌체 공주가 프랑스로 시집가면서 전해준 거야. 그전까지 프랑스 귀족들은 포크도 쓸 줄 몰라 더러운 손으로 음식을 집어먹던 야만인들이었어."

르네상스 시대 메디치가家의 카테리나 공주가 앙리 2세와 결혼하면서 데리고 간 피렌체 요리사들로부터 오늘날 프랑스 요리가 시작되었다는 이야기는 처음 듣는 게 아니었다. 서울에 있을 때 잘 알고 지내던 이탈리아인 셰프도 내가 프랑스 요리학교로 유학을 간다고 하자 대뜸 이렇게 말했다.

"이탈리아 요리는 올리브유를 주로 사용하죠. 그래서 맛도 맛이지만 건강에 좋아요. 하지만 프랑스 요리는 달라요. 버터와 크림을 너무 많이 넣어서 매일 먹다가는 간이 푸아그라처럼 탱탱하게 붓게 돼요."

티치아나의 식문화사 강의는 어느덧 중세를 지나 로마시대로까지 거슬러올라가고 있었다.

"프랑스 사람은 와인이며 치즈며 자기들 것이 세계 최고라고 빼기잖아. 하지만 알고 보면 와인과 치즈를 전해준 것도 로마제국이었어. 그때 프랑스 사람들은 짐승털을 걸쳐입고 멧돼지사냥이나 하면서 살던 미개인이었지.”

얼마 전 일본 식기를 극찬하는 영국 친구에게 내가 쏘아주었던 말이 떠올랐다.

“일본 도자기, 실은 우리가 다 전해준 거야.”

말해놓고 나서 왠지 모르게 허무했는데, 티치아나도 그 비슷한 기분인지 짧은 한숨을 내쉬었다.

“그런데 언젠가부터 와인이며 요리며 할 것 없이 프랑스 것이 최고급이 돼버렸어. 이탈리아 음식이라고 하면 아무 때나 먹을 수 있는 파스타, 피자만 떠올리는데 말이지. 그 이유가 뭔지 알아? 다 마케팅 때문이야. 마케팅! 프랑스 애들은 그걸 잘했거든.”

티치아나는 ‘마케팅’이라는 말을 할 때 특히 힘을 주었다. 그 단어에서 경멸의 뉘앙스마저 느껴졌다.

“예를 들어 이탈리아 사람들은 좋은 와인은 밖으로 내다팔 생각을 안 해. 맛있는 건 우리가 다 마시고 맛없는 것만 영국에든 일본에든 줘버리는 거지. 그런데 프랑스는 반대야. 맛없는 건 자기들이 마시고 좋은 와인은 테루아르Terroir니 그랑크뤼Grand Crus니 그럴싸하게 허풍을 섞어서 비싼 값에 팔아버려. 타고난 장사꾼들이지.”

점심시간이 끝나기 전에 내 질문의 답을 듣고 싶어서, 티치아나의 역사학 강의가 경영학 강의로 막 넘어가려는 찰나 다시 한번 물었다.

“그런데 대체 왜 르 코르동 블뢰에 이탈리아 학생이 없는 거야?”

“당연하지, 이탈리아 요리가 세계 최고인데 뭐 때문에 프랑스 요리를 배우러 오겠어?”

그 말을 듣는 순간 티치아나의 르 코르동 블뢰 유니폼이 아주 잠시 어색해 보였다. 그녀도 그런 내 시선을 눈치챘는지 곧바로 부연설명을 덧붙였다.

"하지만 나는 생각이 조금 달라. 이탈리아 요리가 최고이기는 하지만 프랑스 애들한테 배울 점이 있긴 해. 테크닉이나 프레젠테이션 같은 것 말이야."

피렌체 공주와 프랑스인의 마케팅에 대해 이야기할 때만 해도 힘이 넘치던 그녀의 목소리는 그 대목에 이르러 한풀 꺾여 있었다. 시간도 없었고 더 묻는 것은 피차 곤란할 듯해서 수다는 그쯤에서 끝났다.

〈누들로드〉를 촬영하면서, 나는 이탈리아 북부에서 남부까지 두루 돌아다니며 각 지방의 음식을 먹어보았다. 그때 나는 이 위대한 나라가 지닌 식문화의 깊이와 폭이 피자와 파스타를 훨씬 넘어선다는 것을 알 수 있었다. 심플하면서 재료의 신선함을 최대한 살리는 조리법, 한 나라의 음식이라고는 믿어지지 않을 만큼 다양한 지역적 특성, 음식에 대한 온 국민의 주체할 수 없는 열정. 이탈리아의 식탁은 프랑스 못지않은, 때로는 그것을 능가하는 장점들로 가득하다. 그럼에도 미식세계의 헤게모니는 프랑스 편에 있는 듯하다. 국제적인 요리학교의 절대다수는 프랑스 요리를 근간으로 수업을 진행하고, 뉴욕, 런던, 도쿄 할 것 없이 대도시의 최고급 호텔 레스토랑들은 대부분 프랑스 음식점이다. 이탈리아 음식점이 세계 각지에서 골목골목 성황을 이루어 저변확대에 성공한 것은 분명하지만 그래도 서양요리의 기본은

'프랑스식'이라고 보는 것이 이쪽 분야에서 통용되는 상식이다.

일류 프랑스 요리학교를 졸업하고 미슐랭의 별들이 번쩍이는 프랑스 레스토랑에서 수련을 쌓아야 진정한 엘리트 대접을 받을 수 있다. 그렇게 보면 프랑스야말로 가장 일찍이, 또 가장 성공적으로 자국 음식의 세계화를 성취한 나라일 것이다.

어떻게 그것이 가능했을까? 나는 티치아나에게 했던 것과 같은 질문을 다른 나라에서 온 동료들에게도 던져보았다. "왜 프랑스 요리를 배우려 하지?" 대충 비슷한 답이 나왔다.

"프랑스 요리의 다양한 테크닉은 그 누구도 못 따라가지. 난 그 테크닉을 배우러 왔어." (헝가리 학생 아틸라)

"프랑스인들은 요리를 아름답게 장식할 줄 알아. 내 입맛에는 브라질 요리가 더 맛있지만, 브라질 요리의 프레젠테이션은 솔직히 엉망이거든. 그냥 접시 위에 아무렇게나 척척 담아주는 게 보통이지." (브라질 학생 호세)

"프랑스 요리가 모든 면에서 서양요리의 스탠더드라고 생각해. 좋든 싫든 국제적으로 인정받는 프로 요리사가 되려면 프랑스 요리부터 배워야 한다는 게 내 생각이야." (미국 학생 에린)

주방의 세계에서 프랑스 요리가 '라이벌' 이탈리아를 제치고 지존으로 대접받는 건 한두 가지 이유에서가 아니다. 먼저, 프랑스가 가진 천혜의 자연조건과 최고의 농업환경을 생각해볼 수 있다. 프랑스는 시골장터에만 가도 런던의 대형마트에선 구경할 수 없는 신선하고 질 좋은 해산물과 고기, 각종 식재료가 넘쳐난다. 판매하는 부위도 꼬리에서 내장까지 없는 게 없다. 셀 수 없이 다채로운 종류의 치즈와 버섯이 산처럼 쌓여 있는 풍경은 바라보는 것만으로도 요리할 맛이 난다.

하지만 따져보면 그런 천상의 식재료 여건은 이탈리아도 마찬가지다. 요리사들을 볼로냐 시장의 정육점이나 팔레르모의 어물전거리에 데려다놓으면 열이면 열, 디즈니랜드에 처음 온 열 살배기처럼 정신을 못 차린다. 단순히 식재료가 풍부하다고 해서 그 나라 음식문화가 최고가 되는 것은 아니다. 섬나라 영국 사람들은 각종 해산물이 바다에 지천인데도 지난 수백 년간 오직 대구로 '피시 앤 칩스'밖에 해먹을 줄 몰랐다.

그럼 프랑스 요리가 다른 나라의 요리와 비교할 수 없을 정도로 뛰어난 맛을 갖고 있기 때문에 명품대접을 받는 것일까? 그건 더더욱 아니다. 르 코르동 블뢰에서 프랑스 식탁을 대표한다는 요리들을 이것저것 맛보았지만 솔직히 '와우!' 하는 감탄사가 나온 메뉴는 열 접시 중 세 접시 정도였다. 어떤 음식을 '맛있다'라고 오감으로 느끼는 행위는 많은 부분이 습관이고 기억이며 상대적인 것이다.

그럼 뭘까? 내 생각에 프랑스인들은 요리를 단순히 먹는 데 그치지 않고 진지한 사유의 대상으로 보았기 때문이다. 그 결과, 요리를 음악이나 미술작품과 같이 음미하고 비평하는 대상으로 바라보기 시작했고, 요리에 대한 지식과 기술을 일찍이 표준화하고 체계화했다.

오늘날 전 세계 주방에서 통용되는 직급체계, 분업방식, 조리용어를 고안한 곳도 프랑스요, 식탁 에티켓과 서비스 매뉴얼, 근대적 레스토랑의 틀을 처음으로 만든 곳도 프랑스다. 태권도장이 전 세계 어디에 있어도 '차렷' '경례' 구령은 한국어로 해야 하는 것처럼, 전 세계 레스토랑 주방에서 가장 널리 쓰이는 공용어는 프랑스어다.

요리가 예술로 인정받으니 그것을 만드는 요리사에 대한 대접도 달라질 수밖에. 셰프가 새하얀 유니폼과 왕관 같은 셰프 모자를 갖춰 입고 홀로 나와 "오늘 식사는 어떠셨습니까?"하고 손님들에게 인사를 건넨 것도 프랑스가 처음이었다. 다른 나라에서 요리사가 냄새나는 미천한 직업으로 하대받던 시절, 프랑스에서는 부와 명예를 함께 거머쥔 잘나가는 스타 셰프가 배출되고 있었다. 한 세기도 훨씬 이전부터 프랑스인들은 요리사를 장인이자 예술가로 대접할 줄 알았던 것이다.

비빔밥 레시피를 외우고 장맛을 논하는 요리학교

프랑스인들이 요리를 사유의 대상으로 보고 요리의 체계와 용어를 고안한 것이 프랑스 요리의 지위를 드높이는 데 크게 작용했지만, 그보다 더 중요한 힘은 르 코르동 블뢰 같은 직업 요리학교에서 비롯되었다.

요리학교는 프랑스 요리의 지식과 규범을 집대성하여 프랑스 안팎으로 전수했고, 대중은 그것에 문화적 권위를 부여했다. 이탈리아에는 최근에야 알마ALMA 같은 국제적 명성의 요리학교가 세워졌지만 르 코르동 블뢰는 이미 개교 100년이 넘었다. 오늘날 뉴욕, 바르셀로나, 도쿄, 밀라노의 유명 요리학교들이 프랑스 요리학교의 틀을 그대로 베껴온 것은 우연이 아니다. 다른 나라에서 요리가 주걱으로 맞아가며 배워야 하는 도제적 '기술'일 때, 프랑스는 요리를 '학문'으로 전환

시켰다.

그 결과 다양한 분야의 사람들이 요리학교로 몰려들었는데 심지어 상류층 자제들, 금융계나 법조계처럼 '잘나가는' 직업을 가진 인재들도 있었다. 과거 요리사가 다른 분야에서 도태된 이들이 '부엌일'이라도 해보겠다며 뛰어든 최후의 보루였다는 것을 생각하면 대단한 변화다.

학생들이 늘어나면서 요리학교도 진화했다. 대학처럼 체계적인 커리큘럼을 갖추기 시작했고, 이른바 '명문 요리학교'가 생겨났으며, 그 학교의 졸업장이 요리사들의 세계에서 보증서가 되었다. 한편 그에 따른 부작용도 생겨났는데, 레스토랑의 일자리는 한정되어 있는 반면 요리학교 졸업생들은 지나치게 많아진 것이다. 르 코르동 블뢰의 졸업생들조차 기본급만 받고 일하는 미슐랭 레스토랑의 인턴으로 들어가는 것이 바늘구멍 들어가기보다 어려웠다.

르 코르동 블뢰 같은 국제적인 요리학교는 단순히 프랑스 요리의 노하우만을 전수하는 곳이 아니다. 전 세계에서 모여든 미래의 요리사들에게 '프랑스류'를 전파하는 문화의 창구다. 또하나, 요리학교의 목적이 '기능'과 '테크닉'에 국한되어 있다면 많은 돈을 들여 굳이 유학갈 필요가 없다. 요리유학을 떠나기 전 켄 홈이 충고했듯이 내가 르 코르동 블뢰에서 배운 것은 요리를 '만드는 방법'이 아니라 요리를 '생각하는 방법'이었다. 전혀 다른 국적과 다양한 이력을 갖고 있는 사람들이 한 교실에 모여, 한 입 거리밖에 되지 않는 음식을 앞에 놓고, 토론하고 맛보고 비평하고 논쟁하는 과정. 내가 요리학교에서 배운 정말 중요한 것은 그런 시간이었다.

컨베이어 벨트의 한 부분만을 담당하는 실제 레스토랑과 달리, 다양한 레시피의 요리를 처음부터 끝까지 체험하게 하는 수업방식은 요리를 '총체적으로' 바라보게 하는 데 그 목적이 있다. 기본을 반복하며 전체를 바라보는 훈련이 끝나야 비로소 자신만의 생각으로 창조적인 요리를 완성할 수 있다.

르 코르동 블뢰 교실에 앉아 생각해본다. 온갖 인종의 요리사 지망생들이 한국어로 비빔밥과 갖가지 산채나물의 레시피를 배우고 장맛에 대해 열띤 토론을 벌이는, 세계적인 명성의 한국 요리학교가 탄생할 그날을.

내 인생의
가장 중요한 멘토,
켄 홈

메일을 열어보니 반가운 편지 한 통이 와 있었다. 〈누들로드〉를 진행했던 켄 홈이었다. 런던에 올 일이 있으니 같이 만나 저녁을 먹자는 내용이었다. 셰프 켄 홈은 내 인생에서 가장 중요한 멘토 중 한 사람이다. 방송사를 휴직하고 요리유학을 오게 된 것도 그의 영향이 컸다. 그는 내가 학교를 선택할 때부터 세심하게 조언해주었고, 입학한 뒤에도 종종 연락하며 격려와 충고를 아끼지 않았다. 오랜만에 켄 홈을 만날 생각을 하니 마음이 들떴다.

켄 홈과의 인연은 영국의 한 서점에서 시작되었다. 유럽과 미국의 서점은 요리에 관한 다양한 책을 보유하고 있기 때문에, 나는 해외 출장을 갈 때마다 서점에 들러 요리책을 들춰보곤 했다. 사진과 레시피로 맛을 상상해보는 것, 책을 쓴 셰프의 취향과 개성을 짐작해보는 것은 실제 요리를 맛보는 것만큼이나 즐거운 일이었다.

내가 특히 흥미를 가지고 본 요리책은 BBC에서 출간한 것들이었다. BBC는 전 세계에서 가장 요리책을 많이 내는 방송사다. 책의 내용은 BBC에서 방영한 것을 토대로 하는데, 내 직업 때문인지 더 유심히 보게 된다.

그날도 BBC에서 펴낸 쿠킹북들을 훑어보고 있는데 흥미로운 책한 권이 눈에 띄었다. 『Simple Chinese Cookery』. 띠지에는 '100만 권이 넘게 팔린 밀리언셀러'라는 글자가 떡하니 쓰어 있었다. '무슨 요리책이기에 100만 권이 넘게 팔린 거야? 그것도 중국 요리가 말이지' 하고 책날개를 들춰보니 머리카락을 빡빡 민 50대 중국인이 활짝 웃고 있었다. 작지만 다부져 보이는 몸, 반짝이는 대머리와 하얀 치아를 드러낸 미소. 일단 인상은 좋았다. 켄 홈, 이름도 외우기 쉽고 말이지.

약력을 보니 그는 BBC에서 20년 동안 요리 프로그램을 진행하고 있는 중국계 미국인으로, 영국에 중국 음식을 '제대로' 소개한 셰프라는 평을 받는 사람이었다. 본문을 보니 간단한 레시피면서도 맛있어 보이는 음식들이 줄줄이 실려 있었다. 전 세계 어디에서나 구할 수 있는 재료로 쉽게 만들 수 있는 중국 요리라니, 나는 망설임 없이 책을 집어들고 계산대로 갔다(하지만 처음의 불타는 의욕과 달리, 내가 우리집 부엌에서 켄 홈의 주옥같은 레시피를 재현하는 일은 일어나지 않았다. 사실 이것은 요리책을 지를 때마다 되풀이되는 일이기도 하다).

그 책에서 무엇보다 인상적이었던 것은 중국 음식에 관한 그의 설명이었다. 다른 요리책처럼 레시피만 달랑 써놓은 게 아니라 중국 음식의 역사, 종류, 기본개념, 조리도구 등에 대해 상세하고 명료하게 적어놓았다. 실제로 켄 홈이 등장하기 전, 유럽에서 중국 음식은 싸구려 음식의 대명사라 해도 과언이 아니었다. 노동자계층이 먹는 싸고 저급한 메뉴, 기름지고 화학조미료가 범벅된 음식. 이 같은 인식을 바꾼 사람이 바로 켄 홈이었다.

그가 소개하는 중국 요리는 수천 년의 역사를 지닌 유구한 음식이자 간편하고 건강한 먹거리였다. 『Simple Chinese Cookery』를 읽은 후 내 머릿속에는 '켄 홈'이라는 이름과 대머리 셰프의 얼굴이 또렷하게 각인되었다. 기회가 된다면 그와 함께 프로그램을 해보고 싶었다.

하지만 BBC의 유명 진행자를 섭외하겠다고 하자 사방에서 반대의 목소리가 들려왔다. "한국 다큐멘터리에 외국인 진행자가 나오면 시청자들이 이상하게 생각하지 않겠어?" "출연료가 엄청날 텐데 어떻게 감당하려고?"

한국 다큐멘터리에서 외국인 진행자를 쓴 전례가 없는데다, 우리나라 방송사의 제작환경으로 볼 때 해외 스타 셰프를 데리고 다니는 일은 거의 불가능했다. 비행기 좌석을 비즈니스클래스로 예약해줄 수도, 오성급 호텔에 투숙하게 해줄 수도 없었다. 게다가 정해진 일정 동안 가능한 한 많은 곳을 다니며 여러 가지를 찍어야 하니, 촉박하고 힘든 스케줄이었다. 스타 셰프인 켄 홈이 BBC에서 받는 대우에 비할 바가 못 될 터였다.

그래도 밑져야 본전 아닌가 하는 마음으로 인터넷에서 그의 이메일 주소를 찾아내 무작정 편지를 보냈다. '존경하는 켄 홈 선생님, 국수를 통해 인류 문명사를 들여다보는 다큐멘터리의 진행자가 되어주지 않으시렵니까?' 하고. 메일을 보내면서도 큰 기대는 하지 않았다. 세계적인 스타 셰프가 지구 반대편 아시아의, 생면부지 프로듀서가 보내온 기획안(다소 엉뚱해 보일 소지가 다분한)에 관심을 갖기나 할지 의문스러웠다.

몇 주 뒤 짧은 답신이 왔다. 자기 집으로 오라는 내용이었다. 나는 그의 집주소가 적힌 메모지 한 장을 들고 켄 홈이 살고 있는 파리로 날아갔다. 으리으리한 대저택에 살 줄 알았는데, 몽마르트르 부근의 좁고 꼬불꼬불한 골목을 헤매고 있자니 뭔가 이상했다. 여긴 백만장자 셰프가 살 만한 고급주택가가 아니잖아?

한참 걷다보니 골목 끄트머리에 오래된 아파트가 나왔다. 내가 가진 주소와 일치하는 집이었다. 삼층으로 올라가자, 칠한 지 얼마 되지 않은 듯 산뜻해 보이는 흰색 나무문이 나타났다. 노크를 하면서도 내심 불안했다. 여기가 진짜 켄 홈의 집일까? 이윽고 문이 열리고 BBC 요리책에서 보았던 대머리 셰프가 활짝 웃으며 나왔다. 듣자하니 그 아파트 한 동이 몽땅 그의 소유라고 했다(그럼 그렇지).

런던에서 활동하는 켄 홈은 파리와 런던과 샌프란시스코에 각각 집을 가지고 있었고, 주로 파리에서 생활했다. 거기에는 몇 가지 이유가 있을 텐데 요리사에게 프랑스라는 나라가 가장 매력적인 곳이기도 하거니와, 동성애자인 그로서는 프라이버시에 관한 문제도 고려하지 않을 수 없었을 것이다. 영국에서는 모든 사람들이 그를 알아보고 사인을 부탁하거나 사진을 찍자고 달려드니 말이다.

나는 잔뜩 긴장한 채 두 시간에 걸쳐 프로그램의 취지와 내용에 대해 설명했다. 대머리 셰프는 머리처럼 반짝이는 눈으로 나를 쳐다보며 질문을 던지기도 하고 메모를 하기도 하면서 내 이야기에 귀를 기울였다. 프레젠테이션이 끝나갈 무렵 나는 솔직하게 말했다.

"저희는 BBC 수준의 거액출연료도 드릴 수 없고, 일등석 항공권이나 특급 호텔 숙박 같은 럭셔리한 출연조건도 약속드릴 수 없습니다."

그리고 나는 최대한 간절한 목소리로, 내 진심이 전달되기를 바라며 이렇게 말했다.

"하지만 당신과 함께 동서문명을 잇는 미지의 누들로드로 함께 모험을 떠나고 싶습니다."

시종일관 진지한 표정으로 나를 응시하던 켄 홈의 대답은 간결했다.

"재미있을 것 같아요. 같이 가봅시다!"

칼잡이와
셰프의 차이

중국과 유럽을 오가며 진행된 켄 홈의 촬영은 강행군의 연속이었다. 잠도 못 자고 식사도 제때 못하면서 아침부터 밤까지 촬영이 계속되었다. 한국의 제작팀 스태프들이야 이런 스파르타식 제작일정에 익숙하지만, 켄 홈에게는 난데없는 생고생이었음이 분명하다. 그럼에도 그는 불평 한마디 없이 촬영에 임해주었다.

그럼 이쯤에서 〈누들로드〉를 촬영하면서 알게 된 켄 홈의 비밀 몇 가지를 폭로해볼까. 우선 그는 뭐든지 잘 먹었다. 평생 초일류 호텔의 레스토랑 컨설팅을 해온 사람이라 고급요리만 좋아하지 않을까, 은근히 걱정했던 것이 사실이었다. 게다가 출장비 예산 내에서 하루 식대로 먹을 수 있는 메뉴라는 것이 빤했다. 그런데 다 쓰러져가는 중국의 시골식당(중국의 시골을 여행해본 분들이라면 그곳 식당들의 평균적인 위생상태가 어떤지 알 것이다)에 들어가도 마지막까지 제일 맛있게 먹는 사람이 켄이었다. 나도 방송국에서 '식신 프로듀서' 또는 '걸신 프로듀서'로 불리는 사람이지만 그의 초인적인 식성 앞에서는 무릎을 꿇어야 했다.

둘째로 그는 굉장히 검소한 사람이었다. 아니 검소하다 못해 짠돌이였다. 파리에 있는 그의 아파트에서 촬영할 때, 켄은 스태프들을 위해 음료수와 치즈, 와인 등을 준비해두곤 했다. 나는 '집주인이라고 손님을 대접하는구나, 고마워라'라고 생각했는데, 웬걸. 그는 내게 그 음식에 대한 영수증(심지어 물까지!)을 건네며 돈을 청구했다. 웬만해선 밥 한 끼 사는 법도 없어 켄에 비하면 돈도 없는 내가, 셀러브리티 백만장자 양반에게 밥을 사야 했다!

내심 '에구, 이 짠돌이 아저씨' 하고 생각했는데, 그가 책상 위에 잔뜩 모아둔 1유로짜리 슈퍼마켓 할인 쿠폰을 보고 생각이 바뀌었다. 그는 야박한 사람이 아니라 진짜 알뜰한 사람이었다. 요리촬영을 할 때도 양파 반 개, 마늘 한 쪽 낭비하지 않았다. 카메라가 꺼지면 남은 식재료들을 주섬주섬 챙겼다가 나중에 사용하는 사람이 켄이었다.

그는 아버지를 일찍 여의고 홀어머니 아래서 가난하게 자랐다고 한다. 요리경력이라고는 광둥 출신 친척의 식당에서 생계를 위해 배운 것이 전부였던 그는, 그러나 이방인의 나라에서 최고의 셰프가 되었다. 켄이 얼마나 극과 극을 오가는 인생을 살았는지는 그가 운전을 할 줄 모른다는 것만 봐도 알 수 있다. 운전을 못하는 미국인이라니, 참 의아했는데 켄의 설명은 이랬다.

"젊을 때는 너무 가난해서 차를 가질 수조차 없었어요. 그러니 운전을 배울 필요가 없었지요. 그러다 유명해지고 큰돈을 벌면서 기사 딸린 차를 타게 되었어요. 그러니 또 운전을 배울 필요가 없었지요."

가난 이외에도 켄에게는 여러 가지 트라우마가 있었을 것이다. 인종적인 트라우마, 성적 소수자로서의 트라우마 등. 그런 켄에게 뿌리와 정체성에 대한 고민은 인생의 중요한 화두가 아니었을까. 미국에서 나고 자란 그는 중국어를 한마디도 못하지만, BBC의 카메라 앞에선 언제나 중국 전통의상을 차려입고 중국 음식을 만들었다. 어쩌면 그가 〈누들로드〉의 힘든 여정을 선뜻 수락한 것은 '국수'라는 소재를 다루는 〈누들로드〉가 중국 식문화에 대한 존중을 담고 있었기 때문인지 모른다.

켄 홈이 대식가에 검소하다는 것보다 더 놀라운 사실이 있다. 켄 홈은 요리를 잘하지 못한다! 세계 최고의 셰프가 요리를 못한다니? 의아하겠지만 진짜 그랬다. 그는 신기에 가까운 칼솜씨를 가지고 있지도 않았고, 현란한 손놀림으로 번개처럼 조리를 해내는 기술도 없었다. 내가 많은 나라의 셰프들을 만나본 결과, 한국 셰프만큼 정교하고 빠른 칼솜씨를 가진 사람은 없었다(있다면 일본과 중국 정도?). 켄 홈의 칼솜씨는 '나이 탓인가? 칼질이 왜 저렇게 굼떠?' 싶은 수준이었다.

그렇다면 켄 홈은 어떻게 베스트셀러 요리책의 저자이자 일류 레스토랑의 컨설팅을 도맡는 스타 셰프가 되었을까. 그것은 일류 요리사의 조건이 기교가 아니라 생각할 줄 아는 능력이기 때문이다. 한국의 나이 어린 축구선수나 야구선수 들을 보면 구미 선수보다 기량이 훨씬 뛰어난 듯 보인다. 하지만 나이를 먹을수록 전세가 역전된다. 우리의 스포츠 환경이 생각하고 상상하면서 플레이하는 능력보다 테크닉에 중점을 두기 때문은 아닐까.

나는 켄 홈을 보면서 요리도 마찬가지라고 생각했다. 요리사가 더 많은 책을 읽고 더 많은 경험을 하며 문화적 소양을 쌓아야 하는 이유가 바로 이 때문이다. 켄보다 요리를 잘하는 셰프는 많을지 모르지만 그에게는 다른 셰프들이 갖지 못한 능력, 즉 '스토리텔러'로서의 재능이 있었다. 1000명의 요리사 가운데 999명이 눈에 보이지도 않을 만큼 빠른 칼질을 한다면, 한 명은 그 요리를 생각하고 분석해서 대중에게 전달해주는 역할을 해야 하는 것이다.

켄 홈에게 요리란 기교와 그 기교의 결과물만이 아니었다. 그는 요리의 문화적인 측면에 대한 깊은 통찰력이 있었고, 음식에 대한 직관력이 있었다. 그러면서도 식자 같은 평론만 늘어놓는 게 아니라 이해하기 쉬운 언어로 대중에게 음식을 설명하는 타고난 이야기꾼이었다.

켄이 저녁초대를 한 곳은 런던에서 최고급 호텔로 꼽히는 도체스터 호텔 중식당 탕Tang이었다. 광둥식 요리로 유명한 이 레스토랑은 데이비드 베컴, 엘튼 존 등 유명인사들이 즐겨찾는 곳이다. 오후 늦게 집을 나서는데 갑자기 진눈깨비가 쏟아졌다. 하루 동안 사계절을 경험할 수 있는 런던의 늦가을 날씨라 별로 놀랄 일은 아니었지만,

우산을 안 가져와 호텔에 도착할 즈음에는 축축하게 젖어 꼴이 말이 아니었다.

하이드파크 근방의 도체스터 호텔은 외관부터 웅장했다. 주뼛거리며 들어서자 호화롭게 장식된 로비가 눈에 들어왔다. 커다란 타조깃털 장식을 단 모자에 이브닝드레스를 입은 부인들과, 턱시도를 빼입은 남자 손님 한 무리가 칵테일을 마시고 있었다. 와, 런던에 이런 별천지가 있었네! 연기 나는 주방에서 일하다가 갑자기 홀로 불려나온 코미 셰프가 된 기분이었다. 주위를 두리번거리고 있으니 조지 클루니를 닮은 호텔 스태프가 다가왔다.

"누구를 찾으시나요?"

"아, 켄 홈을 만나러 왔는데요."

"아아, 미스터 켄 홈이요!"

그가 나를 안내한 곳은 VIP 멤버십 바였다. 특유의 검은 차이나셔츠를 빼입은 켄 홈이 기다리고 있었다. 〈누들로드〉 촬영이 끝나고 거의 일 년 만의 재회였다.

영국에서 켄 홈의 명성은 익히 알고 있었지만 런던에서 그를 만나 인기를 실감한 것은 처음이었다. 함께 바에 앉아 있는 동안 끊임없이 손님들이 다가와 사인을 부탁하고 기념사진을 찍었다. 레스토랑에 들어가자 매니저가 코트를 받아주며 테이블로 안내해주었다. 한눈에 봐도 최고의 테이블이었다. 켄이 온화한 미소를 지으며 말했다.

"이감독, 레스토랑은 마음에 드나요? 지난주에 바로 이 테이블에서 토니 블레어 전 총리 부부와 식사를 했어요."

헐, 셀러브리티 친구를 두니 좋긴 좋구먼. 이어서 정통 광둥식 코스 요리가 시작되었다. 런던의 물가수준을 고려할 때 나의 한 달 외식비에 준할 값비싼 요리들이 줄줄이 나왔다. 짠돌이 셰프께서 영국에서 고생하는 친구를 위해 크게 한턱 쏘는 것이었다. 정신없이 먹다 보니 어느덧 디저트가 서빙되었다. 디저트를 먹으며 켄이 좋은 소식을 전했다.

"여왕으로부터 큰 훈장을 받게 됐어요."

대영제국훈장OBE(The Most Excellent Order of the British Empire Officer)는 공공부문에 큰 공헌을 한 이에게 주는 명예다. 켄 홈에게는 중국의 음식문화를 영국인들이 이해할 수 있도록 도운 공로로 수여되었다. 국적은 미국이지만 항상 중국인으로서 문화적 뿌리를 자랑스러워했던 켄 홈. 그는 레스토랑의 주방이 아닌 책과 텔레비전을 통해 중국 음식문화에 대한 서구인들의 인식을 바꾸었다. 한 나라의 문화를 전 세계에 알리는 데 요리사가 얼마나 큰 몫을 할 수 있는지를 보여준 셈이다.

제이미 올리버는
허점투성이

요리사가 여왕에게 훈장을 수여받는 켄 홈의 예에서도 알 수 있듯이, 유럽에서 스타 셰프들의 영향력은 대단하다. 당연히 많은 요리사 지망생들이 스타 셰프 또는 텔레비전 셰프를 보면서 유명 셰프가 되기를 꿈꾼다. 그런데 스타 셰프와 텔레비전 셰프의 차이는 무엇일까.

텔레비전 셰프들은 자기 레스토랑이 없거나 있더라도 직접 요리에 관여하지 않는다. 물론 이들도 한때는 주방 밥을 먹던 '현실의 셰프'였지만 텔레비전이 주 무대가 되면서 '방송인'이 되어버린 케이스다. 텔레비전 셰프가 자신의 레스토랑을 가지고 있는 경우, 사람들은 그 레스토랑에서 식사를 하고 싶어한다. 방송이 부여하는 후광효과다.

누군가 고든 램지에게 물었다. "당신 이름을 건 레스토랑에서 식사를 했소. 그런데 그거, 당신이 직접 요리한 것 맞소?" 질문에 대한 고든 램지의 대답은 이랬다. "당신은 조르조 아르마니가 아르마니 정장에 직접 재봉질을 했다고 생각하슈?" 고든 램지의 레스토랑에서 식사를 한다는 것은 고든 램지가 만든 콘셉트의 요리를 먹는다는 것을 의미할 뿐, 고든 램지가 직접 조리한 음식을 먹을 수 있다는 뜻은 아니다. 그럼에도 사람들은 텔레비전 셰프의 레스토랑에 가면 그가 만든 요리를 맛볼 수 있을 거라는 환상을 가진다.

텔레비전 쿠킹쇼의 진행자는 아니지만 요리사 세계에서 진정한 고수로 인정받는 전설적인 셰프들도 있다. 알랭 뒤카스, 피에르 가니에르, 피에르 코프만Pierre Koffmann, 페란 아드리아Ferran Adria 등의 미슐랭 쓰리스타 셰프들은 텔레비전에 출연하지 않거나, 출연하더라도 다큐멘터리에 얼굴을 비추는 정도이지만, 이들은 텔레비전 셰프와 다른 의미에서 '스타 셰프'다. 요리학교 학생들(그리고 업계의 셰프들)은 이 전설적인 스타 셰프들을 기꺼이 인정할 뿐 아니라 동경하고 우러러본다. 하지만 텔레비전 셰프들을 바라보는 요리사와 요리사지망생들의 마음은 이중적이다. 동경, 무시, 질투, 조롱, 시샘, 비난…… 요리학교 학생들에게 이렇게 복잡다단한 심경을 불러일으키는 대표적인 인물이 바로 제이미 올리버다.

천하의 제이미 올리버지만 적어도 르 코르동 블뢰 교실에서만큼은 (심하게 표현하자면) 조롱의 대상이다. 예를 들어 누군가가 재료를 정확히 계량하지 않고 대충 손에 잡히는 대로 집어넣었다 치면(내가 잘하는 짓이다) 선생님은 바로 혼을 낸다. "너 지금 제이미 올리버식으로 요리하는 거니?" 누군가가 완성된 음식을 제멋대로 프레젠테이션

했을 때도 "제이미 올리버가 여기 또 있네". 또 누군가가 주변정리를 깔끔하게 하지 않고 어질러놓은 채 요리를 하고 있으면(이것 역시 내 이야기다) "제이미 올리버 비디오에서 배웠어?"라고 비꼰다.

르 코르동 블뢰의 프로 요리사와 학생들의 눈에 비친 제이미 올리버는 제대로 요리할 줄 아는 '셰프'라기보다는 연기 잘하고 입담 좋은 '연예인'이다. 나도 요리공부를 시작하면서 이른바 '텔리 셰프^{telly chef}' (우리 반 영국 친구들은 스타 셰프를 이렇게 불렀다)들이 방송에서 선보이는 레시피와 조리방식이 이전과 달리 보이기 시작했다.

먼저 텔레비전 셰프들이 요리하는 스타일을 보면 대개 필요 이상으로 빠르다. 카메라 앞에서는 식재료를 얼마나 '정확하게' 자르느냐보다 얼마나 '빨리' 자르느냐가 관건이다. 시청자들은 요리사가 번개 같은 속도로 당근을 잘게 썰 때 짜릿한 쾌감을 느낀다. 나중에 요리에 올라간 당근 채가 좀 들쭉날쭉해도 그건 어차피 카메라에 잘 잡히지 않는다. 화면에서 중요한 것은 디테일이 아니라 스피드다.

또 텔레비전 셰프들은 밀가루든 버터든 꼼꼼히 계량하는 법이 없다. 그냥 시원하고 화끈하게, 손에 잡히는 대로 대충 넣는다. 가끔 묘기 프로그램에, 한 번 쥐면 밥알 수가 정확히 300개씩 나오는 장인들도 있긴 하던데, 대다수 요리사들은 그와 같은 '신의 손'을 갖고 있지 않다.

텔레비전 셰프들은 요리 중간에 간을 보고 재료를 첨가하거나 수정하는 법이 없지만, 실제 요리사들은 끊임없이 맛을 보면서 크고 작은 수정을 계속한다는 것도 차이다. 그럼 왜 텔레비전 프로그램의 요리사들은 이런 중간과정을 가뿐하게 건너뛰는 걸까, 리얼리티 떨어지게 말이지.

대답은 간단하다. 화면 속에서 그런 것들은 왠지 '없어 보이는' 액션이기 때문이다. 게다가 인내심 없는 시청자들은 셰프가 '쪼잔하게' 수정을 하거나 계량컵의 눈금을 읽느라 시간을 보내면 금세 지루함을 느끼고 리모컨을 찾는다.

하지만 그보다 더 결정적인 이유가 있다. 실제 요리사들이 만든 음식은 수많은 손님의 적나라한 최종심사를 거치지만, 요리 프로그램의 경우는 셰프 혼자만 그 맛을 평가한다. 수많은 프로그램을 보았지만 단 한 명의 셰프도 자기 요리를 맛보고 "이거 별로입니다"라고 말하는 장면은 없었다.

가끔씩 다른 출연자나 진행자가 맛을 보기는 하지만 카메라가 돌아가는데 '스타님'의 면전에서 "이거, 왜 이리 짜지요?" "무슨 맛이 이래!"라고 솔직하게 실토할 만큼 배짱이 두둑한 이는 없다. 설사 그런 반응을 보였더라도 그런 '눈치 없는' 인터뷰는 (내가 담당프로듀서라도) 아마 편집에서 사정없이 날아갈 것이다.

확실히 스타 셰프는 다른 요리사들이 갖지 못한 엔터테이너로서의 특별한 재능을 갖고 있다. 그리고 그들 중에는 프로들도 인정하는 실력을 갖춘 '진짜'도 있다. 하지만 입담과 연기력이 아닌, 요리 자체로 사람을 감동시키는 능력을 지닌 진정한 셰프들은 텔레비전 바깥에 훨씬 더 많다.

제이미 올리버의 요리책이 『해리 포터』 시리즈 다음으로 많이 팔렸다는 기사가 대문짝만하게 신문에 실리던 날, 우리 반 학생들은 어찌하여 사람들이 그런 '엉성한 레시피'에 열광하는지 고민했다. 평균적인 요리사의 연봉으로 도대체 몇백 년을 일해야 제이미의 한 달 수입을 벌 수 있을까 계산하다 괜히 맥이 풀리던 날이었다.

0.01퍼센트의 행운을 거머쥔 제이미 같은 별이 아닌 이상 99.99퍼센트에 달하는 땅 위의 요리사가 걸어야 하는 길은 고생스럽다. 뜨거운 주방에서 숨 한 번 돌릴 틈 없이 하루 열 시간이 넘는 근무를 견뎌내야 한다. 서비스를 하는 동안은 아무리 힘들어도 엉덩이 한 번 붙이지 못하고, 밥조차 제때 챙겨먹지 못하는 날이 부지기수다. 그렇다고 떼돈을 버나, 휴가 한 번 마음놓고 떠날 수 있나. 손님들이 맛있게 먹은, 깨끗이 비운 접시가 주방으로 돌아왔을 때 느끼는 작은 보람에서 큰 행복을 찾는 자만이 끝까지 요리사의 길을 갈 수 있다.

학교가 끝나고 돌아오는 늦은 밤, 어두운 빌딩 뒤쪽에 저녁 타임을 막 끝낸 셰프 한 사람이 벽에 기대어 쉬고 있었다. 담배연기 사이로 보이는 그의 등이 지쳐 보여 마음이 짠했다.

cordon blanc
make mine Milk
Low fat milk
less than 2% fat

제이미 올리버에게는 있고
고든 램지에게는 없는 것

요리학교 학생들에게 제이미 올리버가 조롱을 받든 무시를 당하든 방송쟁이의 눈으로 본 텔레비전 셰프의 중요성은 따로 있다. 영화과 학생들이 블록버스터 감독을 무시하듯 요리사 지망생들은 텔레비전 셰프를 우습게 여기지만, 요리사에 대한 대중의 생각을 혁명적으로 바꾸고 결과적으로 요리사의 지위를 상승시키는 것은 바로 이들, 텔레비전 셰프들이다. 텔레비전 셰프들이 요리하는 장면이 연기하는 배우나 노래하는 가수처럼 멋져 보이고, 또 그들이 실제로 엄청난 부와 명예를 거머쥐면서부터 요리는 공연이나 스포츠처럼 놀이이자 예능, 유희이자 문화가 되었다.

런던에 온 지 얼마 안 됐을 때 일이다. 학교로 향하는 내 옆을 지나치는 이층 버스 전면에 누군가의 얼굴이 커다랗게 붙어 있었다. 바

로 고든 램지였다. 그 장면은 영국에서 요리사의 인기가 어느 정도인
지를 보여주는 단적인 모습으로 내 머릿속에 각인되었다.

실제로 영국은 스타 셰프들의 천국이다. 내가 빈 강의시간을 때우
던 본드 스트리트의 서점 워터스톤즈만 해도 벽 하나가 수천 권의 요
리책으로 채워져 있어서, 뻔질나게 드나들면서도 절반도 채 훑어보
지 못했다. 가장 눈에 잘 띄는 진열대는 언제나 '스타 셰프'들의 신간
요리책이 차지하고 있고, 유명 셰프들의 책사인회가 열리면 아이돌스
타 팬미팅에 버금가는 인파가 몰린다.

그러나 요리책은 거대한 스타 마케팅의 극히 일부일 뿐이다. 스타
셰프의 레스토랑에는 언제나 손님들이 북적대고, 슈퍼마켓에는 그
들의 사진과 이름이 커다랗게 박힌 치즈, 햄, 파스타 소스 같은 식재
료가 넘쳐난다. 주방용품점에 가보면 프라이팬, 냄비, 도마까지 스타
셰프의 브랜드 제품이 불티나게 팔린다.

집에만 앉아 있어도 이들의 인기를 실감할 수 있다. 텔레비전을 틀
고 아무 채널이나 돌리면 스타 셰프가 요리하는 모습을 볼 수 있으니
까. 이런 호화찬란한 스타 셰프 군단에서도 특히 잘나가는 두 사람
이 바로 고든 램지와 제이미 올리버다. 우리나라로 치면 유재석과 강
호동이 나오는 빈도수와 맞먹는 것 같다. 하지만 두 사람은 완전히
다른 캐릭터와 설정으로 영국 방송계의 양대 산맥, 스타 셰프계의
거물이 되었다.

고든 램지는 텔레비전에 출연하기 전에도 피에르 코프만의 수제자
로, 미슐랭 쓰리스타 레스토랑의 오너로, 업계 셰프들이 손가락을 추

켜세운 실력파 요리사였다. 〈헬스 키친〉 〈키친 나이트메어〉 등 그가
출연하는 프로그램은 이름부터 무시무시한데, 모든 프로그램에서
그의 캐릭터는 일관되게 '마왕' 혹은 '폭군'이다. 고든 램지에게선 압
도적인 카리스마와 아드레날린이 뿜어져 나오고 시청자들은 고든 램
지가 주는 사디즘적 쾌감에 열광한다.

한편 제이미 올리버는 전혀 다른 캐릭터로 유명세를 탔다. 제이미
는 막내 셰프로 일하던 20세 무렵, 우연히 BBC 프로듀서의 눈에 띄
어 요리 프로그램에 전격 캐스팅되었다. 제이미의 요리경력은 아버
지가 운영하던 펍에서 심부름을 하며 배운 것과, 웨스트민스터 킹스
웨이 칼리지Westminster Kingsway College라는 요리학교 경험이 전부다. 하지
만 그는 친근한 외모와 재미있는 말솜씨를 무기로 〈네이키드 셰프〉
라는, 당시로서는 혁명적인 포맷의 프로그램에 출연하며 일약 스타가
되었다. 30세를 갓 넘긴 지금, 제이미는 연간 수백억 원을 벌어들이
는, 영국의 100대 재벌 안에 꼽히는 거부다. 출연하는 프로그램마다
블록버스터이고 벌이는 사업마다 대박인 이 행운아는 한마디로 요리
계의 베컴이자 스티브 잡스다.

미국과 유럽 등 전 세계에 퍼져 있는 고든 램지의 레스토랑 제국
은 한때 어마어마한 위용을 자랑했다. 거기에 비하면 미슐랭 근처에
도 못 가는 제이미의 식당은 누구나 만만하게 드나들 수 있는 캐주
얼 레스토랑에 불과했다. 레이스에서 한참 앞서 있던 고든 램지의 주
가가 급격하게 하락한 것은 몇 년 전부터다. 전 세계적인 불황은 램
지의 고급 레스토랑에도 큰 타격을 미쳤다. 그 와중에 〈헬스 키친〉에

서 출연자들에게 고래고래 청결을 외치던 램지의 레스토랑에서 쥐가 나오고 사업 파트너였던 장인과의 불화가 소송으로 번지면서 그는 뭇 사람들의 빈축을 사기에 이르렀다. 그의 레스토랑은 적자를 견디지 못해 하나둘 문을 닫았고 결국 고든 램지는 빚더미에 올라 앉았다.

반면 제이미는 학교급식을 소재로 한 〈스쿨 디너〉, 불우청소년 재활프로그램인 〈피프틴Fifteen〉 등 공익성이 강한 프로그램에 출연하면서 이미지를 쇄신하는 데 성공했다. 그다음부터는 롱런이었다. 그는 건강한 음식, 요리의 윤리 등을 다룬 시리즈를 계속했고, 프로그램들은 모두 성공을 거두었다. 셰프들이 인정하는 실력파는 고든 램지이니 그의 열세가 조금 안타깝기도 하다. 그러나 제이미 올리버에게는 있고 고든 램지에게는 없는 것이 판세를 뒤집었다는 데는 대부분 동의할 것이다.

고든 램지의 리얼리티쇼는 프로듀서의 눈으로 봤을 때 분명 훌륭한 점들이 많다. 그가 진행하는 〈헬스 키친〉 〈마스터 셰프〉 등의 오디션 프로그램들은 요리사가 카메라 앞에서 음식을 만드는 낡은 방식을 깨뜨렸고, 요리가 노래나 스포츠처럼 엔터테인먼트로 성공하는 선례를 만들었다.

그러나 요리를 사랑하는 사람의 눈으로 봤을 때 고든 램지의 프로그램은 아쉬움 또한 적지 않다. 모욕당하고 멸시받으면서 끝내는 누군가를 짓밟고 올라서는 약육강식의 세계와, 그 세계에서 성공하려는 인간의 욕망을 적나라하게 까발리는 리얼리티쇼에서 '요리'란 하나의 매개이자 수단일 뿐이다. '요리' 대신 100만 달러 상금이나, 완벽한 미녀를 차지한다는 목적을 넣어도 상관없는 것이다.

요리가 마냥 즐거울 수만은 없는 프로페셔널 셰프의 고충을 이해하더라도, 나는 요리 프로그램들이 요리의 즐거움, 먹거리의 소중함을 더 많이 이야기했으면 좋겠다. 사람들이 요리에서 아늑함, 편안함, 즐거움 같은 따뜻한 감정을 느꼈으면 좋겠다. 욕설과 경멸과 무시와 분노가 들끓는 요리 프로그램은 '오락용'으로는 자극적일지 모르나, 사람들이 음식에서 바라는 것, 음식을 통해 얻고자 하는 것은 따뜻하고 아늑한 마음이다. 제이미의 '대박행진'의 이유이자 매력이 바로 여기에 있다. 고든 램지에 비해 요리솜씨는 한참 뒤떨어질지 모르나 제이미는 적어도 음식의 본질만큼은 정확히 알고 있었던 것이다.

RICK STEIN'S
SPAIN
140 new recipes
inspired by my journey
off the beaten track
BBC
BOOKS

자연으로 가는 영국의
요리 프로그램

요리유학을 가기 전, 릭 스타인이라는 영국의 유명 셰프가 나오는 〈바다의 열매〉라는 프로그램을 본 적이 있다. 그는 옥스퍼드 대학교 영문학과 출신으로 콘월(우리로 치면 해남 정도 되는 영국의 땅끝마을이다) 지역에 살고 있었다.

명문대에서 영문학을 공부했으니 처음부터 요리사가 될 인생은 아니었을 터. 대학을 졸업한 뒤 무엇을 할지 몰라 고민하던 릭 스타인은 어릴 때 자주 가족여행을 갔던 패드스토우로 무작정 내려갔다. 콘월 근처의 어촌마을인 패드스토우에서 펍 하나를 인수해 사업을 시작했지만 실패하고 다시 해산물 레스토랑을 차렸다. 지역특성상 해산물이야 지천이었겠지만, 해남에 갑자기 프랑스 레스토랑을 차린 격이니 사실상 무모한 짓이었다.

그의 진짜 성공은 요리책에서 비롯되었다. 영문학도다운 지적이고 아름다운 표현, 문학적인 비유를 곁들인 레시피 등으로 릭의 요리책은 좋은 반응을 얻었고, BBC에 출연하기에 이르렀다. 그의 언어감각은 진행자로서도 탁월한 역량을 발휘했다. 고든 램지나 제이미 올리버가 주방 특유의 거칠고 막돼먹은 언어로 진행했다면, 릭 스타인은 점잖고 섬세한 언어를 구사할 뿐 아니라 고전적인 문학작품을 인용해 음식에 대한 아름다운 묘사를 이끌어냈다(멋지지 않은가).

〈바다의 열매〉는 한 회당 하나의 스토리로 구성되어 있는데 요리사로서 릭 스타인의 일상을 다큐멘터리 느낌으로 보여준다. 그의 트레이드마크와도 같은 반려견 초키와 함께 여행을 가거나 먹거리를 구하러 다니는데, 이를테면 이런 식이다. 게요리를 한다 치면 그는 초키와 함께 바닷가로 게를 잡으러 나간다(물론 이런 요리사는 없다. 대부분의 요리사들은 시장에서 사오거나 공급자에게 전화로 주문을 넣는다). 릭 스타인이 바지를 둘둘 걷어올리고 물속으로 들어가 게를 잡는 동안, 초키는 바닷가를 뛰어다니거나 말썽을 부리거나 주인 일에 참견을 한다(조그맣고 털이 많은 이 강아지는 어찌나 똑똑한지 연기를 꽤 잘한다). 게를 잡은 그는 다시 초키를 데리고 자신의 레스토랑으로 돌아가 마당에 퍼질러앉아 게살을 발라내며 이런 소리를 한다.

"게살 발라내는 건 시간이 엄청 들고 손도 많이 가죠. 하지만 인생 뭐 있나요. 이러면서 즐겁게 보내면 되죠."

그런데 세월이야 가든지 말든지 게살을 발라내는 그 모습이 무지하게 부럽다. 욕설도 없고 고함도 없고 짜증도 없다. 여유와 낙관, 느린 템포로 흘러가는 느긋한 일상만 있다. 전원과 바다의 풍경은 아름답고 그곳에 사는 셰프의 삶도 행복하게만 보인다. 주방에서 게를 삶은 릭 스타인은 음식을 가지고 아내에게 간다. 아내는 약간 무섭고 무뚝뚝한 인상인데, 릭 스타인의 말에 따르면 그녀는 누구의 음식에 대해서도 헛된 칭찬을 하지 않는 엄격한 비평가다(하지만 후일 릭 스타인은 다른 여자를 사랑하게 되고 두 사람은 이혼했다. 아내가 그 여성분을 때렸다나 어쨌다나).

릭 스타인의 또다른 프로그램으로는 〈프랑스 오디세이〉가 있는데, 발상이 재미있다. 프랑스에서 운하를 운행하는 배를 사서 여행을 하는 게 기본 포맷이다. 운하를 다니는 배는 빨리 갈 수가 없으니, 이것도 엄청 느긋하다. 느릿느릿 배를 타고 여행을 하다가 마음에 드는 곳이 있으면 내려서 음식을 맛보기도 하고 사람들을 만나기도 한다.

내가 좋아하는 또다른 프로그램으로는 나이젤 슬레이터^{Nigel Slater}의 〈간단한 만찬〉이 있다. 나이젤 슬레이터는 노동자계층의 게이 소년이 셰프가 되는 과정을 그린 영화 〈토스토〉의 실존 인물로 우리나라에도 많이 알려졌는데, 이 사람도 아주 편안한 캐릭터에 속한다. 이 프로그램을 보면 거장이 말년에 보여주는 요리가 얼마나 단순한지 알 수 있다. 식재료를 구하기 위해 발이 부르트도록 시장을 헤매고 다니거나 공급업자와 기싸움을 하는 과정도 없이, 그냥 마당에 있는 채소를 뜯고 냉장고에 있는 재료를 주섬주섬 꺼내 요리를 만드는 식이다. 요리에 사용되는 재료는 일반 시청자들에게도 익숙한 것이고, 만드는 과

정도 간단하기 그지없다. 화려한 프레젠테이션 하나 없는 그의 접시는, 그러나 깊은 내공이 느껴지는 대가의 접시답다.

나이젤 슬레이터의 프로그램에서도 자연은 빠지지 않는 중요한 요소다. 숲속에 있는 나이젤의 요리작업실 마당에는 그가 직접 재배하는 허브와 채소가 가득하다. 방금 완성한 수프를 보온병에 담은 뒤 눈이 소복이 쌓인 숲속으로 들어가 나무와 새와 태양 같은 것을 응시하며 들이켜던 장면은 오랫동안 내 머릿속에 남았다. 때로 음식을 들고 누군가를 찾아가는데, 그가 요리를 대접하는 사람은 유명인도 톱스타도 아니다. 농부와 어부처럼 땀을 흘리는 사람들이다.

요리를 소재로 한 오디션 프로그램에서 살아남으려는 출연자들은 입에선 단내를 풍기고 눈에선 피땀을 흘린다. 그것은 그것대로 시청자들에게 카타르시스를 선사하지만, 릭 스타인의 여유로움이나 나이젤 슬레이터의 평온함과는 대조되는 모습이다. 고든 램지의 오디션 프로그램을 보는 것이 어느 순간 고통스럽게 느껴질 때 나의 눈을 사로잡은 것은 자극적이지 않아 두고두고 먹을 수 있는 것, 특별할 것 없지만 질리지 않는 음식 같은 편안한 프로그램이었다. 언젠가는 나도 자연의 아름다움, 먹거리의 소중함을 이야기하는 따뜻한 요리 프로그램을 만들고 싶다.

NO SMOKING.

혼돈 대마왕,
개과천선하다

프로듀서로서의 본능은 종종 요리에 방해가 되기도 한다. 프로듀서는 타인을 관찰하는 직업이다. 레스토랑에 관한 다큐멘터리를 만든다면, 레스토랑을 취재하면 되지 운영하거나 음식을 만들 필요는 없다. 하지만 요리학교에서 나는 적극적으로 그 세계에 몸을 담고 모든 것을 직접 해야 했다. 그럼에도 문득문득 몸에 밴 프로듀서로서의 습성이 나오곤 했다. 실습실 안에서 분주하게 요리하는 친구들을 보면 어느새 그 장면을 뷰파인더로 보듯 나도 모르게 한발짝 물러나 있곤 했다. 디토가 말도 안 되는 실수를 할 때면 '아, 이런 장면은 이렇게 찍으면 재미있겠는데' 하고 생각한다거나, 외과의사처럼 정확하게 움직이는 아브라함을 보면서 '아, 여기엔 이런 음악을 깔아야지'라고 생각하는 식이었다. 때로는 창밖을 보면서 '오늘 런던 하늘 멋진데' 하고 감상에 젖기도 했다. 그렇게 나는 요리학교의 생활에 점점 익숙해져가고 있었다.

주방에는 인생이 있다. 내가 요리학교 주방에서 배운 인생의 노하우 가운데 하나가 정리정돈이다. 해산물요리로 유명한 영국의 셰프 릭 스타인은 쿠킹에 대해 다음과 같이 짧은 정의를 내렸다. "요리는 한마디로 정리정돈을 잘하는 것이다!In short, Cooking is Organizing!" 유학을 떠나기 전 일본인 셰프에게 어떤 성격을 가진 사람이 요리사가 되는 데 유리한지 물어보았을 때도 그는 "정리정돈을 잘하는 사람"이라고 잘라 말했다. '이거, 야단났구나' 싶었다.

고백하건대 나는 방송국에서 '카오스 대마왕'으로 악명 높았다. 깨끗이 정리된 책상에서는 창의적인 아이디어가 나올 수 없다고 강변하며 어지르기를 계속한 결과, 사무실의 내 책상은 일 년 내내 재앙 상태였다. 책상정리도 젬병이었지만 위생관념도 철저한 편이 아니었다. 음식을 손으로 마구 집어먹으면서 '병균 좀 먹는다고 무슨 일이 있겠어?' 하고 생각하는 사람이었다.

내가 위안으로 삼은 일화가 있기는 하다. 외국의 유명 셰프가 한국에 와서 시연을 하는데, 그 일류 셰프가 엄청나게 정리정돈을 못하더라는 이야기다. 도마에 뭔가를 잔뜩 늘어놓고 칼질을 하던 셰프의 손이 옆으로 옆으로 밀려나더니 결국 도마 가장자리에서 힘겹게 칼질을 하고 있더란다. 하지만 그 셰프는 정말 특이한 경우다. 대부분의 셰프들은 평소 성품이 아무리 털털하더라도 주방에서만큼은 철저한 정리정돈을 생활화하며, 조금이라도 순서나 계획이 흐트러지는 것을 참지 못한다. 그러니 르 코르동 블뢰 주방에서 혼돈 대마왕의 허튼 습관은 용서받지 못할 중죄에 해당했다.

주방에서 정리정돈의 중요성을 강조하는 첫번째 이유는 위생, 즉 조리공간을 깨끗이 치워가며 일해야 하기 때문이다. 처음엔 경황이 없어서 조리대 위를 치우지 않은 채 다음 단계로 나아가는 데만 급급했다. 정신이 없으니 정리를 못하고, 정리를 못했더니 더 정신이 없는 악순환의 연속이었다. 실습시간이면 선생님들은 각 조리대를 돌아다니면서 청결과 정리정돈을 점수로 체크했다. 조리대 위에 엉망으로 식재료와 도구를 늘어놓는 버릇을 고치지 않고는, 고치는 시늉이라도 하지 않고는, 버틸 수가 없다.

정리정돈을 습관화해야 하는 또다른 이유는, 계획적으로 생각하면서 요리를 해야 하기 때문이다. 아무리 간단한 요리라도 마찬가지다. 레시피에서 단 하나라도 건너뛰면 처음으로 되돌아가야 한다. 매분 매초 시간과 고투를 벌이는 레스토랑 주방에서는 뒤늦게 중대한 결함을 발견하더라도 돌이키기가 쉽지 않다.

나는 프로듀서로서 정교하고 치밀한 타입이 아니었다. 좋게 말하면 상상력이 풍부하고 창의적인 편인데, 문제는 계획적이지 못하다는 것이었다. 앞에 해둔 작업을 순식간에 뒤집어버리거나 엄벙덤벙하면서 새로운 것을 시도했기 때문에 작가나 카메라맨들의 불만을 사곤 했지만, 프로듀서의 자질을 평가받는 데 '청결'과 '정리정돈' 항목은 없었기 때문에 무던하게 회사생활을 할 수 있었다.

영상편집을 할 때도 그런 성격은 크게 문제가 되지 않았다. 선형편집이 보편적이었던 예전과 달리 지금은 비선형편집이 일반적인 방식이 된 덕분이다. 선형편집은 글로 치면 원고지 위에 수기로 쓰는 것과 마찬가지다. 무언가를 수정하거나 삭제하면 전체 틀이 흐트러진다. 그러나 비선형편집은 워드 프로그램에 글자를 입력하는 것처럼, 갑자기 생각난 것을 추가하거나 수정해도 아무 문제가 되지 않는다.

하지만 매뉴얼에 따라 차근차근 해나가야 하는 요리의 세계에서는 그런 방식으로 살아남을 수 없다. 매뉴얼을 뛰어넘는 새로운 발상으로 기존의 틀을 깨는 것은 요리의 신이 되었을 때나 가능하다. 그런 경지에 오르지 않은 이상, 오로지 매뉴얼과 기본에 충실한 사람만이 한 접시의 요리를 완성할 수 있다.

요즘 나는 냉장고를 깨끗하게 청소하고, 음식을 밀폐용기에 담아 차곡차곡 정리한다. 레시피의 다음 단계로 나아가기 전에 조리대를 다시 한번 정리하는 것도 잊지 않는다. 방송사 동료들이 요즘 우리집 주방을 본다면 이곳이 혼돈 대마왕의 주방이라는 사실을 절대 믿지 못할 것이다.

벽에 붙은 파리,
요리학교에 간 카메라

나는 르 코르동 블뢰에 입학하면서, 요리를 배우는 동시에 다큐멘터리에서 흔히 이야기하는 '벽에 붙은 파리(fly on the wall, 그 자리에 존재하지 않는 것처럼)' 방식으로 학교의 일상적인 장면들을 찍으려는 계획을 가지고 있었다. 시연교실에서, 주방 한구석에서, 방과후 근처 펍에서, 학생들이 수업을 듣고 요리를 하고 맥주를 마시는 모습을 가감 없이 담았다. 처음에는 '혹시 학생들이 카메라의 존재를 불편해하면 어쩌지?' 하는 생각 때문에 조심스러웠다. 그런데 웬걸, 내 걱정은 기우에 불과했다.

아시아에서 온 학생들은 카메라 앞에서 부끄러워하는 기색이 있긴 했다. 그러나 유럽이나 남미 학생들은 학교에 카메라가 오는 날이면 제대로 신이 났다. 평소 같으면 수업시간에 교실 맨 뒤편 자리에 앉아 몰래 문자 메시지를 보내기에 바빴던 녀석들도 촬영이 있는 날은 세프에게 왜 그리 질문을 많이 해대는지. 카메라가 남자탈의실에라도 들어가면 옷을 입다 말고 즉석에서 막춤 국제대결이 벌어졌다.

학교에서 한국 다큐멘터리 제작팀이 모두의 관심을 받으면서 덩달아 나도 주목을 받게 되었는데, 그것이 나에게는 달갑지 않은 상황을 불러왔다. 우선 촬영이 있는 날은 선생님들이 유난히 내 옆에 자주 와서 밀착지도를 해주었다. 그러다보니 무엇 하나 대충 넘어가는 법이 없었다. 다른 때 같으면 양파 썰다가 껍질이 한 조각 들어갈 수도 있고 시간에 쫓기면 소스를 제대로 졸이지 못하고 끝낼 수도 있으련만, 바로 곁에서 선생님이 매의 눈으로 지켜보고 있으니 머리가 지끈지끈 아팠다.

전날 밤을 샜든 감기에 걸렸든 촬영하는 날은 시연수업 때 마음놓고 졸 수도 없었다. 그놈의 카메라가 자꾸 나를 향하고 있었기 때문이다(분명히 몇 번은 제대로 찍혔을 것이 분명하다). 실습하다 막혀 옆자리 우등생 아브라함의 접시를 슬쩍 엿보려고 하면 어느새 카메라가 다가와 얼빠진 내 얼굴을 '줌인'하는 일도 흔했다.

하지만 촬영으로 누린 혜택이 더 많았다. 내가 요리학교에서 지쳐 나가떨어지지 않을 수 있었던 것은 내 본업인 다큐멘터리 작업을 놓지 않았던 덕이 컸다. 내가 이전부터 쥐고 있던 끈을 완전히 놓아버린 게 아니라는 사실, 프로듀서로서 스스로의 경험에 매몰되지 않고 한 발 물러서서 내 주변을 둘러보고 있다는 느낌. 그것을 통해 나는 낯선 곳에서 느끼는 불안감을 누그러뜨릴 수 있었고, 내 경험에 더 깊은 의미를 부여할 수 있었다. 일상의 경험을 흘려보내지 않기 위해 일기를 쓰는 사람들처럼, 나 역시 카메라를 통해 하루하루를 기록하고 표현했던 것이다.

파티 초대가 물밀듯이 들어왔던 것도 촬영이 준 즐거움이었다. 덕분에 다채로운 나라의 요리들을 맛볼 수 있었다. 아틸라는 매콤한 헝가리식 파프리카 치킨을, 호세는 팥과 고기맛이 잘 어우러진 브라질의 국민요리 페이조아다를, 영국 옥스퍼드 출신인 샘은 돼지껍데기가 입에서 살살 녹아내리는 포크벨리를 선보였다.

집에서 요리를 하는 친구들의 모습은 실습실 주방에서 프랑스 요리를 할 때와 달리 느긋하고 즐거워 보였다. 전 세계인으로부터 칭송받는 요리강국인 프랑스, 스페인, 이탈리아 친구들보다 외국인에게 잘 알려지지 않은 음식문화권의 친구들이 더욱 그랬다. 그들은 자기 나라 음식을 설명하는 데 더 열성적이었고, 함께 나눌 수 있어 기뻐했다.

어느 겨울 페드로를 비롯한 포르투갈 패거리들의 파티에 간 적이 있다. 포르투갈 애들과 돈독한 브라질 친구들은 물론 휴고, 마리아나, 크리스, 프란체스코 등 친한 친구들이 죄다 몰려갔다. 비가 주룩주룩 내리는 날씨에 길까지 잃고 헤매다가 겨우 도착했더니 주방에선 이미 군침 도는 냄새가 풍기고 있었다. 나는 코트도 벗지 않고 곧장 주방으로 달려갔다. 벌써 아이들이 바글바글 모여 음식에 대한 토론이 한창이었다.

그날 나온 음식은 버터에 튀긴 돼지갈비에 라드(돼지기름)와 설탕을 뿌려 만든 푸딩이었다. 그러잖아도 기름진 돼지갈비를 버터에 튀겼더니 지방함량은 상상을 초월했지만, 포르투갈 와인을 곁들이자 무척 맛있었다. 특히 할머니가 직접 만드신 것이라면서 페드로가 내왔던 커다란 수제 소시지는 종류도 다양하거니와 맛이 기가 막혔다.

어찌 보면 보통 가정에서 집에 사람을 들여 음식을 대접하는 건 번잡하고 힘든 일이다. 우리가 쉴 새 없이 그런 파티를 즐길 수 있었던 데에는 요리학교 학생이라는 것이 크게 작용했다. 기본적으로 음식을 만드는 데 두려움이 없고 남들 먹이기 좋아하는 사람들이니까. 오히려 미안한 게 있다면, 자기 집에 와달라는 친구들을 모두 방문하지 못한 것이었다.

우리가 학교에서 배운 것이 레스토랑에서 '판매'를 위해 만드는 음식이었다면, 친구들의 집에서 먹었던 음식은 그들에게 가장 친숙한 요리, 보다 심플한 음식이었다. 그리고 그 음식들이야말로 친구들의 삶 깊숙이 파고든 진정한 '소울 푸드'일 것이다.

나는 친구들의 집에서 촬영한 동영상을 르 코르동 블뢰 동기들의 페이스북에 올렸다. 사실 요리학교에 오기 전까지 나는 SNS를 거의 하지 않았다. '자신의 사적인 일상을 왜 인터넷에 실시간으로 보고하는 거야?' 하고 까칠하게 생각하는 입장이었다. 지금도 그 생각은 변함없지만, 요리학교에서 페이스북은 중요한 소통의 장이었기 때문에 나도 동영상을 종종 올리곤 했다. 반응은 한마디로 열광적이었다. 같이 요리하던 녀석이 뭔가를 열심히 찍더니 뚝딱뚝딱 편집해서 그럴싸

한 영상으로 만들어 올리는 게 신기한 모양이었다.

내게 다큐멘터리 촬영은 요리에 대한 친구들의 열정과 생각에 귀 기울일 수 있는 소중한 시간이었다. 그중에서도 샘이 들려준 영국 음식에 관한 이야기가 인상적이었다. 흔히 영국은 유럽의 다른 나라들에 비해 음식문화가 뒤처졌다고 생각하는데, 샘의 생각은 달랐다.

"영국에도 훌륭한 음식문화가 있었어. 영국 요리에 대한 오래된 문헌이 많은데, 그걸 보면 영국에 프랑스 못지않은 전통이 있었다는 것을 알 수 있지. 그런데 산업화와 전쟁을 거치면서 그 맥이 '끊긴' 것뿐이야. 요리사로서 영국 요리의 옛 영광을 되살리는 게 내 꿈이야."

한편 어릴 때부터 온갖 고생을 하며 주방이라는 전쟁터를 온몸으로 겪어냈고, 그렇게 모은 돈으로 르 코르동 블뢰의 학비를 마련한 헝가리 친구 아틸라는 요리사가 되고 싶은 이유에 대해 이렇게 말했다.

"요리사가 되는 것은 전 세계를 여행할 수 있는 티켓을 얻는 것과 같아. 훌륭한 요리사가 되어 한국의 유명한 레스토랑에서 일할 수도 있고, 아니면 미국이나 호주, 어디든지 갈 수 있지. 내게 요리사가 된다는 건 인생에서 다양한 기회를 얻는다는 것을 의미해."

물론 전혀 다른 이유로 요리를 하는 친구도 있었다. 말레이시아에서 온 아브라함은 학기초에는 얌전하고 말수도 적었지만, 알고 보니 요리에 재능이 뛰어나고 머리도 좋은 아이였다. 그는 한국을 아주 좋아해서 나중에 한국에서 타이 레스토랑을 하고 싶다고 말했는데, 요리를 시작한 이유에 대해 이렇게 설명했다.

"여자를 꼬시는 데 요리만큼 좋은 건 없어. 맛있는 음식을 해주면

다 넘어오거든."

그들의 집에서 친구들이 직접 만든 음식을 맛보며, 나는 하나의 접시에는 그 음식을 만든 사람의 성품과 인생이 고스란히 담겨 있다는 생각을 했다. 꼼꼼하고 여성스러운 성격을 가진 친구의 요리는 맛과 모양이 섬세했고, 투박하고 털털한 친구의 요리는 모양새는 거칠어도 깊은 맛이 느껴졌다. 그 시간을 통해 우리가 나눈 것은 레시피만이 아니었다. 마음이었다.

또한 그곳은 학교 밖의 또다른 교실이었다. 학교에서 프랑스 요리만 배웠지만 학교 밖에서는 더 많은 것을 배웠다. 아틸라가 아니었다면 내가 어떻게 헝가리의 파프리카 치킨이 우리네 돈가스와 비슷한 맛을 낸다는 사실을 알겠으며, 아브라함이 아니었다면 치킨 란당의 코코넛밀크가 그렇게 깊은 맛을 낸다는 것을 어떻게 알았겠는가. 나의 친구들 또한 내가 아니었다면 평생 한국 요리를 먹어보지 못하고, 한국 음식의 역사에 대해서도 알지 못했을지 모른다.

프랑스 요리학교이면서도 다국적인 음식경험이 가능한 르 코르동 블뢰에서 공부할 수 있었던 것은, 그러므로 행운 중의 행운이었다.

요리사가 되는 과정은 몰랐던 맛을 알게 되고 잠자고 있던 감각을 깨우는 일이다. 차에 비유하자면 경차는 실용적이고 장점이 많지만, 경차만 탈 때는 알 수 없는, 고급승용차를 타본 뒤에야 깨달을 수 있는 것들이 있다.

다양한 레스토랑, 다양한 메뉴를 경험하다 보면 맛뿐만 아니라 예전엔 미처 생각지도 못했던 것들을 알게 된다. 음식을 담는 방법부터

식기의 디자인과 쓰임, 식탁의 세팅, 레스토랑 전체의 인테리어 등등. 화가가 다른 사람들은 구분하지 못하는 색과 선을 구분하고 작가가 일반인은 깨닫지 못하는 문장의 장점과 결점을 발견하는 것과 비슷하다. 낯선 음식과 만나는 과정을 통해, 우리는 셰프가 되든 미식가로 남든, 요리의 전문가가 된다. 게다가 요리는 최종 완성품만큼이나 과정 자체가 시각적으로 참 아름답다. 자연상태의 식재료들이 요리사의 손을 거치면서 한 그릇의 승화된 작품으로 변신하는 과정은 때때로 경이롭기까지 하다. 요리학교에 간 카메라는 나에게 그 눈을 뜨게 해주었다.

CCTV
PUSH
RAV
MIGHTY
MONKEY

갈고닦은 **욕 실력**,
터프한 **런더너**로 변신!

요리사들이 등장하는 영국의 리얼리티쇼를 보면 빠지지 않는 캐릭터가 있다. 바로 욕쟁이 셰프다. 지상파 방송에서 저래도 되나 싶을 정도로 비속어를 남발하고 성질이 나면 손에 잡히는 식재료부터 공중에 날리고 본다.

〈헬스 키친〉의 주인공이자, 독설 셰프의 최강자인 고든 램지의 경우에도 자신의 주방에 발을 디딘 출연자들에게 감자나 양파를 집어던지는 건 예사이고, 심지어 접시를 집어던져 산산조각낸다. 출연자들이 만든 요리를 쓰레기통에 처넣고, 입을 열었다 하면 오디오에선 여지없이 '삐삐' 소리가 난다. 출연자들의 눈에는 고든 램지의 정수리에 숨겨진 뿔 두 개가 보이고도 남을 것이다.

〈헬스 키친〉처럼, 폭군의 가련한 희생양은 주방에 막 들어온 초짜 요리사들이다. 그러나 이들 역시 언어폭력의 가공할 만한 방사능에 금세 전염되고, 주방의 공기는 욕쟁이들의 쌍시옷 발음기호로 가득 차버린다.

리얼리티쇼 수준은 아니지만 요리학교 학생들의 언어습관도 거칠기는 매한가지다. 예비역들이 군복만 입혀놓으면 평상시 '선량한 시민'의 모습은 온데간데없고 갑자기 껄렁한 언행을 보이는 습성이 있는데, 요리학교도 비슷하다. 평소에는 점잖던 친구들이 조리사복을 입고 키친에 들어가는 순간 다른 사람으로 돌변한다.

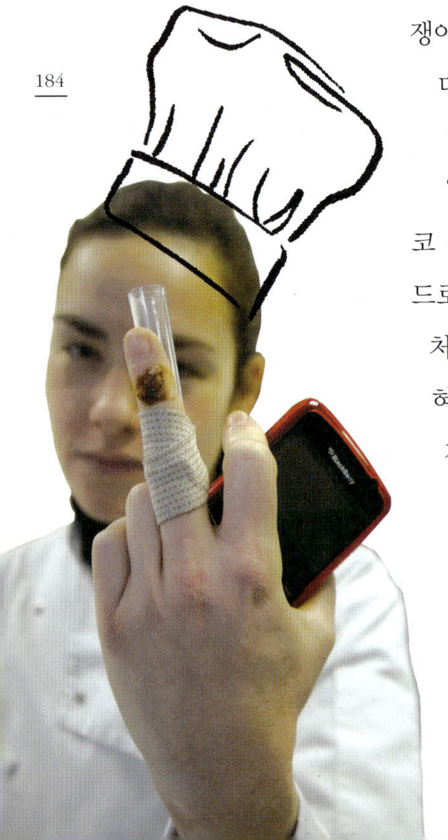

예를 들어 나와 같은 반 S양. 보통 때는 지적이고 조신하기 이를 데 없지만 조리를 시작하면 콩나물국밥집 욕쟁이할머니 저리가라할 말들을 쏟아낸다. 스테이크가 시커멓게 오버쿡되어버렸다 치면 그 작고 귀여운 입술에서 "f**k", "S**t" 등 영어교과서에는 결코 실리지 않는 단어들이 갱스터랩 스피드로 튀어나오는 것이다.

처음에는 그런 친구들을 보면서 끌끌 혀를 차던 나 역시 예외는 아니라, 언제부턴가 요리가 생각대로 안 되면 육두문자부터 튀어나왔다. 그것도 영어로! 못된 것부터 먼저 배운다고 이러다가는 요리 실력보다 욕 실력이 더 빨리 늘 것 같다.

왜 이럴까? 초고압 스트레스 때문이다. 집에서 취미 삼아 요리할 때는 갱스터랩을 할 상황이 없다. 콧노래를 부르며 느긋하고 즐겁게 만들면 된다. 하지만 뜨겁고 날카롭고 시끄러운 것들로 가득 찬 실습실 주방에서, 채 반 평이 되지 않는 조리대를 사수한 채, 마감시간에 쫓기며, 경쟁자들과 어깨를 부딪칠 때는 상황이 다르다.

마감 십 분 전에 커스터드 크림을 만들려고 달걀을 찾았는데 어느 놈이 내 몫까지 몽땅 써버렸다거나, 한 시간 넘게 졸인 양갈비 소스 냄비를 누가 툭 쳐서 바닥에 몽땅 엎어버렸다 치자. 곰곰이 따져보면 참 사소한 좌절인데, 이상하게 주방에서는 스트레스 레벨이 급상승하고 입도 덩달아 거칠어진다.

지금은 나아졌다지만 주방은 어쩔 수 없이 마초들의 세계다. 주방에서는 버섯이 없다고 해서 "미안합니다만 제가 버섯이 없는데 그쪽에 있는 버섯 좀 건네주시겠습니까?"와 같은 길고 예의바른 문장을 쓰지 않는다. 그보다는 "빌어먹을 버섯 내놔!"가 보통이다.

욕은 가장 빠르고 명료한 의사전달 수단이다. 그러다보니 시간에 쫓기는 요리사들이 거두절미하고 가장 직설적인 방식으로 소통하는 게 아닐까. 대답할 때도 마찬가지다. 버섯이 어디 있는지 모른다면 "아까 이쪽에 있었는데, 아니, 누가 가져갔나? 내가 생각하기엔 저쪽에……" 하면서 허둥지둥할 게 아니라 "몰라"라고 단칼에 대답하는 게 상책이다.

주방언어에 나름 단련되었을 무렵의 일이다. 한국에 보낼 물건이 있어서 사설우체국에 들렀다. 말이 우체국이지 우편물을 취급하는 동네 문방구였다. 우편물 취급 직원인 인도계 직원에게 이러저러한 물건을 한국에 보내려는데 가격이 어떻게 되느냐고 문의를 하는데, 옆에 있는 직원이 벌써 우표를 끊고 있었다. 그것도 특급우편으로!

그냥 물어보기만 했는데 왜 우표를 끊는가 싶어 얼떨떨했는데, 더 황당한 점은 그 특급우편 가격이 엄청나게 비싸다는 것이었다. 우표값을 낼 수 없다는 나와, 이미 인쇄를 해버려서 무를 수 없다는 직원 사이에 실랑이가 오갔다. 그사이 내 뒤로 다른 손님들이 길게 줄을 섰고, 직원은 막 화를 내며 말했다.

"너 다신 여기 오지 마!"

그때였다. 나도 모르게 오른쪽 가운뎃손가락이 쑥 올라가더니, 주방에서 갈고닦은 욕 실력이 발휘되는 것이었다.

"$%^&*(%#@#%*((*&!"

고든 램지가 빙의한 내 현란한 욕 실력에 상대는 할말을 잃었고, 몸을 돌렸더니 손님들은 모두 먼산을 보며 딴청을 피우고 있었다(푸하하!). 밖으로 나오자 어쩐지 화가 스르르 풀리면서 기분이 좋았다. 다른 때 같으면 아무 말도 못하고 집에 와서 혼자 구시렁거렸을 텐데 이렇게 확 지르고 나니까 얼마나 상쾌하냔 말이지. 이제 나도 터프한 런더너가 다 됐어. 욕이 자동으로 막 튀어나오는 걸 보니 내 영어도 이제 완성단계에 왔군.

그날 이후 나는 욕에는 긴장과 불안에 짓눌린 인간에게 압력밥솥

의 증기배출구 같은 치유효과가 있다고 믿게 되었다. 하지만 조심하
시라. 주방에서 동료에게 욕 한마디 잘못 내뱉었다가 대형사고가 일
어나기도 한다. 호세와 토미처럼 말이다.

Fire door
keep shut

쫓겨난
예비 셰프들

대형사고가 일어난 것은 일교시 실습시간이었다. 보통은 오전에 시연을, 오후에 실습을 하지만 전날 오후에 시연을 하고 다음날 첫 시간에 실습을 하는 경우도 있다. 이런 날 학생들은 예외 없이 신경이 날카롭다. 아침 7시 30분까지 학교에 오는 것도 힘든데 잠도 덜 깬 채로 바로 주방에 들어가려면 스트레스가 생기는 게 당연하다.

대형사고의 주인공은 나의 두 '절친'인 브라질 변호사 호세와, 크로아티아 휴대전화 아저씨 토미였다. 앞서 말했듯이 언제나 유쾌한 호세는 브라질 요리를 먹기 위해 그의 집에 놀러갈 만큼 친한 사이였고, 토미는 나와 마음이 잘 통하는 최고의 술친구였다. 요리에 대한 열정이 크다는 점, 생활비를 벌기 위해 밤늦게까지 레스토랑 주방에서 일한다는 점 등 두 사람은 공통점이 많았는데, 다혈질에 남에게

지기 싫어하는 점도 비슷했다.

호세는 평소에는 털털한 장난꾸러기였지만 요리를 할 때는 유독 안절부절못하고 감정기복도 커서 주방에서 누가 조금만 건드려도 큰소리를 지르며 과하게 반응하곤 했다. 토미 또한 평소에는 사람 좋은 얼굴을 하고 있었지만 어릴 때부터 장사로 잔뼈가 굵은 친구라 호락호락한 성격은 아니었다.

초여름의 주방은 이른 아침부터 열기가 대단했다. 뜨거운 김이 올라오는 냄비 앞에 서 있는 학생들의 얼굴에는 땀방울이 송글송글 맺혀 있었다. 특히 호세와 토미처럼 늦은 밤까지 아르바이트를 하는 친구들은 유난히 피곤한 기색이었다. 실습수업이 시작된 지 한 시간 정도 지났을까. 생선 필렛을 다듬고 있는데 뒤에서 티격태격하는 목소리가 들렸다.

"네가 자꾸 내 작업대를 침범하니까 내가 일을 할 수 없잖아!"

"웃기지 마. 오히려 네가 내 선반에 냄비를 올려놓아서 방해가 된다구!"

책상 중간에 선을 그어놓고 싸우는 초등학생들처럼 유치해 보일 수 있지만, 요리학교 주방에서는 자신의 영역에 민감하기 마련이고, 특히 오전 실습처럼 스트레스를 많이 받을 때에는 더 기분이 상할 수 있는 일이었다. 나는 그러려니 하면서 작업을 계속했다. 그런데 두 사람의 목청이 높아지는가 싶더니 리얼리티쇼에서 익히 듣던 비속어가 쏟아져나오기 시작했다. 그제야 나는 사태의 심각성을 깨닫고 고개를 돌렸다.

호세와 토미는 최고의 욕쟁이 셰프를 가리는 리얼리티쇼에 출연한 사람들처럼 서로에게 얼굴을 바짝 들이민 채 쌍소리 난타전을 벌이고 있었다. 그리고 누가 먼저랄 것도 없이 동시에 상대의 가슴팍을 퍽하고 밀쳐냈다. 옆에 있던 아틸라와 몇몇 아이들이 두 사람을 떼어놓았고, 모자란 식재료를 가지러 가느라 자리를 비웠던 셰프가 큰 소리를 듣고 황급히 뛰어왔다. 호세와 토미는 셰프의 지시에 따라 밖으로 나갔다. 그걸로 끝이었다. 싸움이랄 것도 없는 사소한 해프닝이었다.

그날 저녁 나는 호세와 토미, 그리고 몇몇 단짝들과 함께 런던 시내 한국 음식점에서 소주를 마셨다. 두 사람은 악수를 나누며 말했다. "우린 좋은 친구잖아." 정말 그랬다. 불같은 주방의 열기에 몽롱해져 아주 잠깐 이성을 잃었을 뿐이었다. 게다가 주방에선 그런 일이 비일비재하다는 것을, 레스토랑에서 일하는 둘은 누구보다 잘 알고 있었다. 앙금을 가질 필요도 없는 일이었다.

하지만 다음날도, 그다음날도, 호세와 토미는 학교에 나오지 않았다. 별일 아니라고 생각했던 나도 슬슬 걱정이 되기 시작했다. 르 코르동 블뢰는 지각이 다섯 번, 결석이 세 번이면 낙제인데 이틀이 지나도 학교에 나오지 않으니 간단히 해결될 일이 아닌 것 같았다. 수업시간에 교장이 우리 반 학생들을 한 명씩 교장실로 불렀다. 차례가 되어 나도 교장과 면담을 하게 되었다. 마거릿 대처처럼 생긴 이 영국인 할머니는 좀처럼 웃지 않아 무서운데, 어쩐 일인지 웃으면 더 무서웠다. 교장 할머니와 단둘이 교장실에 있으니 갑자기 주변이 취조실로 변하는 것 같았다. 교장이 말했다.

"이런 일이 있어서 교장으로서 유감스럽습니다. 학교를 대표해서 사과하겠습니다."

아, 네, 뭐 괜찮다고 우물거리는데, 교장 할머니가 찬바람이 쌩 부는 듯한 목소리로 말을 이었다.

"그날 무슨 일이 있었는지 주방에서 본 것을 자세히 말씀해주시겠습니까?"

나는 가능한 축소해서 이야기했다. 별일 아니었다고, 가볍게 밀친 것뿐이고 금방 화해했다고. 그리고 그게 사실이었다.

"화해를 했든 안 했든 그건 전혀 중요하지 않습니다."

교장의 냉정한 대답을 듣는 순간 내 머릿속엔 최악의 시나리오가 떠올랐다. '호세와 토미가 쫓겨날 수도 있다.'

나중에 알게 되었지만, 그날의 다툼에 대해 불리한 증언을 한 학생이 있었다. 호세와 토미의 결석 일수는 삼 일을 넘어가고 있었다.

호세는 브라질에서 잘나가던 변호사였지만 르 코르동 블뢰에 오기 위해 모든 재산을 정리하고, 고향 사람들에게 요리사가 되겠다며 큰 소리를 뻥뻥 치고 왔다. 크로아티아에서 온 토미 또한 휴대전화장사를 해서 어렵게 번 돈으로 유학을 결심했다. 두 사람 모두 모든 것을 버리고 런던에 올 정도로 요리사가 되기를 갈망했고, 학교 바깥에서도 학교 유니폼 위에 점퍼를 걸치고 다닐 만큼 르 코르동 블뢰 학생이라는 것을 자랑스러워했다.

나는 교실로 돌아가 친구들에게 말했다.

"아무래도 호세와 토미가 잘릴 것 같아."

"설마. 경고 정도로 끝나지 않을까."

"아냐. 상황이 좋지 않아."

나를 비롯한 몇몇 아이들은 두 사람을 위해 구명운동을 펼치기로 뜻을 모았다. 퇴교조처를 철회할 수 있는 마지막 희망이었다. 중급반 학생 전체에게 '호세·토미 구명운동'에 서명을 받았다. 80명 가운데 두 명을 제외한 모든 아이들이 서명에 동참했다. 한 명은 불리한 증언을 한 학생이었고 다른 한 명은 두려워하는 눈치였다. 일반적인 학교는 재단에 대한 두려움이 별로 없지만 학교의 평가나 선생님의 추천이 중요한 요리학교의 특성상 그럴 수 있었다.

다음으로는 서명서와 탄원서를 교장에게 제출해야 했다. 주동자로 몰려 불이익을 받을 수 있었지만, 아틸라와 헬레나 등 의리 있는 몇몇 친구들이 고양이 목에 방울 다는 일을 함께 해주었다. 내가 교장에게 상황을 설명하며 탄원서를 내밀자, 마거릿 대처 할머니는 의례적인 미소(웃지 않는 것보다 더 무서운 그 표정)를 지으며 대답했다.

"알았어요."

아무 설명도 없이 탄원서를 받아들고 돌아서는 교장의 뒷모습을 보자 불길한 예감이 들었다. 집으로 돌아온 나는 페이스북에 올리기 위해 두 사람의 모습이 담긴 짧은 영상물을 제작했고, 마지막 화면에 자막을 넣었다. '누구도 너희의 꿈을 빼앗을 수는 없다.'

친구들의 노력에도 불구하고 두 사람은 끝내 퇴교되었다. 교내 폭력에 적용되는 르 코르동 블뢰의 학칙은 엄격했다. 특히 주방에서의 신체적인 충돌은 경중에 상관없이 무조건 퇴교조처였다. 주방은 치명적인 상해를 입힐 수 있는 위험요소가 상존하기 때문이었다. 교장은 두 사람의 퇴교에 대해 이렇게 말했다.

"르 코르동 블뢰는 폭력에 대해 '무관용 원칙Zero Tolerance Rule'을 적용하고 있습니다. 이것은 안전에 관련된 규칙이기 때문에 어떤 예외도 인정할 수 없습니다. 주방이라는 스트레스 환경에서 자신을 제어할 수 없는 사람은 요리사가 될 자격이 없습니다."

두 사람이 라커의 짐을 빼기 위해 마지막으로 등교한 날, 우리는 학교 앞 펍에 모여 늦게까지 이별주를 마셨다. 호세는 눈물을 뚝뚝 흘리며 자기가 그때 왜 그랬는지 모르겠다고 후회했다. 토미는 실낱같은 희망을 버리지 않은 채 학교에 남을 방법이 없을지 골몰했지만 다 끝난 일이었다. 친구들은 그렇게 주방을 떠났다. 욕쟁이 셰프의 리얼리티쇼처럼 멋있는 퇴장은 아니었다.

은행잔고, 체력,
의욕지수 '0'점

돈이 딱 떨어졌다. 수업을 마치고 마트에 장을 보러 갔는데 휴대전화에 반갑지 않은 문자 메시지가 들어왔다. '귀하의 은행잔고가 100파운드(약 18만 원) 남았습니다.' 카드 회사에서 보낸 경고였다. 전기, 가스, 물 등의 공과금과 인터넷, 휴대전화사용료가 한꺼번에 자동이체되면서 은행잔고가 순식간에 바닥을 드러낸 것이다. 무엇보다 월세가 큰일이었다. 살인적인 런던의 물가에서는 낡고 좁은 방 두 개짜리 집도 한 달 임대료가 150만 원을 훌쩍 넘긴다. 월세 낼 날이 일주일 정도 남아 있었지만 그사이에 돈을 마련해야 한다는 생각에 가슴이 갑갑해졌다.

집주인 피터의 깐깐한 얼굴이 떠올랐다. 자기도 방송계에서 일했다고, 처음에 집을 얻을 때는 그렇게 다정할 수가 없었다. 사는 집도 가까워서 도움이 필요하면 언제든지 전화하라고 했는데 시간이 지날수록 여간 까다로운 주인이 아니었다. "욱정, 너 재활용 쓰레기통이 넘치더라, 이웃들이 싫어하니 빨리 처리해", "밤 열시 이후에는 쿵쿵거리지 마, 아랫집에서 싫어해." 작은 일 하나도 그냥 지나치지 않고 툭하면 문자를 날리는 피터는, 월세 내기 전날도 '친절하게' 문자를 보냈다. "욱정, 월세 잊지 않았지?Hi, Wook. Don't forget the rent. Cheers!"

이런저런 생각에 마음이 복잡해져 술이나 마실까 하고, 마트 진열장의 8파운드짜리 와인 한 병을 집었다 바로 놓았다. 전 재산이 100파운드인 놈이 8파운드짜리 술이라니. 꼭 필요한 것들로만 챙겨 계산대에서 카드를 긁는데 마음이 조마조마했다. 몇 달 전 마트에서의 악몽이 되살아났다. 직불 카드에 잔고가 부족해서 에러가 나는 바람에, 카트에 가득 실은 식료품들을 도로 진열대에 갖다놓고 나와야 했던 것이다. 카드를 집어넣고 비밀번호를 누른 뒤 기도하는 심정으로 엔터키를 눌렀다. 'Card Approved(카드 승인)'. 이렇게 기쁠 수가! 지갑이 가벼워지면 작은 일에도 감사하는 마음이 절로 생긴다.

집을 향해 터덜터덜 걸어가는데, 몇 개월 전 온갖 짐을 걸머쥐고 히스로 공항에 내리던 날이 새삼스러웠다. 날씨는 추웠고 하늘은 우중충했다. 그러나 나는 우울에 침잠되지도, 비관에 사로잡히지도 않았다. 영국땅에 발을 내딛는 순간, 나는 완전히 다른 사람이 되기로 마음먹었다. 내가 쌓아온 모든 것을 버려야 이곳에서 살아남을 수 있었다. 한국에서의 직함과 이력은 런던에 도착하는 순간 아무것도

아니었다. 그것들을 버리고 내 모습 그대로 인정받아야 했다. 그럴 수 있다고 생각했다.

나는 르 코르동 블뢰에서, 이전의 나를 버림으로써 새로운 나를 얻었는지 모른다. 스무 살짜리 동기와 스스럼없이 친구로 지내거나, 나와 동갑이거나 아래인 선생님들이 하늘처럼 우러러보이는 게 하나도 이상하지 않았다. 나는 기꺼이 한국에서 나를 감싸고 있던 껍질을 벗어던졌고, 요리라는 새로운 세계에서 신생아로 걸음마하는 것을 즐겼다.

하지만 요즘의 나는 경계선에서 멍하니 서 있곤 했다. 그 경계선에서 예전을 그리워하고 현재를 막막해했다. 런던의 고물가를 견디기 위해 아르바이트를 할 때, 아르바이트를 하고 난 뒤 제때 보수가 들어오지 않을 때, 영국 은행의 계좌가 130파운드(약 20만 원)가량 마이너스가 되었을 때, 빨리 안 갚으면 형사처벌을 받을 수도 있다는 협박성 편지가 날아올 때, 그럴 때면 꼬박꼬박 월급통장에 찍히던 숫자와, 카메라를 들고 거칠 것 없이 촬영을 다니던 한국에서의 날들이 아득하게 느껴졌다. 이런저런 생각을 하다보면 '이 모든 것을 알았더라도 다 내던지고 요리유학을 떠날 수 있었을까' 하는 후회 아닌 후회도 들었다.

바닥이 난 것은 은행잔고만이 아니었다. 체력도 의욕도 덤으로 바닥났다. 날이 갈수록 등교하는 발걸음이 무거워졌다. 실기수업이 두려웠다. 중급반으로 올라갔으나 요리실력은 제자리걸음인 듯했다. 능숙한 솜씨로 요리를 완성하는 동료들을 보면 열등감에 사로잡혀 허우적거렸다.

'왜 난 칼질이 이 모양이지. 스테이크는 왜 매번 덜 익히거나 태워 먹는 거야. 프레젠테이션도 마음에 안 들어. 난 왜 이것밖에 못하지. 요리사로서 재능이 없나봐.' 집에 돌아와 혼자 그런 글을 끼적이고 있으면, 런던행 비행기 안에서 내던진 줄 알았던 예전의 내가 되살아났다. '방송국에서 일할 때는 이렇지 않았는데. 동료들을 보면서 자괴감을 느끼지도 않았고, 늘 자신이 있었는데.'

NBA의 전설적인 농구 스타 마이클 조던은 부친을 잃은 충격으로 갑작스럽게 은퇴를 선언한 뒤 마이너리그 야구선수로 뛰었다. 그는 어릴 적 농구뿐 아니라 야구도 곧잘 했다고 했지만 프로의 세계는 달랐다. 야구선수로서 조던은 최악이었다. '29타수 무안타'가 그의 첫 정규 시즌 성적이었다. 결국 조던은 일 년 조금 넘게 헛스윙만 하다가 NBA로 복귀했다.

물론 나는 방송계의 마이클 조던도 아니고, 방송일이 허망하게 느껴져서 요리학교로 도피한 것도 아니었다. 그럼에도 하릴없이 조던에게 감정이입을 하며 동병상련의 감정을 느꼈던 것은, 취미로 잘하는 것과 프로의 세계에서 인정받는 것은 하늘과 땅 차이라는 것을 깨달았기 때문이었다. 방송국 프로듀서일 때에야 어디 가서 파스타 하나만 잘해도 요리깨나 한다는 칭찬이 쏟아졌지만, 르 코르동 블뢰에서 이 정도 소질로는 명함도 못 내밀었다. 마이클 조던이 시즌 내내 안타 하나 제대로 못 때리면서 어떤 마음고생을 했는지 모르겠으나 내 경우는 끝도 없는 공허함이 밀려들었다. 이래저래 우울하고 불안하니 더더욱 요리가 잘될 리 없었다.

은행잔고처럼 간당간당하던 의욕이 급기야 '0'을 찍은 사건이 있었다. 가자미요리를 만들던 날이었다. 실습교수는 초급반 때의 담임 셰프였다. 프랑스 리옹에서 온 셰프는 기분이 좋을 때는 그렇게 잘 웃고 친절할 수가 없었다. 하지만 그의 감정 리듬은 널뛰기 증시같이 업앤다운이 심했는데, 하필이면 그날의 감정지수가 폭락장이었다. 시작부터 조짐이 안 좋았다. 몇몇 학생이 오 분 정도 지각을 해서 수업 시작이 조금 지연되었다. 고작 오 분인데 셰프의 얼굴이 확 일그러졌다.

"이번 메뉴들은 다른 때보다 조리시간이 더 오래 걸린단 말이야. 그런데 지각을 해! 오늘은 무조건 시간 내에 한 명도 빠짐없이 요리를 끝낸다!"

그의 눈은 시베리아 늑대처럼 이글거리며 사냥감을 찾고 있었다. 누구든지 걸리기만 하면 껍질째 삼켜버릴 기세로 실습실을 둘러보는데, 내 생선은 시작부터 말썽이었다. 살을 바르고 껍질을 벗긴 뒤에 뼈를 토막내서 물속에 담가놓았다가 육수를 낼 때 사용해야 하는데, 이 과정을 깜빡하고 화이트 미르푸아를 볶는 바람에 허겁지겁 준비해야 했다. 그날따라 왜 그렇게 일이 꼬이는지 육수의 불을 줄이는 것도 잊고 있다가 너무 많이 졸였는가 하면, 소스 농도를 조절하는 데도 실패해서 처음부터 다시 만들어야 할 판이었다.

시간이 어떻게 흘렀는지도 모르겠고, 정신없이 주방을 뛰어다니다

시계를 보니 이런, 벌써 마감 오 분 전이었다. 고개를 돌려보니 다른 학생들은 이미 검사를 마치고 짐을 싸고 있었다. 문밖에는 다음 시간 실습학생들로 바글거리는데 나만 혼자 소스도 다 못 만든 상태였다. 등 뒤에서 굶주린 맹수의 씩씩거리는 콧김이 느껴졌다. 데드라인을 15분 넘기자 셰프의 불호령이 떨어졌다.

"요리가 다 되었든 말든 당장 가지고 와! 너 때문에 오늘 내 수업은 다 망쳤어!"

그날 내 자존심은 동기생들 앞에서 머리에서 꼬리까지 부위별로 해체되었고 슬럼프는 더 깊어만 갔다.

나는 여전히 슬럼프에서 헤어나지 못하고 있었다. 탈출구가 필요했다. 런던으로부터, 학교로부터 되도록 멀리 도망가고 싶었다. 중급반 기말시험을 마치고 짧은 방학 동안 여행을 떠나기로 했다. 이곳저곳 행선지를 고민하고 있는데 동기생인 포르투갈 친구 페드로가 대뜸 제안을 해왔다. "포르투갈 음식이 궁금하다고 했지? 우리 집에 며칠 있다 가지그래?"

여행지를 고를 때 나의 기준은 매우 단순하다. 아무리 자연경관과 역사유적이 빼어나도 음식이 시원치 않으면 리스트에서 한참 뒤로 밀린다. 반대로 먹을거리가 풍부한 나라는 언제나 일순위다. 이미 페드로를 비롯한 포르투갈 친구들의 파티에서 기가 막히게 맛있는 음식을 먹어본 적이 있는지라 페드로의 제안에 망설임 없이 바로 답을 했다.

"오케이, 갈게. 그런데 너희 집이 어디야? 리스본이야?"

"아니. 우리 집은 시골이야. 포르탈레그르라고 스페인 국경지대에 있는 작은 도시야. 우리 일가친척이 다 모여 살고 있어."

르 코르동 블뢰 학생들은 나를 포함해 열 명 중 아홉 명이 대도시 출신이었다. 다른 포르투갈 친구들 역시 대부분 리스본 출신이었고 페드로 같은 '촌놈'은 드물었다. 페드로는 외모도 특이했다. 얼굴과 몸집이 어찌나 갸름하고 길쭉한지 함께 사진을 찍으면 내 얼굴이 두 배로 커보여 손해였다. 모딜리아니의 초상화에 나오는 여인 같은 외모지만, 성격은 활달하고 남자다웠다. 그는 고기요리에 특히 뛰어났는데 돼지족발을 다듬을 때 보면 그렇게 손이 빠르고 능숙할 수가 없었다. 포르투갈이라는 나라도 궁금했지만 촌놈 페드로가 사는 곳이라는 점에 더 호기심이 생겼다. 나는 짐을 꾸린 뒤 얼마 전에 큰맘 먹고 장만한 폭스바겐 캠퍼에 시동을 걸었다.

넉넉지 않은 런던 생활 중에 기어이 폭스바겐 캠퍼를 산 이유는 단 하나, 옛날부터 엄청나게 갖고 싶던 자동차였기 때문이다. 내게 캠퍼는 로망이자 '여행하는 요리사'의 아이콘이었다.

며칠 동안 이베이[Ebay]를 샅샅이 뒤진 끝에 세르비아 베오그라드 출신으로 영국에서 버스 기사를 하는 아저씨와 연결되었다. 그는 자신의 고향에서 싸게 구할 수 있는 캠퍼가 영국에서 비싸게 팔린다는 것을 알고, 세르비아에서 중고 캠퍼를 수리해서 영국에 판매하는 사람이었다. 차체는 정말 예쁜 빨강이었고(의자까지 빨간색인 건 좀 거슬렸지만), 30년 세월이 무색하게 깨끗했다. 덜컥 질러버리지 않을 수 없었다.

그러나 이 캠퍼의 주인이 되는 데 가격보다 더 큰 걸림돌은 운전이었다. 나는 자동 기어밖에 운전할 줄 모르는데 30년 된 캠퍼는 당연히 수동 기어였다. 자동차의 엔진오일을 주기적으로 갈아줘야 한다는 것조차 모를 만큼(첫 차를 일 년 넘게 탄 뒤 뭔가 이상해서 정비소에 갔더니 엔진오일이 바짝 말라붙어 있었다) 정비에 무지했던 나는, 캠퍼를 타기 위해 책을 사서 공부했다.

캠퍼를 몰고 룰루랄라, 런던에서 포르투갈까지 가는 길은 꼬박 삼박사일을 달려야 하는 긴 여정이었다. 엔진의 열을 냉각수로 식히는 수랭식 엔진인 요즘 차들과 달리 주행 중간 쉬어야 하는 공랭식인 캠퍼는 두 시간 이상 달릴 수 없었으므로 한 시간 50분쯤 달리고 나면 20~30분을 쉬어야 했고, 80킬로미터 이상 속도를 내면 안 됐다. 애당초 빨리 가려는 생각을 버리고 느긋하게 도로를 달리고 있자니, 시간을 거스르는 시간여행자가 된 것 같았다.

앞서가던 차들은 고속도로 한복판에 나타난 이 골동품이 신기한지 엄지손가락을 치켜세우고 사진을 찍어댔다. 으쓱하기도 하고, 재미있기도 했다. 비록 차 어딘가에서 끊임없이 탈탈거리는 소리가 났고, 고장난 주유계는 제멋대로 오르락내리락했지만 말이다. 남부유럽으로 내려갈수록 점점 땡볕이 강해지는데, 이 어여쁜 캠퍼는 에어컨도 나오지 않고 뒷좌석 창문조차 열리지 않는지라, 최강으로 맞춰놓은 헤어드라이기의 바람을 쐬며 달리는 기분이었다. 그 삼박사일 동안 내 피부세포의 70퍼센트가 파괴되었을 것이다.

고장난 주유계를 계속 체크했는데도 깜빡한 사이, 스페인의 한적한 국도에서 차가 멈추고 말았다. 기름이 하나도 없었다. 전화도 할 수 없고 영어도 안 통하고 난감하기 이를 데 없는 상황에서 스페인 할아버지 한 분이 홀연히 나타나더니 자기 차에 타라는 손짓을 했다. 할아버지는 주유소까지 데려다준 뒤 내가 기름을 사는 것을 기다렸다가 다시 차가 있는 곳까지 바래다주었다. 영어를 한마디도 못하는 분이라 인사도 제대로 못했지만 정말 고마웠다. 다시 캠퍼에 시동을 걸고 쉬엄쉬엄 달리기 시작했다.

고속으로 질주할 때는 도로표지판과 앞차의 뒤꽁무니만 보지만, 속도도 낼 수 없고 중간중간 쉬어줘야 해서 툭하면 멈춰 서는 여행에서는 많은 것을 볼 수 있었다. 산과 들판과 마을과 사람들이 보였다. 밤낮으로 뛰어다녀야 했던 방송국 생활과, 눈코 뜰 새 없이 흘러간 요리학교 생활이 보였다. 나는 길 위에서야 비로소 달음박질을 멈춘 채 숨을 돌렸다. 그 어느 때보다 천천히 흘러간 나흘, 어스름이 지는 저녁 무렵에 드디어 나는 페드로의 고향 포르탈레그르에 도착했다.

페드로의 고향은 아담한 규모의 산악도시였다. 오래된 중세마을의 산등성이에는 성곽과 교회가 자리하고 있었고 광장을 중심으로 붉은 기와를 얹은 하얀 집들이 모여 있었다. 행정구역상 '시'로 구분되기는 했지만, 주택가만 벗어나면 포도밭이 넓게 펼쳐졌고 사방에는 올리

브나무 천지였다.

　페드로의 가족 모두가 문밖에 나와 기다리고 있었다. 남부유럽에서는 포옹을 하고 양볼에 키스 하는 것이 일반적인 인사라고 『론리 플래닛』에서 얼핏 읽은 기억이 났다. 먼저 페드로의 어머니를 가볍게 안고 매뉴얼대로 인사를 드렸다. 아버지는 거구에 눈이 부리부리했고, 면도를 자주 안 하시는지 꺼끌꺼끌한 턱수염이 나 있었다. 께름칙하긴 했지만 역시 '남부유럽'식 인사를 올리려는 찰나, 아버지가 급하게 뒷걸음질 치셨다. 그것도 아주 당황한 얼굴로. 이런, 내가 알았나. 혈육이거나 아주 가까운 사이가 아니면 남자끼리는 악수를 하지 뽀뽀까진 하지 않는다는 사실을. 이래서 여행안내서는 함부로 실전에 응용하면 안 된다.

210

　집으로 들어갔더니 저녁식사가 준비되어 있었다. 돼지고기 로스트비프, 통돼지 바비큐, 토마토와 양파를 곁들인 샐러드 등 지중해의 신선한 올리브유와 레몬이 많이 들어간 맛깔스러운 음식들이었다. 페드로의 설명에 따르면 육류를 좋아하는 포르투갈 사람들의 밥상에는 고기가 빠지지 않는데, 북아프리카가 가까운 이베리아 반도의 지리적 특성 때문인지 모로코 스타일과 비슷했다. 대추야자가 들어간 고기요리를 아버지가 손수 썰어주실 때에는, 페드로가 이런 집안에서 자랐기 때문에 요리사의 꿈을 가지지 않았을까 하는 생각이 들었다.

　페드로의 부모님은 아들을 런던에 보낼 때 경영학을 공부해서 사업가가 되기를 바라셨다고 한다. 그러나 페드로는 경영학에 관심을 붙이지 못했고 요리사가 되기로 결심했다. 부모님도 하고 싶은 일을 하라며 반대하지 않으셨단다. 처음 만났지만 페드로의 부모님이 좋은 분들이라는 게 느껴졌다. 특히 아버지는 영어를 한마디도 못하셨고, 그래서 거의 대화를 나누지는 못했지만, 아들의 친구에게 무엇 하나라도 더 챙겨주려는 마음씀씀이가 느껴졌다. 겉보기엔 무뚝뚝하지만 알고 보면 속깊은 우리나라 아버지들처럼 말이다.

ADDICT
ADDICT
ADDICT
ADDICT
BAD
COOK

촌놈 페드로,
완벽한 킬러가 되다

본격적인 문화체험은 다음날부터였다. 흔히들 서구사회는 핵가족과 개인주의 때문에 가족의 유대가 아시아처럼 강하지 않다고들 한다. 유럽의 대도시에선 그럴지 모르지만 최소한 페드로의 동네에선 씨알도 안 먹히는 소리였다. 런던에서 페드로가 왔다는 소식이 돌자, 일가친척들이 그의 집으로 몰려들기 시작했다. 사촌, 조카, 대부, 대모, 대부모의 자식들…… 나중에는 촌수를 따지다 포기해야 할 정도였다.

페드로와 같이 마을길을 걷다보면 십 분 간격으로 혈육 또는 유사 혈육관계의 사람들을 만났다. 어제 만난 것이 분명한데도 뭐가 그렇게 반가운지 몇 번이고 볼에 키스를 하고 쓰다듬고 땡볕 아래 서서 끝도 없이 수다를 떨었다.

페드로의 친구들도 정겹기는 마찬가지였다. 도시인들처럼 시간에 쫓기지 않고 여유롭게 하루를 보내는 그들은 퍼뜩 생각난 듯 "낚시 갈래?" 하고 말한 뒤 친구들을 불러모아 저수지로 갔고, 낚시를 하다가 배가 고파지면 "고기 먹을래?" 하고 말한 뒤 돼지를 잡으러 갔다. 나는 포르노 배우가 꿈이라는 페드로의 친구와 맥주를 나눠마셨고, 페드로가 만든 생선요리를 와이너리 하는 친구의 집에서 생산한 술과 함께 먹었다. 유유자적한 생활의 폐해가 있다면 대낮부터 술을 마시게 되는 거랄까.

자정이 넘어 페드로의 친구들과 함께 산으로 올라갔다. 길거리 투우가 열리는 날이었다. 산등성이에 있는 광장은 수백 개의 백열등으로 대낮처럼 환했고, 사람들은 밴드의 흥겨운 연주에 맞춰 춤을 추고 있었다. 이윽고 창살로 가로막힌 원 안에 황소들이 나타나자 사람들의 환호로 광장이 들썩거렸다. 술취한 청년들은 동네처녀들의 시선을 의식하며 황소 앞에서 아슬아슬하게 장난을 치고 소꼬리를 잡으려고 까불거리면서 객기를 부렸다. 어린애들부터 할아버지까지 취하지 않은 사람이 없는 것 같았다.

내일 따윈 없는 것처럼 신나게 즐기는 사람들을 보면서, 나는 제대로 놀 줄 아는 민족이 제대로 된 요리를 만드는 게 아닌가 생각했다. 요리도 예술도 결국 발산이 아닐까. 창의성은 규율과 억압이 아니라 그 반대급부로부터 나오는 것이니까.

이 동네 사람들에게 시끌벅적하게 노는 것만큼 인생에 큰 즐거움을 주는 것이 요리였다. 이들에게 요리의 의미는 좀 달랐다. 와일드

하고 원초적이었다. 페드로가 나에게 "뭐가 먹고 싶어?" 하고 묻기에 고기요리가 먹고 싶다고 했더니 페드로는 시장에 가는 대신 할아버지의 농장으로 차를 몰았다.

차로 30분쯤 달려 농장에 도착한 페드로는 대부의 사촌인지 대모의 조카인지는 모르겠으나 아무튼 두 친구를 대동하고 농장 한쪽의 돼지우리로 향했다. 우리 안에는 살이 오를 대로 오른 토실토실한 암퇘지들을 방목중이었다. 돼지들은 습격의 기미를 알아차렸는지 꽥꽥거리며 이리저리 날뛰기 시작했다.

대학시절 농촌봉사를 갔을 때 마을사람들이 돼지를 잡아주던 일이 떠올랐다. 그때 기억으로는 참 오랜 시간 장정 여러 명이 고생했던 것 같은데 페드로와 '킬러'들은 빈 라덴의 은신처를 기습하는 네이비실 특공대처럼 한 치의 오차도 없이 순식간에 '타깃'을 우리 밖으로 끌어냈다. 밖에는 페드로의 아버지가 날이 번뜩이는 도축용 칼을 든 채 기다리고 있었다. 잠시 후 멀찌감치 떨어져 두 눈을 감고 떨고 있던 내 귀로 오리지널 돼지 멱따는 소리가 들려왔다.

페드로 부자의 놀라운 면모는 거기서 끝나지 않았다. 집채만한 암퇘지를 창고로 가져가서 천장에 매달 때만 해도 영화 〈저수지의 개들〉이 연상되어 끔찍하기만 했다. 그런데 아버지와 아들이 이인일조로 돼지를 해체하는데 이건 움직임 하나하나가 도축이 아니라 예술이었다. 땀을 뻘뻘 흘리며 온 정성을 다해 머리를 자르고 뼈를 절단하고 살을 발라내는 부자의 경건한 몸짓이 어찌나 감동적인지, 다큐멘터리의 한 장면으로 쓴다면 그레고리안 성가를 배경음악으로 깔고 싶을 정도였다. 실습시간 여느 학생들이 커다란 고기재료를 앞에 두고 어떻게 트리밍(필요한 부위만을 잘라내는 작업)할지 몰라 쩔쩔맬 때 페드로 혼자 콧노래를 부르며 고기를 다듬을 수 있었던 데에는 이런 이유가 있었던 것이다.

30명도 넘는 대가족이 기다란 야외식탁에 앉아 장작불에 구워온 바비큐 요리를 나눠먹던 그날의 장면은 내 기억에 선명히 각인되어 오래도록 남았다. 한 교실에서 공부할 때는 어리바리해 보이던 페드로가 그렇게 멋있을 수가 없었다.

도시에서 나고 자란 대다수의 요리학교 학생과 요리사들은 자신의 도마 위에 올라온 식재료들이 살아 있을 때 어떤 모양이었는지 모른다. 그들이 재료를 접하는 곳은 자연이 아니라 슈퍼마켓의 냉장진열대다. 심지어 요리사들은 자기가 만드는 샐러드에 들어가는 채소가 언제 제철인지도 헷갈리기 십상이다. 마트의 채소들은 바다 건너온 수입산이거나 온실에서 사시사철 재배되는 것들이기 때문이다.

페드로의 동네 사람들은 들판의 곡식이 자라고 나무에 달린 과일이 영그는 시간을 함께한다. 그리고 아이들은 꼬마였을 때부터 아버지의 도축일을 돕는다. 잔인하다고 생각할 수도 있으나, 우리가 매일 먹는 고기가 한때 생명이었다는 사실, 한 생명의 죽음이 식탁에 함께한다는 사실조차 잊는 것이 어쩌면 더 잔인하고 위험한 일인지도 모른다. 슈퍼마켓 냉장실에 놓인 고기가 무엇을 먹고 자라는지, 어떻게 길러졌는지, 그리고 어떤 방식으로 죽었는지 우리는 모른다.

포르투갈의 시골마을에서는 늙은 노파조차 한 마리의 닭과 돼지를 소중하게 여기고, 식탁 위의 고기가 한때는 뼈와 근육을 가지고 들판을 뛰어다니던 생명이었다는 것을 이해하고 있었다. 도축을 끝내고 피로 범벅이 된 페드로의 두 손에서 나는 식재료에 대한 경외심을 보았다.

"시골요리에선 버리는 부위가 하나도 없어. 도시사람들은 등심과 안심처럼 부드러운 부위만 먹지만, 시골사람들은 고기를 귀하게 생각하고 내장까지 다 활용하지. 거기에서 새로운 음식이, 포르투갈의 요리가 나온 거야."

포르투갈을 떠나 런던으로 돌아가는 길, 나는 촌놈 페드로가 장차 큰 요리사가 될 거라고 생각했다. 바질 허브의 진짜 향이 어떤 것인지, 야생의 블랙베리가 돼지고기와 얼마나 잘 어울리는지, 그는 요리책이 아니라 '진짜' 자연에서 배웠으니까.

에스닉하고 '런던스러운' 레스토랑

영국 음식은 '별것 없다'고 알고 있지만 천만의 말씀이다. 영국인들은 '런던은 영국이 아니다'라는 말을 흔히 하는데 먹거리는 특히 '별천지'다. 지방도시들과 달리 좋은 레스토랑이 지천이고 그 종류도 다양해서 태국이나 레바논 음식점은 특이한 축에도 못 낀다. 모던 폴리쉬(폴란드) 레스토랑, 가이세키 요릿집까지 골목골목 번창하고 있다. 외식업계에서 '런던에서 성공하면 세계 어디에서도 성공할 수 있다'는 말이 떠도는 게 거짓이 아니다. 하지만 호주머니 가벼운 유학생이 고급 레스토랑을 제 집처럼 드나들 수 없는 법. 가격대비 맛과 스타일이 뛰어난 곳을 단골로 삼았다. 이 레스토랑들은 에스닉한 동시에 가장 '런던스러운' 공간이다.

발틱 레스토랑은 오가닉한 인테리어에 동유럽 음식과 35종의 보드카가 있는 곳이다. 동유럽 음식이 주 메뉴인 발틱 레스토랑은 런던의 서더크 지하철역 앞에 자리하고 있다. 입구에 있는 칵테일바를 지나쳐 안쪽으로 들어가면, 100년 가까운 옛 건물을 현대적으로 재해석한 인테리어가 눈에 띈다. 유리 아트리움과 높은 천장, 하얀색 벽 덕분에 탁 트인 느낌이 들고, 따뜻한 색채와 나무장식이 자연 친화적인 분위기를 자아낸다. 레스토랑의 주인인 얀 보로니엣스키는 폴란드 출신으로 원래는 사진작가였다. 그러다가 런던의 켄징턴 지역에서 '보드카'라는 레스토랑을 운영한 것을 계기로 이 업계에 뛰어들었고, 이후 서더크로 이전하여 발틱 레스토랑을 열었다. 실내 곳곳에 배치된 폴란드 출신의 젊은 사진작가들의 작품이 그의 전직을 짐작하게 한다. "대중적이지 않은 동유럽 음식을 일반인들에게 알리는 게 제 목표예요"라는 그의 말처럼, 발틱 레스토랑의 메뉴들은 동유럽 음식의 본질을 간직한 동시에 그 음식이 익숙하지 않은 내 입맛에도 잘 맞았다.

내가 발틱 레스토랑을 방문한 첫날 먹었던 '청어, 래디시, 감자 샐러드'는 폴란드 사람들이 가장 즐겨 먹는 생선 청어에, 역시 폴란드 음식에 많이 사용되는 상큼한 래디시(빨간 무)를 곁들여 사워크림, 피클 등을 넣은 샐러드로, 생선의 비릿한 맛이 전혀 느껴지지 않는 훌륭한 메뉴였다.

폴란드 사람들은 만두도 좋아하는데, 수많은 덤플링(크고 작은 반죽들을 수프나 스튜 속에 떨어뜨려 익을 때까지 조리하는 것으로 고기나 치즈 혼합물을 채우기도 한다) 중에서도 감자, 치즈, 파를 다져 속을 만든 '피에로기^{pierogi}'의 담백한 맛은 한국인들의 입맛에도 잘 맞을 것 같다. 자칫 느끼할 수 있는 블랙푸딩을 발틱 레스토랑에서는 양파와 조리한 사과, 빵과 함께 제공한다. 블랙푸딩은 다양한 식감을 느낄 수 있는데다 훈제요리가 많은 폴란드 음식의 특징을 잘 반영하고 있어 먹는 즐거움이 배가 된다.

바를 겸하는 레스토랑답게 35종이 넘는 폴란드와 러시아 스타일의 보드카도 구비하고 있다. 이중 보로니엣스키가 추천한 두 가지 보드카를 맛보았는데, 체리 보드카와 곡물 보드카다. 영하 10도에서 마실 때 가장 완벽한 맛을 즐길 수 있다는 이 보드카들은 모두 발틱 레스토랑에서 직접 담근 것이다. 매주 일요일 저녁이면 라이브 재즈를 들을 수 있고, 국립극장이 가까워 공연을 마치고 들른 유명인들과 마주치는 재미도 쏠쏠하다. 이언 맥켈렌, 케빈 스페이시, 데이비드 보위, 믹 재거 등이 발틱 레스토랑의 단골이다.

또하나의 레스토랑은 런던에 살고 있는 작가들의 아침식사 장소로 유명한 '세인트존'이다. 1967년 런던 동부의 스미스필드 마켓 한쪽에 위치한 훈제 하우스가 햄과 베이컨을 만드는 일을 중단하게 되었다. 1960년대까지 건물 위층이 마르크스주의자들의 본부로 사용된 역사적인 건물이 문닫을 위기에 처한 셈이다.

퍼거스 헨더슨과 트레버 걸리버는 1994년 10월 이 건물에 세인트존 레스토랑을 열었고, 당시 마르크스주의자들의 본부로 쓰였던 곳을 레스토랑의 운영본부로 사용하고 있다. 지금의 세인트존 빌딩은

1967년 당시의 외관과 별반 다르지 않다. 두 설립자는 벽을 흰색으로 페인트칠하고 바와 베이커리를 만들었고, 실내를 두 개의 굴뚝과 주방, 음식을 먹는 곳과 개인공간으로 나누었다.

베이커리는 '세인트존 브레드 앤 와인'이 오픈하던 2003년부터 운영되고 있으며, 세인트존의 빵은 농부들이 가는 마켓이나 푸드 페스티벌에서 인기가 많다. 유일한 아침 메뉴인 베이컨 샌드위치에 들어가는 재료도 직접 만든 베이컨, 직접 구워낸 빵, 직접 만든 케첩과 버터뿐이지만, 수제 재료의 조합이 이루어내는 맛은 환상적이다.

세인트존 브레드 앤 와인의 설립목적은 베이커리에 더해, 고객들이 쉽게 와인을 구매할 수 있는 장소를 갖추는 것이었다. 때문에 세인트존 레스토랑과 달리 매일 오전 아홉시부터 열한시까지 사람들이 가볍게 아침을 먹을 수 있는 공간으로 구성되어 있다. 2012년 현재 세인트존은 규모가 많이 확장되어 레스토랑, 베이커리, 그리고 호텔까지 운영하고 있다. 길버트와 조지, 트레이시 에민처럼 런던 동부를 주 무대로 하는 미술가들이 간단히 아침식사를 하고 가는 곳으로도 유명하다.

Superior

요리하는
스토리텔러를 꿈꾸며

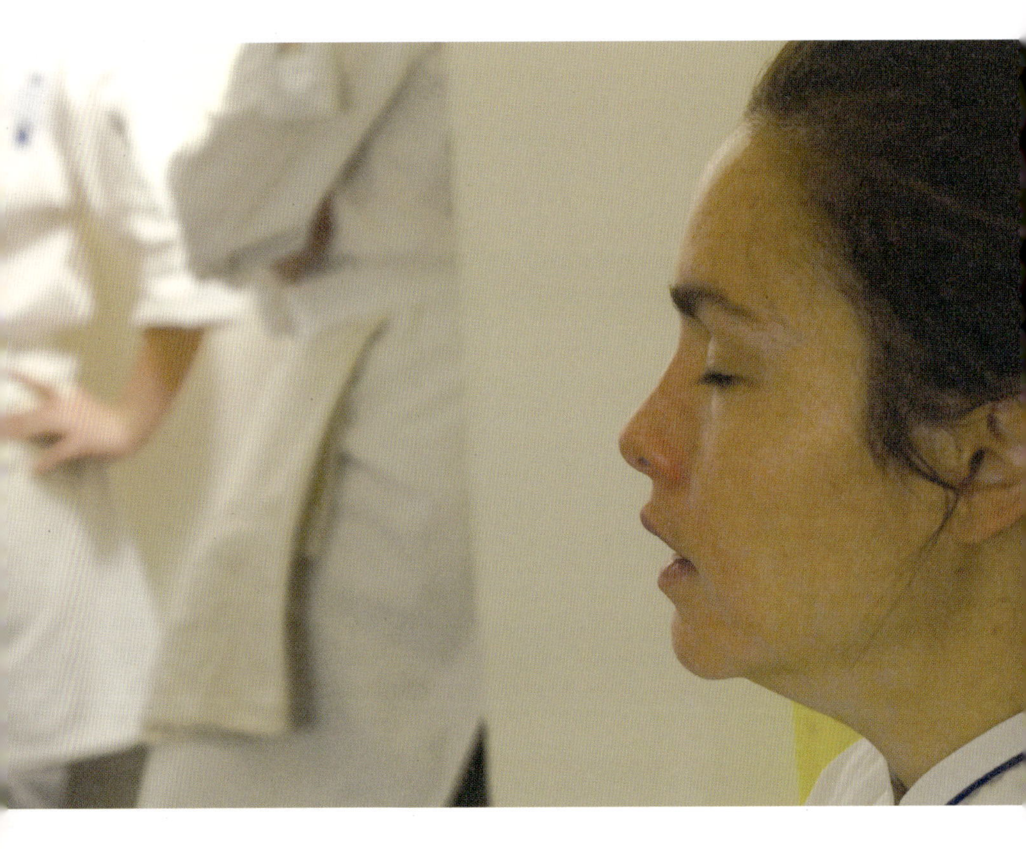

꿈을 이루는 사람은
언제나 **소수다**

방송국에서 일할 때는 한 해가 금방 지나갔다. 신년특집을 한 것이 엊그제 같은데 송년특집이 돌아오는 식이었다. 르 코르동 블뢰에서는 시간이 참 더디게 갔다. 한주 한주 진도를 따라가는 것이 힘들어서였을까, '국방부시계'만큼은 아니지만 시간의 체감속도가 곱절로 느렸다. 다행히 거꾸로 매달아도 바늘이 움직이는 건 르 코르동 블뢰의 시계도 마찬가지라 런던에서 두번째 겨울을 맞이할 무렵 나는 드디어 최종관문인 고급반에 입성했다.

입학하기 전 나는 퀴진의 초급, 중급, 고급반을 모두 수강하고 파티세리의 초급과정을 마치겠다는 원대한 포부가 있었다. 하지만 막상 퀴진의 초급반이 시작되자 어떻게든 이 단계만 통과하자는 생각이

들었고, 중급반이 되었을 때도 이 과정만 넘겨보자는 마음이 앞섰다. 당장 눈앞에 닥친 상황들이 막막하게 느껴져서 오늘만, 오늘만, 하는 심정으로 하루하루를 견디다보니 어느새 고급반이었다.

양파 하나 제대로 썰지 못했던 다큐멘터리 프로듀서가 명문 요리학교의 최고급반까지 살아남았으니 더는 무엇을 바라리오. 마라톤에서 마지막 10킬로미터 구간에 들어선 기분이었다. 살아남기에 급급했던 초·중급반 때와 달리 마음이 두 갈래로 갈렸다. '어차피 메달권(우등졸업)에서 멀어진 것이 분명하니 대충 뛰지 뭐.' 다른 한편으로는 어떤 일이 있어도 완주를 해야겠다는 오기가 발동했다. '여기까지 왔는데 갈 데까지 가보자구.'

고급반이 되자 수업시간에 선생님들의 대접이 달라졌다. 주방에서의 작은 실수에도 불호령이 떨어지던 예전과 달리, 요리할 때 옆에서 꼬치꼬치 간섭하는 일이 사라졌고 때로는 학생들에게 가벼운 농담을 던지기도 했다.

선생님들의 태도는 부드러워졌지만 학생들은 스스로 알아서 해야 한다는 데 부담감을 느꼈다. 여기에 취업걱정이 더해지자 반 분위기는 더욱 진지해졌다. 다들 선생님의 테크닉을 하나라도 더 배우려고 눈에 불을 켰다. 대학교 사학년 때의 풍경과 비슷했다.

르 코르동 블뢰를 나오면 런던이나 유럽 대도시에 있는 일반 레스토랑에서 일자리를 얻는 것은 크게 어렵지 않다. 하지만 세계적으로 손꼽히는 미슐랭 투 또는 쓰리스타급 레스토랑에 들어가는 것은 여전히 만만한 일이 아니었다. 급료로만 따지자면 일반 레스토랑이 더

나은 경우가 많았지만 이런 곳들은 돈 한푼 안 줘도 좋으니 일만 배우게 해주십사 간청하는 일류 요리학교 졸업생들이 줄을 섰기에 좋은 보수를 바랄 수도 없었다. 당장 생활비가 급한 몇몇을 제외한 대부분의 친구들은 교통비만 받더라도 초일류 레스토랑에 들어가고 싶어한다. 실력 없이 스펙만 가지고는 결코 버틸 수 없는 곳이 요리사의 세계지만, 반대로 스펙에 가장 목을 매는 곳도 이 바닥이다. 미슐랭 쓰리스타의 바늘구멍을 통과하기 위해 필요한 것 중 하나가 르 코르동 블뢰 선생님의 추천이다. 선생님의 인정을 받으려면 주방에서 확실히 두각을 나타내야 한다. 그러니 졸업반 학생들은 수업시간 내내 긴장할 수밖에 없다.

그렇다고 모든 학생들이 졸업 후 취업할 레스토랑을 놓고 고민하는 것은 아니다. 요리를 계속할지 그만둘지 갈등하는 친구들도 있었다. 전직 후 입학한 학생이 많기 때문에 예전에 하던 일로 돌아갈 결심을 하는 이들도 있었고, 요식업계 안에서 셰프 이외의 직업을 모색하는 친구들도 있었다. 벨기에에서 온 헬레나처럼, 집안이 유복한 친구들은 진로를 결정하기가 좀더 쉬웠다.

반짝이는 금발머리에 흰 피부, 통통한 체격의 헬레나는 겉보기에는 전형적인 서유럽 깍쟁이였지만 알고 보면 의리 있는 친구였다. 취미가 뭐냐고 물으면 클래식카 수집이라고 대답할 정도로 부자이기도 해서, 고급 레스토랑에 친구들을 데려가 비싼 음식을 사는가 하면 방학 때 친구들을 벨기에로 초대하기도 했다. 다른 친구들은 조리시간에 학교비품을 쓰기 위해 한참을 기다렸지만, 헬레나는 그사이를 못 참아 개인도구를 사들고 왔다. 그런 헬레나에게 동기들이 자주 했던 농담이 있다. "헬레나, 개인냉장고는 안 살 거야?"

졸업이 가까워지자 헬레나는 레스토랑의 코미 셰프로 들어갈 자신이 없다며, 식음료 계통의 비즈니스를 해보겠다고 말했다. 헬레나 아버지의 친구들만 해도 런던 레스토랑의 오너로 있는 사람이 여럿이라, 헬레나에게는 그리 어려운 일도 아닐 터였다. 하지만 셰프의 길을 포기한 다른 친구들처럼, 헬레나의 마음 한구석에도 이루지 못한 꿈이 허전함으로 남아 있을지 모르겠다.

요리학교는 '요리사가 되기 위한 과정'인 동시에 '요리사에 대한 환상을 깨는 과정'인지 모른다. 르 코르동 블뢰의 수많은 요리사 지망생들이 런던행 비행기 안에서 품었을 환상—눈처럼 새하얀 조리복을 입고 런던탑처럼 높다란 셰프 모자를 쓴 채 우아하게 음식을 만드는 상황—은 주방에서 결코 연출되지 않았다.

주 32시간 노동제가 일반적인 유럽 국가에서도 요리사는 주 80시간 근무가 보통이다. 남들이 놀 때 일하는 직업의 특성상 상대적 박탈감은 큰 반면 장시간 노동을 견디는 대가로 받는 월급은 턱없이 적다. 좋아하지 않으면 절대 버틸 수 없는 직업인 셈이다. 법과 대학에 들어간 대학생들은 판검사를 꿈꾸고 공군사관학교에 들어간 학생들은 파일럿을 꿈꾸겠지만, 끝내 그들은 알게 된다. 이거 아무나 되는 게 아니구나. 꿈을 이루는 사람들은 늘 그렇듯 극소수다. 요리학교도 예외가 아니다.

당신의 **부족**은 **어디**입니까?

르 코르동 블뢰의 학과는 크게 두 가지로 나뉜다. 프랑스 요리 전반을 배우는 퀴진(요리학과), 디저트와 빵 만들기를 배우는 파티세리(제과제빵). 대부분의 학생들은 한 과정만 공부하지만 퀴진 고급반을 마친 뒤 나는 파티세리 초급반을 수강했다. 이왕 온 김에 두 가지 다 해보자는 마음이었다. 두 학과 학생들은 실습교실은 물론 담당교수까지 전부 다르기 때문에 졸업할 때까지 서로 말 한마디 나눌 기회가 없다. 정확히 말하면, 서로 말하고 싶어하지 않는다. 탈의실에서 마주쳐도 각기 다른 은하계에서 온 생물체들처럼 그 흔한 "하이!"조차 오가는 법이 없다.

처음에는 왜 그럴까 생각했지만, 학교에 다니다 보니 수수께끼가 하나둘 풀리기 시작했다. 나에게 이것은 판이한 문화를 가진 두 부족사회를 비교하는, 일종의 인류학 현지조사 같은 것이었다. 현지조사의 결론부터 이야기하면, 두 부족 사이에는 아주 오랜, 그리고 상당히 격렬한 라이벌 의식이 존재한다.

퀴지니에(요리사)들은 자신이 빵이나 굽는 파티시에(제과제빵사) 녀석들보다 우월한 계급이라고 믿어 의심치 않는다. 이런 주방 카스트 제도를 뒷받침하는 몇 가지 자체 논리가 개발되어 있는데, 자주 거론되는 것이 요리학과 교과목에는 기본적인 제과제빵 메뉴가 포함되어 있다는 점이다. 쉽게 말해 자신들은 요리도 하고 디저트도 만들 줄 알지만, 제과제빵 녀석들은 오로지 디저트밖에 만들 줄 모른다는 논리다. 제과제빵 학생들이 삼단으로 쌓아올린 초콜릿 공예품을 들고 복도를 지나가면 요리학과 학생들은 킬킬대며 말한다.

“저걸 어떻게 먹으라는 거야? 제과제빵은 딱 우리가 배우는 기본만 알면 충분해.”

또한 퀴지니에는 퀴진의 세계야말로 진짜 사나이들의 세계이자 셰프의 영토라고 믿는다. 그들의 생각에는, 빨간 눈을 부릅뜬 채 죽어 있는 토끼의 머리를 부처 나이프^{Butcher Knife}(고기 자르는 큰칼로 무게가 장난이 아니다)로 단칼에 내리치며 콧노래까지 흥얼거릴 수 있는 두둑한 배포와, 뜨겁게 달구어진 무쇠 프라이팬을 한 손으로 척 잡아들고 피가 뚝뚝 떨어지는 티본스테이크 덩어리를 갖고 놀 수 있는 강한 근육의 소유자만이 진정한 셰프의 자격이 있다.

영국 특수부대 출신으로 팔뚝 굵기가 내 허벅지만한 요리학과 친구 네이슨의 표현을 빌리자면 “설탕, 초콜릿 나부랭이나 주물럭대는 파티세리는 연약한 '계집아이'들이나 하면 딱 맞지"라는 것이다. 퀴지니에들은 오르되브르^{Hors-D'oeuvre}(애피타이저)에서 메인 요리까지 책임지는 자신들이야말로 쇼의 하이라이트이자 무대 위의 유일한 주연이라고 굳게 믿고 있다. 이들에게 디저트는 요리의 대향연에서 한낱 보기 좋은 마무리용 장식이자 예쁘장한 조연이다.

파티세리 부족의 반격도 만만치 않다. 먼저 미식의 역사에서 잘난 체하는 퀴지니에들의 역사적 뿌리는 알고 보면 파티시에에 있다는 게 이들의 주장이다. 근대 프랑스 요리의 초석을 다진 전설적인 인물 마리앙투안 카렘^{Marie-Antoine Carème}도 원래 요리전공자가 아닌 제과제빵사였고, 그의 예술적인 능력이 가장 잘 드러난 메뉴도 설탕세공이었다는 것이다.

또한 파티세리는 요리학과에서 배우는 디저트는 초보 중의 초보요, 매우 저급한 테크닉으로 치부한다. 제과제빵 학생들은 요리학과 학생들이 레몬타르트나 마들렌 등 겨우 몇 가지 디저트를, 그것도 엉망으로 만들어놓고는 감히 "나도 디저트 좀 아네" 하고 나대는 것을 못마땅해한다.

파티시에의 주장에 따르면, 연기 나는 고깃덩어리가 식탁의 주인공이던 시대는 끝났다. 이제는 손님의 눈을 사로잡는 화려한 디자인의 달콤한 디저트가 코스의 피날레이자 그날 요리의 최종인상을 결정짓는 참된 종결자인 것이다. 그러므로 그들에게는 파티시에만이 요리를 예술의 경지로 승화시킬 수 있는 유일무이한 존재다.

제과제빵 수업 첫날, 나는 파티시에 부족의 문화적 우월성을 확인

하는 한 문장을 반복해서 들어야 했다.

"파티세리는 과학입니다."

본격적인 수업은 시작도 안 했는데 '저쪽 진영' 선생님과 학생들은 이 말을 다섯 번도 넘게 했다. 이것은 종족의 정체성을 위해 파티시에들이 하루에 한 번씩은 꼭 되뇌어야 하는 경구이자, 라이벌 종족과의 자존심 대결을 위해 몸에 지녀야 할 심리적 부적이었다.

이 경구를 파티시에 부족의 언어로 알기 쉽게 풀이해보면, 퀴진은 레시피에 나온 계량과 순서를 무시하고 적당히 굽고 끓이다가 나중에 소금, 후추로 간만 잘 맞추면 대충 맛을 낼 수 있는 엉성한 체계로 이루어진 반면, 파티세리는 재료의 양과 발효시간, 오븐의 온도 등 레시피에 기재된 공식을 정확히 지키지 않을 경우 제대로 된 완성품이 나올 수 없는 과학의 소산이라는 말이었다. 깐깐하거나 세심한 것과는 거리가 먼 내가 과연 파티세리 부족들 틈에서 무사히 살아남을 수 있을지 걱정이 밀려오기 시작했다.

해병대 셰프의
테러리스트 명단에
오르다

파티세리 수업이 있던 날, 복도에서 요리학과 주임 선생님과 마주쳤다.

"미스터 리, 이제 파티세리를 공부하기 시작하는 건가. 자네는 요리과정을 경험했으니까 제과제빵은 누워서 떡 먹기(a piece of cake)일걸세. 긴장 풀고 해도 돼."

그렇게 나는 으르렁대는 두 부족 사이의 국경을 넘어 드디어 디저트 나라에 입성했다. 제과제빵 실습실에 들어서자마자 요리학과와 확연히 다른 분위기가 느껴졌다. 일단 열 명 중 여덟 명이 여자였다. 물론 퀴진 과정에도 여학생들이 있기는 했다. 열 명 중 두세 명 정도 말이다. 그나마도 남성 호르몬 과다분비가 의심되는 '마초 걸'들이었다.

그와 대조적으로 파티시에르(여성 제과제빵사) 지망생들은 외모도 얌전한데다 몸짓에서 여성스러움이 넘쳤다. 심지어 남학생까지도 호르몬 이상인지 학과분위기 때문인지, 목소리가 나긋나긋하고 성격도 꼼꼼해 보였다. 요리학과에서 온 사람은 나 혼자. 모두 상냥한 미소로 반겨주었지만 내 목덜미로 무언의 목소리가 날아와 박혔다.

'그래, 퀴진 놈아, 얼마나 잘하나 두고 보자.'

잠시 후 담당선생님이 들어오는데 인상이 범상치 않았다. 깡마른 얼굴에 파란 광채를 뿜는 매서운 눈매, 짧게 올려친 머리 스타일, 다리미로 잘 다려 날이 바짝 선 셰프 재킷까지, 달콤한 디저트와 도저히 매치되지 않는, 뭐랄까, 해병대 신병훈련소의 깐깐한 주임상사 같은 스타일이었다. 나는 다른 은하계(퀴진)에서 건너온 신분인지라 더 긴장되었다. 선생님에게 좋은 첫인상을 주려고 출석 체크 때 일부러 큰 소리로 대답했다.

"위, 셰프(Oui, Chef)!"

익히 알고는 있었지만 파티세리의 세계는 퀴진의 세계와 너무도 달랐다. 마치 중력법칙이 다르게 작용하는 은하계에 떨어진 기분이었다. 선생님의 설명에 따르면 파티세리에서 레시피는 바이블이자 꾸란(코란)이었다. '경전'과 토씨 하나라도 다르게 조리하면 걷잡을 수 없는 재앙이 찾아왔다.

예를 들어 레시피에 달걀노른자를 80그램만 넣으라고 써 있으면 노른자를 쪼개서라도 꼭 그만큼만 넣어야 한다. 그랑 수플레를 만드는 데 설탕을 116도로 끓이라고 하면 온도계로 정확히 116도가 될 때까지만 끓여야 한다. 잠깐이라도 온도계에서 눈을 떼고 있다가 정해진 온도를 넘겨버리면 설탕시럽은 '추억의 달고나'가 되어버린다.

퀴진 과정에서야 감자껍질을 벗길 때 필러를 쓰든 나이프를 쓰든 상관없었다. 하지만 파티세리는 주걱으로 섞어야 할 반죽을 깜빡하고 위스크(거품기)로 뒤섞어놓으면 케이크 대신 납작한 호떡이 나온다. 사소한 도구 하나라도 정해진 룰을 철저히 따라야 하는 것이다.

더 가혹한 것은 파티세리는 초반 실수가 복구되지 않는다는 점이었다. 퀴진 수업 때는 조리과정 초반에 실수를 해도 요령만 있으면 '식용 가능한' 수준까지 회생시킬 수 있었다. 라면 국물이 짜면 물을 더 부어 간을 맞추는 식으로 말이다. 하지만 파티세리에서는 구회말 역전 같은 건 기대할 수 없었다. 타르트든 케이크든 반죽이 제대로 안 된 채 오븐에 들어가면 그걸로 끝이었다. 우연도 기적도 존재하지 않았다.

첫 수업 과제는 파이핑piping. 원추형 종이 또는 플라스틱 백에 생크림 등을 넣고 짜서 모양을 만드는 작업으로 파티세리의 기본 중 기본이었다. 먼저 셰프가 베이킹 종이를 가위로 오려 작은 고깔 모양의 파이핑 백을 만들었다. 20초도 안 걸려 기계에서 뽑은 듯 완벽한 주머니가 완성되었다.

"파티시에가 되려면 앞으로 이런 파이핑 백을 수백 개 내지 수천 개 만들 겁니다. 눈을 감고 발가락으로 접을 수 있을 정도로 연습하세요."

셰프가 시범을 보일 때는 세상에 저렇게 쉬운 게 있나 우습게 보였
는데 막상 만들려고 하니 종이를 어떻게 접었는지 하나도 생각이 안
났다. 천신만고 끝에 어렵게 하나를 완성했는데, 모양이 엉성하기 이
를 데 없어서 정말 눈 감고 발가락으로 접은 것 같았다.

뭐, 디자인은 삼류지만 기본기능은 하겠지. 녹은 초콜릿을 파이핑
백에 가득 채워넣고 연속 리본 모양을 만들어볼 요량으로 눌러짰다.
주머니 위로 따뜻하고 푹신한 감촉이 손끝에 느껴졌다. 1.5초 정도,
황홀한 기분이었다. 그런데 이런, 파이핑 백은 갑자기 잔디밭의 자동
호스라도 된 것처럼 사방으로 짙은 갈색의 초콜릿 액체를 난사하기
시작했다. 끈적끈적한 초콜릿이 옆자리 포르투갈 여학생의 유니폼
위로 사정없이 날아갔다. 잭슨 폴록의 후기 추상작품에 등장할 듯한
난해한 점과 선들이 새하얀 재킷 위로 흩뿌려졌다. 여학생이 외마디
비명을 지르고 셰프가 달려와 소리쳤다.

"테러리스트! 테러리스트!"

난데없이 웬 테러리스트? 나중에 알았지만 이 '해병대' 셰프는 실
수한 학생에게 이렇게 고함치는 것으로 유명했다. 그는 내 얼굴을 뚫
어지게 보더니만 고개를 절레절레 흔들었다.

"오우, 퀴지니에, 퀴지니에(이런 요리학과 녀석, 내 이럴 줄 알았어)!"

테러리스트 명단에 오른 뒤, 절치부심하며 명예회복의 기회를 노
렸다. 드디어 기회가 왔다. 과일 무스 케이크를 만드는 날이었다. 너
무 달지도 느끼하지도 않고 과일 맛이 상큼해 평소 좋아하던 디저트

였다. 오케이, 많이 먹어본 사람이 제대로 맛을 낼 수 있다!

반죽을 오븐에 넣고 굽는데 제법 스펀지가 잘 부풀어 올랐다. 오 븐 안에서 달짝지근한 버터향이 섞인 케이크 냄새가 새어나오자 군 침이 확 돌았다. 그사이에 스펀지 위에 올릴 과일 무스 만들기에 들 어갔다.

먼저 생크림을 휘핑해서 솜사탕처럼 부풀어 오르게 한 뒤 설탕과 데운 우유, 달걀노른자로 만든 커스터드와 새콤한 과일 퓌레, 그리고 무스의 형태를 유지해주는 젤라틴을 큰 믹싱볼에 넣고 섞었다. 그리 고 스펀지 둘레에 원형 케이크 틀을 씌우고 과일 무스를 올린 뒤 냉 장고에 넣었다.

20여 분 뒤 셰프가 냉장고에서 직접 케이크를 하나씩 꺼내면서 학 생의 이름을 불렀다. 틀이 벗겨지고 라즈베리 빛깔의 무스가 올라간 먹음직스런 케이크가 테이블에 올라갈 때마다 탄성이 일었다. 수술 실 밖에서 대기하는 보호자의 심정이랄까, 수험생을 기다리며 기도 하는 학부모의 심정이랄까, 그런 간절한 마음으로 내 케이크가 나오 기를 기다리는데 셰프가 나를 노려보며 고함쳤다.

"테러리스트! 이리 와봐!"

나는 심장이 요동치는 것을 느끼며 한달음에 냉장고 앞으로 달려 갔다. 그곳에는 붉은빛 무스가 쓰나미처럼 녹아내리고 있는 형체 모 를 빵 덩어리 하나가 놓여 있었다. 분명 내 '새끼'였다. 아, 젤라틴이 문제였다. 네 개 반을 넣어야 하는데 실수로 두 개 반을 넣었던 것이 다. 그날 나는 해병대 셰프의 알카에다 핵심 멤버 리스트에 오르고 말았다.

녹아내리는 과일 무스 케이크를 바라보며 나는 인생의 두 가지 방식을 놓고 실존적 고민에 빠졌다. 인생은 퀴진인가, 파티세리인가? 내 멋대로 살아도 인생 후반전에 되살아날 가능성이 존재하는 열린 세계일까? 아니면 뿌린 대로 거둘 수밖에 없어 결국 정해진 법칙에 따라 결말이 나는 닫힌 세계일까?

내가 '쓰나미 케이크'를 만든 바로 다음주, 일본 동북부에선 대지진이 발생했고 사상 최악의 쓰나미가 해안을 휩쓸었다. 수수께끼 같은 두려움과 죄의식으로 괴로웠다. 만약 다음번에 케이크를 태워먹기라도 한다면…… 아아, 인류의 종말을 막기 위해서라도 나는 온전한 케이크를 구워야 했다.

죽어도 좋아!
슈거파탈의 유혹
혹은 **설탕**의 공습

르 코르동 블뢰의 파티세리 실습실에는 대형 쌀통만한 플라스틱 상자가 세 개 놓여 있다. 첫번째는 'T.55'라고 적혀 있는데, 이것은 빵을 만들 때 주로 쓰는 강력분 밀가루다. 두번째 상자에는 'T.45'라고 표시되어 있는데, 이는 케이크나 과자를 만들 때 쓰는 박력분이다. 마지막 상자에는 아무런 표시가 없거나 'S'라고 쓰여 있다. 호기심에 뚜껑을 열어보니 초대형 통에 한가득 담겨 있는 것은 엄청난 양의 설탕가루였다. 내 생전에 그렇게 많은 양의 설탕을 본 적이 없었다.

생뚱맞게 들릴지 모르겠으나, 영화 〈천국의 나날들〉의 한 장면이 떠올랐다. 여주인공 린다가 주방에서 일하다가 창문 안으로 날아들어온 메뚜기 한 마리를 발견한다(요놈, 귀엽네). 그런데 다음 컷은 광활한 벌판을 새까맣게 뒤덮은 메뚜기떼의 공습!(악! 이건 뭐야~) 커피

숍의 손가락 한 마디만한 설탕만 보다가 산같이 쌓인 흰 가루를 마주하자 나는 단번에 그 기세에 압도당해버렸다. 상자 안에는 쌀집에서 곡물을 퍼담을 때 쓰는 것과 비슷한, 손잡이 달린 큼지막한 용기가 놓여 있었다. 심상치 않았다. 아니, 왜 이렇게 교실에 어마어마한 양의 설탕이 비치되어 있는 걸까?

실기수업이 시작되면서 수수께끼는 곧 풀렸다. 프랑스 디저트에는 '악' 소리가 날 만큼 많은 양의 설탕이 들어간다. 그냥 들어가는 정도가 아니라 들이붓는다고 생각하는 편이 정확할 정도다. 큰 계량컵 한 가득 설탕을 퍼와도 시럽 졸이고 스펀지케이크 굽고 크림 만들고 나면 설탕은 온데간데없다.

실습실의 학생들이 전부 데커레이션이라도 만들라치면 큰 통에 가득 차 있던 설탕은 순식간에 바닥을 드러낸다. 예를 들어, 가토 데 되 피에르(라즈베리가 들어간 대표적인 프랑스 초콜릿케이크)에는 초콜릿 자체에 포함된 설탕을 빼고도 225그램의 백설탕이 들어간다. 생맥주잔 절반 정도다. 그 정도는 단것 축에도 못 낀다. 다크초콜릿 퍼지케이크에는 500그램, 버터크림이 든 롤케이크에는 680그램, 작고 예쁜 마카롱도 알고 보면 몽땅 설탕덩어리다. 달걀흰자 60그램과 그 갑절 분량의 설탕이 들어가는 것이다.

물론 파티세리 반 학생들은 나를 포함해서 열이면 열, 모두 단것이라면 사족을 못 쓰는 디저트 애호가들이다. 방송국에 있을 때 내 책상 서랍에는 항상 달콤한 과자와 초콜릿이 쟁여 있었다. 그리고 맛있는 디저트일수록 설탕이 많이 들어간다는 사실도 대충은 알고 있었

다. 하지만 디저트를 먹기만 할 때는 설마, 이 정도일 줄은 몰랐다.

버터크림을 만들기 위해 설탕을 한 바가지씩 집어넣으면 모두 한 마디씩 하지 않을 수 없었다. "대체, 이 크림 한 덩어리 안에 어떻게 이 많은 설탕이 녹아들어갈 수 있는 거지?" "이 장면은 손님들에게 절대 보여주면 안 돼. 소시지를 맛있게 먹으려거든 소시지 만드는 장면은 안 봐야 한다구." "와우, 보기만 해도 혈당이 오르는 기분이야." 주방에서 설탕의 비밀을 목격하고 나니 괜히 마음이 꺼림칙했다.

집에 돌아와 구글검색창에 설탕이라고 써보았다. '설탕의 해악'이라는 검색어가 자동으로 꼬리를 달고 나왔다. '설탕은 충치·비만·당뇨의 주범' '칼슘 결핍과 심장병의 주원인'. 이 정도는 약과였다. '설탕 과잉섭취 청소년폭력 유발' '백색의 마약, 죽음의 백색가루', 심지어 '백색의 살인마'까지 무시무시한 표현들이 끝도 없이 이어졌다. 한 외신기사에는 일본의 한 청소년이 끔찍한 연쇄살인을 저질렀는데 그 주원인이 설탕 과잉섭취 때문이었다는 분석까지 실려 있었다.

머릿속이 혼란스러워지기 시작했다. 설탕 대신 차라리 진짜 마약을 넣어 케이크를 굽는 것이 인체에 덜 유해해 보일 정도였다. 그럼, 대체 내가 지금, 우리의 뼈를 젤리처럼 흐물흐물하게 만들고 혈관과 심장을 망가뜨리는 것도 모자라 '엽기적인 살인마'로 만들지 모르는, 끔찍한 유해물질로 과자를 굽고 케이크를 만들었단 말이야?

퀴진 클래스(요리학과) 실습을 하면서 요리마다 들어가는 엄청난 양의 노란 버터에 놀란 적이 있지만 최소한 살인마라는 별명을 얻을 정도는 아니었다.

　그럼, 설탕의 비밀을 알게 된 이후 디저트를 먹고 싶은 내 욕구가 싹 사라져버렸을까? 그 반대였다. 수업이 하루하루 진행되면서 나는 프랑스 디저트의 달콤한 마법에 점점 빠져들기 시작했다. 새콤한 사과에 설탕을 잔뜩 넣어 구운 애플타르트, 페이스트리 크림(슈크림)으로 속을 채운 바삭거리는 파트 아 슈, 버터와 설탕이 듬뿍 들어간 제누아즈(스펀지케이크), 먹을 때마다 프루스트의 소설 『잃어버린 시간을 찾아서』가 떠오르는 마들렌, 설탕으로 만든 뭉게구름 같은 수플레, 그리고 유사 오르가슴 수준의 쾌감을 느끼게 하는 쇼콜라 퐁당까지, 나의 눈과 혀는 '슈거파탈'의 거부할 수 없는 유혹에 허물어졌고 나는 그녀들의 노예가 되었다. 이것은 일종의 '죽어도 좋아'의 심정이었다.

　버터와 설탕뿐 아니라 푸아그라, 돼지족발, 살라미 등등은 맛있을수록 불량함을 지니고 있다. 수돗물은 행여 몸에 안 좋을까 입에도 대지 않으면서 매일 밤 거의 치사량 수준으로 알코올을 들이붓는다. 기름진 삼겹살은 하루가 멀다고 탐닉하면서 가끔 마시는 우유는 살찐다고 저지방만 찾는다. 저녁식사 값은 아낀다고 분식집에서 라면으로 간단히 때우고 커피는 분위기 있는 카페에서 5000원을 내고 마신다. 커피에 설탕을 넣는 것은 몸에 해롭다고 블랙만 고집하면서 설탕 한 움큼이 들어간 달콤한 케이크는 꼭 곁들인다. 그 불균형을 모르지 않을 것이다. 다만 그 기름지고 달콤한 불량함이 외롭고 불안한 우리의 마음을 달래주니 어쩌란 말인가.

코프만
레스토랑의
인턴

내가 파티세리 실습실에서 용을 쓰고 있는 동안, 퀴진 과정 친구들은 레스토랑 주방에서 고군분투하고 있었다. 말했다시피 고급 레스토랑은 거의 공짜나 다름없는 최저임금을 받는데도 학생들이 일하고 싶어하는 곳이고, 패밀리 레스토랑이나 동네 레스토랑은 임금은 낮지만 경력에 큰 도움이 안 된다. 아틸라처럼 생계가 급한 친구들은 결국 후자를 택하지만, 대부분의 친구들은 미슐랭 스타 레스토랑에 코미 셰프로 들어갔다. 그중에서도 우리 동기들이 가장 많이 취업한 곳은 '코프만 레스토랑 Koffmann's Restaurant'이었다.

런던의 다른 고급 레스토랑처럼 코프만 레스토랑도 호텔 안에 자리하고 있다. 코프만 레스토랑이 있는 버클리 호텔은 오랜 역사를 가진 유서 깊은 호텔로, 하룻밤 숙박료가 평균 80만 원에 달한다. 레스

토랑의 오너셰프인 피에르 코프만은 그 자신은 물론 수많은 미슐랭
쓰리스타를 배출한 셰프 중의 셰프, 요리사들의 대부다. 파티세리 과
정을 공부하던 중에 나는 다큐멘터리 촬영차 이 레스토랑을 취재하
게 되었다.

　내가 갔을 때 친구들은 인사도 건네지 못할 만큼 군기가 바짝 들
어 있었다. 학교에서 만났다면 낄낄대고 장난쳤을 아이들이 수다를
떨기는커녕 잠깐 눈인사를 건네는 것도 힘들어 보였다. 식재료 준비
로 정신없이 오전이 가고 점심시간이 되었을 무렵에야 겨우 페드로와
몇 마디 나눌 수 있었다. 페드로는 점심을 먹으며 내게 속닥거렸다.

　"학교 다닐 때가 좋았어. 우리 실습할 때마다 시간 모자란다고 투
덜거렸잖아. 근데 레스토랑 주방에 있어보니까 그건 바쁜 것도 아니
야. 매분 매초 시간에 쫓기면서 하루에 열 시간을 서 있어야 한다구."

　의자가 없는 주방에서 자리에 앉을 수 있는 사람은 오직 한 명, 총
주방장뿐이다. 휴식시간이라고 해봐야 열 시간이 넘는 근무 중 두
시간이 채 안 된다. 페드로는 더 이야기할 겨를도 없이 허겁지겁 밥
을 먹었다. 30분의 짧은 점심시간이 끝나면 곧바로 영업준비에 돌입
해야 하기 때문이다. 페드로 같은 말단 셰프만이 아니었다. 총주방장
인 코프만은 요리사가 된 뒤 자리에 앉아서 식사를 해본 적이 없다
고 한다. 그날 점심시간에도 코프만은 재료들을 일일이 맛보고 점검
하느라 분주했다.

　그리고 드디어 시작된 서비스! 웨이터가 PDA처럼 생긴 주문판에

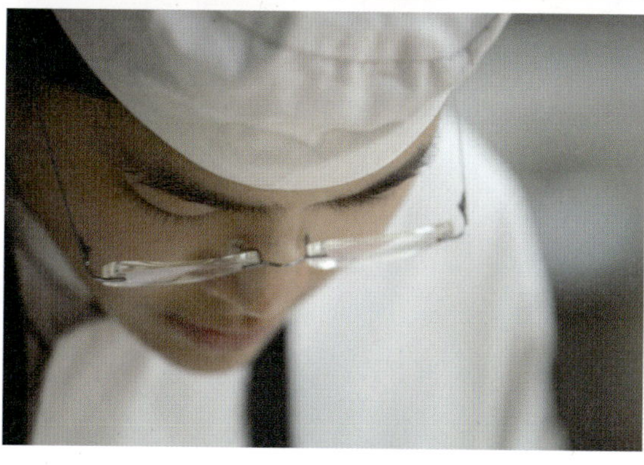

메뉴를 입력하자마자 주방에서 주문서가 프린트되었다. 코프만 셰프가 큰 소리로 첫 주문을 불렀다.

"가자미필렛 셋, 필레뇽스테이크 둘!"

그릴 파트에 페드로, 프렌치프라이에 프란체스코, 스타터에 티파니와 아네트 등, 르 코르동 블뢰 선수들이 각자의 코너에서 실력발휘를 시작했다. 특히 페드로는 50명의 셰프들이 일하는 주방에서 단연 두각을 나타냈다. 어느 레스토랑에서나 그릴은 중요한 파트다. 고기를 굽다가 깜빡 실수라도 할라치면 그 비싼 스테이크가 쓰레기통으로 직행하기 때문이다. 코프만 셰프의 신뢰를 한몸에 받는 페드로는 티본스테이크를 정확하게 구워내는 한편 주문이 들어오면 큰 소리로 불러주는 역할까지 하고 있었다.

프렌치프라이를 맡은 프란체스코는 서비스 내내 프렌치프라이를 만드는 기계 앞에서 손잡이를 올렸다 내리는 단조로운 작업을 하느라 반 기계가 되어 있었고, 학교에서도 큰누나처럼 의젓했던 아네트는 자신의 몫을 충실히 해내는 것은 물론 그날 처음 들어온 코미 셰프의 사수 노릇까지 하고 있었다.

첫 주문이 들어온 지 얼마 되지 않아 한 접시의 요리가 완성되었다. 셰프의 날카로운 눈과 혀를 통과한 음식은 아비규환 같은 주방을 빠져나가 우아한 홀로, 아무 일 없다는 듯이 유유히 입장했다. 학교 또한 작은 주방이지만 실습 때는 메뉴가 정해져 있을뿐더러, 손님도 없고 망친 음식은 선생님에게 혼나면 그만이다. 그러나 레스토랑 주방은 적게는 40개에서 많게는 50개의 메뉴 중에서 무엇이 주문으로 들어올지 모르며, 내 실수로 인해 다른 사람의 시간과 노력마저 쓰레기통에 내던져진다.

주방의 파트는 선택이 아니라 '주어지는' 것이므로 페드로처럼 처음부터 그릴에서 스테이크를 담당할 수도 있고, 요리학교에서 날고 기었다 하더라도 온종일 감자만 깎아야 할 수도 있다. 철저한 분업과 협업으로 일하는 실제 레스토랑에서는 셰프 한 사람 한 사람의 책임감이 주방을 떠받치는 기둥이다. 물론, 언제나 만석인 코프만 레스토랑의 주방에서는 그 치열함의 정도가 한층 심하다.

서비스가 시작된 지 두 시간이 지나자 기둥의 한 부분이 위태롭게 흔들리기 시작했다. 육류 파트의 영국인 코미 셰프 J가 계속 문제를 일으키고 있었다. J가 보낸 접시마다 되돌아오고 웨이터들의 항의가 빗발치자, 언제나 인자한 코프만 셰프도 머리끝까지 화가 났다. 총주방장은 프랑스 발음의 영어로 고함을 지르더니 코미 셰프를 밀쳐놓고 손수 요리를 시작했다. 긴급상황이었다. 요리를 하면서도 그의 입에선 끊임없이 경멸의 말이 쏟아졌다. 고개 숙인 J의 얼굴은 무안함으로 시뻘게져 있었고, 순식간에 주방분위기는 무겁게 가라앉았다. 총주방장의 손에서 음식들이 착착 나오기 시작하면서 다시 육류 파트가 흐름을 되찾았다.

J는 무척 뚱뚱한 친구였는데, 페드로의 말에 의하면 거구인 코프만 셰프 또한 뚱보라고 놀림을 받았던 사람이라 그 친구를 안쓰럽게 여기고 무척 위해줬다고 한다. 하지만 프로의 세계에서는 인정人情만으로 버틸 수 없는 법. 나중에 들은 바 그 친구는 결국 레스토랑에

서 잘리고 말았다.

　밤 아홉시, 빈 접시들이 하나둘 돌아오고 무려 200인분의 요리를 만든 퀴지니에들이 한숨 돌릴 무렵, 파티시에들의 손이 바쁘게 움직이기 시작했다. 파티시에는 가장 일찍 출근해서 가장 늦게 퇴근하는 사람들이다. 깜찍하고 달콤한 디저트. 그러나 손님들은 화려한 접시 속에 숨겨진 그들의 애환을 알지 못한다. 그렇게 코프만 레스토랑의 전쟁 같은 하루가 끝나가고 있었다.

　며칠 후 나는 코프만 레스토랑에서 저녁식사를 했다. 다른 손님들이 시선을 두지 않는 문, 주방과 홀을 나누는 경계에서 나는 눈을 뗄 수 없었다. 문 하나를 사이에 두고 전혀 다른 두 세계가 나란히 펼쳐져 있었다. 나는 문 너머에 있는, 홀이라는 천상을 떠받드는 지옥에 대해, 그 지옥에서 각자의 역할에 책임을 다하고 있는 나의 친구들에 대해 생각했다.

　주방유리창 너머로 페드로가, 프란체스코가, 아네트가, 티파니가 보였다. 그들은 테이블에 앉아 있는 나를 보면서도 알은체를 하지 못했다. 나는 유리창으로 가로막혀 아무 소리도 들리지 않는 저 안이 실은 얼마나 시끄러운지 알고 있었다. 냉방이 잘 된 홀은 한기마저 느껴졌지만 나는 저 안이 얼마나 뜨거운지 알고 있었다. 갑자기 코끝이 시큰거렸다.

BILL GRANGER EVERYDAY
SAM & SAM CLARK
THE SECOND
ASA
LONDE
CLARK

훌륭한 셰프는
요리책으로 말한다

내가 새로운 레스토랑을 발굴하는 방법은 두 가지다. 육감과 요리책. 토니의 콩투아르 레스토랑을 발견한 것은 첫번째 방법, 즉 나의 육감을 믿은 케이스다. 하지만 런던에서는 요리책에 의지하는 두번째 방법을 더 많이 썼다.

나는 좋은 요리책을 쓰는 셰프는 좋은 음식을 만들 거라는 믿음을 가지고 있다. 좋은 요리책을 고르는 나만의 기준은 우선 디자인이다. 표지가 예쁘고 편집이 깔끔하며 본문에 실린 사진이 아름다우면 합격점이다. 그런 책은 레시피에서도 셰프의 성의가 느껴지며 내용도 알짜배기일 가능성이 많다. 그렇다고 하드커버에 백과사전처럼 두툼한, 전시효과만 좋은 책을 선호하는 것은 아니다. 편안하고 캐주얼하면서 셰프의 개성이 느껴지는 책이 내가 좋아하는 요리책이다. 표지나 사진의 질이 떨어지는 책이 훌륭한 내용을 담고 있는 경우는 거의 없다.

저자의 이름값이 요리책을 고르는 기준이 되기도 한다. 훌륭한 셰프들이 낸 책은 그 자체로 관심이 간다. 하지만 셰프의 명예와 책의 내용이 반드시 비례하는 건 아니어서, 유명 셰프들이 고루한 요리책을 출간하는 경우도 많다. 스토리 없이 레시피로만 일관한 책, 과정 없이 완성된 요리사진만 잔뜩 들어 있는 책은 따분하다. 게다가 책값이 15만 원에서 높게는 20만 원을 웃돌기도 한다.

그런 면에서 『모로』는 내가 생각하는 좋은 요리책에 꼭 부합했다. 콧수염을 기른 남자가 노상에서 음식을 팔고 있는 사진이 흰색 바탕 표지에 실려 있다. 얼핏 봐서는 유럽 같지도, 아시아 같지도 않아 어느 나라의 거리인지 짐작하기 어려웠다. 호기심을 가지고 책을 펼쳐 보니 북아프리카, 이베리아반도 등 이슬람의 영향을 받은 지역의 요리가 대부분이었는데 레시피에 군더더기가 없고, 이색적이면서도 담백하게 보이는 음식과 퀄리티 높은 사진들이 본문을 채우고 있었다. 그날 서점에서 찾아본 저자의 다른 책들 또한 하나같이 훌륭했던지라 그 셰프의 음식이 궁금해졌다.

저자인 샘 클라크Samuel Clark는 런던의 가장 힙한 지역인 에인젤의, 보행자만 다닐 수 있는 엑스무스 마켓의 중심에 '모로 레스토랑'이라는 식당을 가지고 있었다. 레스토랑을 찾아가는 일은 쉽지 않았다. 전철역에서 멀리 떨어져 있어 한참을 걸어야 했고, 가는 길목도 외진 느낌이었다. 하지만 모로 레스토랑 근처에 다다르자 감각적인 레스토랑과 카페가 즐비한 번화가가 펼쳐졌고 행인들의 옷차림에도 개성이 넘쳤다.

그리고 드디어 다다른 모로 레스토랑. 가장 먼저 눈에 띈 것은 홀만큼이나 넓고 쾌적해 보이는 오픈 주방이었다. 오, 음식을 맛보기도 전에 점수가 확 올라갔다. 넓은 주방은 좋은 레스토랑을 가늠할 때 중요한 바로미터가 된다. 대부분의 식당은 홀을 크게 만드는 대신 주방은 코딱지만하다. 직원들이 개미굴 같은 곳에서 고통을 받든 말든 한 테이블이라도 더 받고 싶은 게 오너의 마음이다. 따라서 주방이 넓다는 것은 그만큼 오너가 셰프들을 배려한다는 뜻이다. 혹은 오너가 카운터에 앉아서 돈만 챙기는 게 아니라 주방에서 일할 가능성이 크다는 의미다.

테이블에 앉고 보니 주방만큼이나 홀도 마음에 들었다. 가정집처럼 분위기가 편안하면서도, 번잡한 장식 없이 심플한 인테리어였다. 내가 좋아하는 에스닉 음식점들에 한 가지 유감을 토로하자면 자신들의 문화를 지나치게 과시한다는 것이다. 금방이라도 술 달린 치마를 입은 여성이 배꼽춤을 추며 튀어나올 것 같은 분위기의 중동 레스토랑은 그 특이함 때문에 재미 삼아 가볼 수는 있겠지만 자주 즐기게 되지는 않는다. 그런 면에서 모로 레스토랑은 '글로벌 스탠더드'한 안목으로 충만했다. 그러면서도 신기하게 '여기는 에스닉 푸드를 판매하는 곳이구나' 하는 느낌이 들었다.

주방 중앙에 위치한 커다란 화덕이 심상치 않다 싶더니, 맨 먼저 나온 쟁반만한 빵이 아주 맛있었다. 식사 후 셰프인 샘 클라크를 인터뷰하면서, 나는 그가 빵에 유난히 정성을 들이는 이유를 알게 되었다. 샘 클라크는 오랫동안 음식사를 연구해오면서 인류역사에서 빼놓을 수 없는 가장 중요한 음식 중 하나가 빵이며, 선인들이 빵을 구웠던 방법을 최대한 복원하고 지키는 게 중요하다고 생각했다. 그래서 모로 레스토랑은 직접 반죽을 만든 다음 발효소를 넣어 돌로 만든 화덕에서 구워내는 방식으로 인류의 역사를 계승했다. 샘 클라크는 빵이 자신의 대표 메뉴라고 말하기도 했는데, 겉은 벽돌처럼 단단하지만 안은 촉촉하고 살짝 시큼한 이 빵은 메인 요리와 매우 잘 어우러졌다.

메인 메뉴 역시 옛 조리법에 대한 샘 클라크의 고집이 고스란히 반영돼 있었다. 치킨과 양파, 파인너트와 샐러드, 느리게 조리한 시금치와 고수 등은 옛 조리법에 따라 모두 숯불에 구워낸 것이었다. 숯불조리법은 모로의 모든 요리에 적용되는 원칙이기도 했다. 치킨은 입에 넣는 순간 숯불 특유의 향이 배어나왔고, 파인너트가 곁들여진 샐러드는 견과류의 바삭함과 고수와 고추의 강렬한 맛이 어우러져 입맛을 돋우었다. 다소 강하게 느껴질 수 있는 다양한 허브향은 오래 조리한 시금치와 요구르트의 부드러움이 더해지면서 거부감 없이 다가왔다. 뜨거운 것과 쿨한 것, 부드러운 것과 강렬한 것, 반대되는 성격을 가진 재료들의 독특한 조화는 먹는 재미를 극대화해주었다. 대표요리를 비롯하여 모로의 메뉴들은, 남지중해의 음식문화를 기본으로 했다. 풍요로운 허브와 견과류, 요구르트를 사용한 점에서도 알 수 있듯이, 이슬람 국가뿐 아니라 그리스, 남스페인 등의 요리와

도 흡사한 면이 있었다.

또하나 꼽을 수 있는 이곳의 특별한 메뉴는 로즈워터 아이스크림이었다. 장미향을 좋아하는 사람이라면 무척 마음에 들 것이다. 단맛을 내는 데 설탕 시럽을 사용하고 물 대신 로즈워터를 사용하는 게 이 아이스크림의 비법이다. 거기에 그리스와 터키의 나무에서 구한 송진이 들어가서 더욱 이국적인 맛이 난다.

외국의 유명 레스토랑을 순례하는데 관심이 있는 사람이라면 '푸드 라이터' 혹은 '푸드 블로거'라고 쓰인 영문명함 하나를 만들어두기를 권한다. 미리 전화를 하거나 이메일을 보내서 요리여행중인 라이터(또는 블로거)라고 소개한 뒤 음식을 피팅하고 셰프를 인터뷰하고 싶다고 부탁하면, 음식사진을 마음껏 찍을 수도 있고, 셰프 인터뷰도 할 수 있으며, 운이 좋으면 주방을 구경할 수도 있다. 우리나라도 마찬가지지만 유럽 셰프들도 외국에서 관심을 가지고 찾아온 손님에게는 한 접시의 요리라도 더 만들어주려고 한다.

나도 모로 레스토랑을 가기 전에 내 소개와 함께 간단한 인터뷰를 요청했다. 내가 갔을 때 마침 샘 클라크 셰프는 주방에서 누군가를 혼내고 있었다. 격렬하게 호통을 치거나 험한 소리를 하는 것도 아닌데 무서웠다. 셰프라기보다는 교수나 학자 같은 느낌이었고, 엄격하고 깐깐한 인상에 거의 웃지도 않았다. 그게 묘하게 더 무서워서 '난 일을 하더라도 저 사람 밑에선 안 해야지' 하는 생각이 절로 들었다. 하지만 인터뷰를 하기 위해 주방에서 나오자 샘의 얼굴이 약간 부드러워졌다.

그에게 들은 모로 레스토랑의 오픈 계기는 조금 특별했다. 오래전부터 샘 클라크 요리사 부부는 풍요로운 남지중해의 풍미를 연구하겠다는 열망을 품어왔다고 한다. 둘은 결혼 후 석 달 동안 남지중해를 미식여행하면서 스페인과 모로코의 사하라 사막 음식을 맛보고 연구했다. 석 달 후 부부는 영국으로 돌아와 여행에서 배운 새로운 지식과 런던 레스토랑에서 일한 경험을 접목시켜 남지중해의 요리법을 계승하는 새로운 메뉴를 만들어냈다. 또한 두 권의 요리책을 통해 이슬람 음식과 문화를 알리기 위해 노력했다.

바쁜 와중에 어떻게 요리책을 출간했느냐고 묻자, 샘 클라크는 매일 아침 다섯시면 어김없이 자리에서 일어나 작업실로 쓰는 헛간에서 두 시간씩 요리책을 집필한다고 했다. 그러나 매일 아침 두 시간의 집필보다 더 놀라운 것은 그가 책에 나오는 모든 요리를 직접 만들어보았다는 것이었다. 사정을 모르는 사람이라면 '당연한 거 아냐?' 하고 생각할 수 있지만 실상은 그렇지 않다. 많은 유명 셰프들이 콘셉트만 설명하고 막상 책에 나오는 음식은 어시스턴트나 스타일리스트들이 만들어 출간하는 경우가 허다하기 때문이다. 그런 면에서 샘은 바람직한 저자이자 셰프였다. 그는 생각하는 요리사의 전형이었다.

샘 클라크는 내가 던진 모든 질문을 듣고 찬찬히 생각한 후에 신중하게 단어를 골라서 대답했다. 최대한 자신의 생각을 명확하게 전달하기 위해서였다. 인터뷰를 하는 동안, 우리나라에도 그와 같은 셰프가 되도록 많이 나왔으면 하는 바람이 생겼다.

저들에게는 **있고**
우리에게는 **없는 것**

요즘 우리나라에선 '한식세계화'가 국가적인 구호가 된 것 같다. 예전에 '수출 100억 달러 달성'처럼 말이다. 외국의 유명 셰프가 한국 음식의 독창성과 위대함에 찬사를 보냈다느니, 한식이 '세계 7대 음식'으로 선정되었으며 이내 5대 음식에 진입할 거라느니 하는 낭보(?)도 속속 날아든다. 그런데 이런 이야기들이 우리가 진짜 반겨야 할 소식일까? 아니, 더 근본적으로 한식세계화는 제대로 된 방향으로 나아가고 있는 것일까?

매체들의 이와 같은 '오두방정'에도 불구하고 나는 왜 100제곱미터가 넘는 영국 대형서점의 요리 섹션에서 단 한 권의 한국 요리책도 발견하지 못한 걸까? 일본, 중국, 태국, 필리핀 요리책들은 줄줄이 꽂혀 있는데. 그나마 다른 서점에서 어렵게 찾아낸 한국 요리책은 왜 촌스러운 표지에 언제 출간되었는지도 모를 케케묵은 옛날 책이었을까?
그리고 왜, 내가 만난 사람들의 95퍼센트가 일본의 스시는 알면서
세계 7대 음식이라는 한식에 대해서는 전혀 모르고 있는 것일까?

〈누들로드〉를 만들면서 내가 느낀 것은 국수가 특정한 민족의 독
창적인 창조물이 아니라는 사실이었다. 국수는 '우리만의 음식'도 아
니지만 '그들만의 음식'도 아니다. 국수뿐 아니라 모든 음식은 크고
작은 문명의 자장 속에서 오랜 세월을 거쳐 완성되어왔다. 우리가 한
식세계화에 대해 질문해야 할 것은 '우리 것이 저들 것보다 얼마나
더 우월한가?'가 아니라 '우리에게는 있고 저들에게 없는 것은 무엇인
가?' '저들에게는 있고 우리에게 없는 것은 무엇인가?'이다. 그렇게 다
른 나라의 음식문화와 교류하고 소통하면서 궁극적으로 '저들에게
무엇을 배울까?'를 고민해야 한다.

같은 맥락에서 '남이 우리를 어떻게 볼까?'에 전전긍긍하지 말았
으면 좋겠다. 〈뉴욕타임스〉에 한식이 어떻게 소개되었다거나, 외국의
셰프가 한식에 대해 어떻게 평가했다거나 하는 이야기가 언론에 대
서특필될 건 뭐냔 말이다. 유명한 한식요리사가 프랑스에 가서 오리
지널 치즈(그야말로 비에 젖은 양말에서 풍기는 퀴퀴하고 고릿고릿한 냄새
가 나는)를 먹고 언론에다 이렇게 말했다 치자.

"당신들의 치즈는 냄새가 너무 지독해서 먹을 수가 없군."

그렇다고 프랑스 사람들이 "맞아, 치즈를 냄새나지 않게 바꿔야
프랑스 음식의 세계화를 이룰 수 있어" 하고 생각하진 않을 것이다.

음식에 대한 평가는 상대적인지라 자기 문화, 자기 입맛 중심으로 생각하고 표현하는 것이 당연하다. 남의 평가는 우리 음식을 외국에 상품화할 때 현지인들의 미각적 성향을 참조하는 데 쓰면 되지 그 말 한마디에 일희일비하며 우월감에 빠지거나 자괴감을 느낄 일이 아니다.

물론 음식에는 문화적인 측면과 함께 산업적인 영역이 있다. 한국 음식이 세계시장에서 '먹히느냐'의 문제가 여기에 해당한다. 이것은 매출과 직결되는 문제이고 숫자논리가 좌우하는 세계다. '현재 세계 음식시장의 매출 1위는 일본음식이다' 하는 식으로 말이다.

이 서열이 가장 명확하게 드러나는 도시는 첫째가 뉴욕이고 둘째가 런던이다. 런던의 경우 전 세계 거의 모든 음식점이 다 모여 있다고 해도 과언이 아니다. 하지만 내가 런던에서 본 한국 음식점의 위상은 한식이 가진 잠재력과 깊이에도 불구하고 실망스러운 수준이었다. 식재료를 다양하게 활용할 줄 알고(각종 버섯, 산나물, 서양사람들은 먹을 수 있다고 생각지도 못하는 생선, 고기의 여러 부위 등), 여러 가지 발효기술을 가진 한식이 잘 알려지지도 않고 잘 팔리지도 않는 이유는 뭘까. 나는 그 답을 한국 음식점에서 찾을 수 있었다.

한 나라의 음식이 다른 나라의 소비자와 최종적으로 만나는 지점은 레스토랑이다. 좋은 레스토랑은 맛으로만 이루어지는 게 아니다. 누군가 레스토랑에 들어갔다고 치자. 그는 일단 내부를 둘러볼 것이다. 이때 가구와 액자와 조명과 구석구석 배치된 소품 들이 레스토랑의 첫인상을 좌우한다. 그는 테이블에 앉아 주문을 받으러 온 웨이터의 미소와 태도와 화법에 주의를 기울이며 메뉴에 관한 설명을 들을 것이다. 물론 그가 들여다보고 있는 메뉴판도 식당의 이미지를 좌우하는 데 한몫한다. 메뉴판이 아무 종이에 되는대로 프린트한 것이냐, 질 좋은 가죽장정에 멋들어진 글씨체로 쓴 것이냐에 따라 이미지가 달라진다.

음식이 나온 뒤에도 손님의 평가는 계속된다. 어떤 식기를 썼는지, 음식들이 식기에 어떻게 담겨 있는지, 요리가 식재료의 맛을 잘 살렸는지, 짠맛 단맛 신맛의 배합은 적절한지, 익힌 정도가 어떤지, 맛과 향기와 시각적인 모양새의 조화는 잘 이루어졌는지, 더 나아가 이 음식들이 어떤 스토리를 담고 있는지…… 공감각으로 느낀 이 모든 것들을 더해 그는 레스토랑에 대해 최종평가를 내린다. 음식은 종합예술이고 좋은 레스토랑은 하루아침에 탄생할 수 없다. 하나의 레스토랑에는 주인의 내공과, 그 주인이 자라온 문화의 저력이 축소되어 있다.

런던에서는 마치 레인 앞에 일렬로 선 육상선수들을 바라보듯 각국의 식당들을 한번에 쭉 훑어볼 수 있다. 일본 음식점 옆에 한국 음식점, 한국 음식점 옆에 모로코 음식점, 모로코 음식점 옆에 타이 음식점…… 세련되고 감각적인 식당들 사이에서 한식세계화의 최전선에 있는 런던의 한국 음식점은 서글프게도 창피하기 그지없다.

인테리어가 촌스러워서 창피하고 화장실이 더러워서 창피했다. 서비스는 불친절했고 심지어 레스토랑의 명함과 다름없는 메뉴판은, 참이슬에서 나눠준 판촉 메뉴판 껍데기에 프린트한 종이를 끼워넣은 것이었다. 홀 중앙에는 우리나라 변두리의 민속주점에나 있을 법한

물레방아가 돌아가고 있었고, 선반에는 조악한 전통인형들이 꼬질꼬
질한 모습으로 늘어서 있었다.

프랑스, 이탈리아, 스페인, 일본 등이 음식 강국이 될 수 있었던
것은 하나의 훌륭한 레시피 때문이 아니다. 그 레시피를 구현할 수
있는 훌륭한 레스토랑이 전 세계의 도시는 물론 이름 모를 시골 구
석구석까지 뿌리내리고 있기 때문이다.

또하나, 상업적인 측면에서 상품은 철저히 고객의 입장에 맞춰야
한다. 불특정 다수의 세계인을 상대로 할 때는 더더욱 그렇다. 여기
에는 단계가 있다. 세계인이 한식을 친숙하게 느끼게 되었을 때 전통
적인 맛도 내세울 수 있는 것이다. 우리가 먹는 파스타는 이탈리아인
들이 봤을 때 '진짜' 파스타가 아니고, 우리에게 익숙한 치즈 역시 정
통 치즈맛과는 다르다. 하지만 파스타를 즐기는 사람은 이탈리아의
오리지널 파스타를 맛보려 하고, 치즈를 좋아하는 사람은 곰팡이 피
고 구린내 나는 오리지널 치즈를 찾게 된다. 즉 순화된 맛을 경험한
사람이 끝내는 '진짜배기'를 찾아 먹는 것이다.

런던에 있는 좋은 레스토랑들, 이를테면 성공한 북아프리카 음식
점인 '레바논 레바니즈' 같은 경우, '글로벌 스탠더드'라 할 만한 것이
있다. 미국인이 가든 한국인이 가든 프랑스인이 가든 공통적으로 느
낄 수 있는 안락함과 세련됨을 가지고 있다. 그러나 내 입맛에 무척
잘 맞았던 레바논 레바니즈의 음식이 레바논 사람에게는 지나치게
'순한 맛'일지 모를 일이다.

'정식당 Jungsik'의 오너 셰프이자 '모던 코리안 퀴진'으로 유명한 임정식 셰프가 고급 레스토랑이 몰린 뉴욕의 심장부에 도전장을 던졌을 때, 사람들은 그가 얼마나 버틸 수 있을지 우려했다. 뉴욕의 유명 한 식당들이 줄줄이 문을 닫던 때였다. 뉴욕에 입성한 정식당은 뉴요커 들에게 호평을 받으며 짧은 시간에 뉴욕 트라이베카의 핫한 레스토랑으로 떠올랐다. 하지만 국내 전통 한식전문가들은 '청양 크림 칼국수', 스페인식 볶음밥조리법을 이용한 '멸치 빠에야', 푸아그라를 넣은 '샹젤리제 비빔밥' 등을 메뉴로 내세운 그의 퓨전 한식을 비판했다. 한식재료를 쓰지만 한식이라고는 할 수 없다는 것이다. 하지만 뉴욕의 중심가에서 전 세계 미식가들이 다른 나라의 음식과 한식을 비교 체험하는 상황에서, 전통만 고집하는 건 무의미한 일이 아닐까?

지금 우리가 알고 있는 궁중음식도 500년 전 것인지 200년 전 것인지 알 수 없다. 음식은 유기체와 같아 조선시대에도 변화를 거듭했을 것이기 때문이다. 무엇이 한식의 전통이며, 무엇이 한식 본연의 맛인지 따지는 것은 적어도 한식세계화에서는 의미 없는 이야기다. 고전을 바탕으로 새로운 것을 창조해내는 게 더 중요하기 때문이다. 지금 우리에게 단 한 명이라 할지라도, 크리에이티브하고 국제적인 한식요리사가 절실한 이유다.

다국적 식객부대를
한식의 세계로

세계 20개국에 있는 40개의 르 꼬르동 블루 캠퍼스 가운데, 가장 다양한 국적의 학생들이 모인 곳이 런던 캠퍼스다. 영국이다 보니 유럽 학생들이 절반쯤 되고, 아메리카와 아시아 학생들이 나머지를 차지한다. 국적에 따라 개성이 제각각인 것도 두말할 나위 없다.

일단 남미나 포르투갈, 스페인 같은 라틴문화권 친구들은 떠들썩하고 화끈하다. 요리하는 스타일도 거침없고 실수를 두려워하지 않는다. 수업시간에 옆자리에 앉게 되면 좀 시끄럽지만 그들과 어울리면 항상 유쾌하다. 서유럽 국가 출신들은 자기주장과 요구가 분명하고 논리적이다. 시연수업 중 셰프가 교과서의 레시피와 조금이라도 다르게 요리를 하면 대충 넘어가지 않고 바로 따져묻는다. 깍쟁이들이 많은 편이다.

아시아 학생들은 수업시간에 조용하고 수줍음이 많다. 모르는 것이 있어도 손들고 질문하는 법이 없는 반면, 교실 맨 앞자리에 앉는 공부벌레들이 많다. 손놀림이 서양인들에 비해 날렵해서인지 요리 테크닉이 상대적으로 뛰어나고 섬세하다. 담배인심도 좋고 노트도 잘 빌려주는 등 정이 많은 편이다.

배우는 것이 프랑스 요리이다 보니, 역시 동양보다는 서양학생들이 유리한 법. 어릴 때부터 치즈, 소시지, 버터, 크림을 끼니마다 먹고 자란 서양학생들은 프랑스 요리의 식재료와 레시피를 입학 전에 이미 눈과 입으로 예습한 상태다. 그러니 당연히 간장, 된장 먹고 자란 아시아 학생들보다 모든 면에서 이해가 빠르다.

'초리소(쇼리수) 소시지'가 식재료로 나온 초급반 시연수업 때, 나는 생소한 모양새의 이 훈제 고깃덩어리의 제대로 된 맛이 어떤 것인지, 또 무슨 요리에 어떻게 쓰이는지 아리송하기만 했다. 반면 옆자리에 앉은 포르투갈 출신 페드로는 소시지에 대해 할말이 많다. 어릴 적 할머니가 집에서 초리소를 어떻게 만들었는지, 그 맛이 얼마나 끝내 줬는지 두 시간 동안 떠들 수 있다. 페드로에게 초리소는 홈메이드 순대이자 메주인 셈이니까.

문화적 차이는 있지만 먹는 것에 목숨을 건다는 점에서 우리는 전부 한통속이다. 음식이야기만 나오면 수다가 끝이 없다. 다른 나라 음식에 대해서도 호기심이 가득하다. 틈만 나면 에스닉 스타일의 레스토랑에 우르르 몰려가 미지의 메뉴를 맛보는 모험을 즐긴다.

날을 잡아 동급생들 몇 명을 런던 시내 한식당으로 불렀다. 원래는 학교 끝나고 딱 다섯 명만 가기로 했는데 그날따라 다들 약속이 없는지 너도나도 끼겠다고 하면서 눈덩어리처럼 지원자가 늘어났다. 순식간에 식객은 12명이 되었다. 그날 모인 이들의 국적은 브라질, 포르투갈, 베네수엘라, 영국, 노르웨이, 그리스, 중국, 말레이시아, 크로아티아, 헝가리, 이스라엘, 미국이었다.

다양한 국적만큼이나 놀라운 건 12명의 다국적평가단 중 말레이시아와 중국, 이렇게 두 친구를 빼고는 태어나서 한국 음식을 단 한 번도 먹어본 적이 없다는 사실이었다. 이럴 수가! 국내 언론과 우리 정부의 한식세계화 팡파르 소식이 사실이라면 이미 전 세계인이 한식의 매력에 폭 빠져 있어야 마땅할진대, 다른 나라 식문화에 대한 관심으로 가득한 요리학교 학생들에게조차 한식이 생소하다니!

여러 이유가 있겠지만 우선 한국 식당이 수적 열세라는 점을 들 수 있겠다. 전 세계 온갖 국적의 레스토랑이 모여 있는 런던에서조차 틀을 제대로 갖춘 한국 음식점은 요리의 질을 떠나 열 곳이 채 안 되니 말이다.

한식이라는 처녀림에 첫발을 들여놓는 다국적평가단의 반응이 내심 궁금했다. 이것저것 여러 접시를 주문해서 조금씩 맛보게 하고 그때마다 음식이 어땠는지 물어보았다. 이들 모두 요리에 대해 한 평가하는 '준 셰프'들이라 적당히 맛있다며 인사치레할 리가 없었다. 내가 조리해서 서빙하는 것도 아닌데 서바이벌 프로그램의 출연자라도 된

듯 떨렸다.

반찬이 먼저 나오자 친구들의 젓가락이 빠르게 움직였다. 대부분 시원한 무채와 간이 세지 않은 나물을 맛본 뒤 괜찮다는 평이었다. "음, 이건 샐러드처럼 먹기 좋군." 하지만 맵고 짭짤한 반찬들에 대해서는 고개를 갸웃거렸다. "이렇게 간이 센 음식들이 왜 식사의 맨 처음에 나오는 거지?"

반찬은 나중에 밥과 함께 먹는 것이라고 설명해주었지만 서양식 식사법으로는 스타터에 해당하는지라 그렇게 받아들이는 것이 오히려 당연했다. 불고기, 잡채, 만두는 예상대로 반응이 좋았다. 양념한 고기를 그릴에 굽거나 고기와 채소를 볶는 방법은 서양 식객들에게도 이미 익숙한 레시피라 한식이 초면인 이들에게도 금방 친해질 수 있는 듯했다.

이어서 난이도가 높은 메뉴를 주문해봤다. 물냉면과 비빔냉면. 반응이 극단으로 갈렸다. 냉면 선호 그룹은 물냉면의 씹는 맛이 재미나고 새큼한 육수가 맛있다고 높은 점수를 주었다. 겨자가 입맛을 돋우니 애피타이저로 좋겠다는 의견과(우린 마지막에 먹지만) 애피타이저로는 양이 너무 많다는 지적도 있었다.

반대의견도 분분했다. 면발이 고무줄을 씹는 것 같고 물냉면의 얼음같이 찬 육수가 이해하기 어렵다는 평이었다. 사실 서양인들에게 냉면은 무척 특이한 음식일 수 있는데, 서양의 면요리는 국물이 없는 경우가 많은데다, 우동 정도를 경험해본 사람이라도 차가운 육수인 동치미 국물과 면은 맞지 않을 수 있기 때문이다. 스페인 음식 중

빵과 채소로 만든 차가운 수프 '가스파초'가 있기는 하지만 대다수 외국인들에게 데우지 않은 고기 수프를 국수와 함께 먹는다는 것은 상상이 안 가는 듯했다.

그렇게 보면 냉면에 대해 호평을 내린 친구들이 오히려 의외일 수 있는데, 낯선 음식에 관대한 셰프 지망생들이기에 가능한 평가가 아닌가 싶다. 〈누들로드〉 다큐멘터리를 제작할 때 인터뷰했던 일본 전문가의 말이 생각났다. "냉면 같은 국수는 한국 이외에 지구상 어디에도 없다. 가장 독창적인 한국의 국수다." 식탁의 세계에서 독특함은 종종 높은 진입장벽을 의미한다. 혀처럼 보수적인 신체기관은 없기 때문이다.

한편 내가 좋아하는 비빔냉면은 일관되게 인기를 얻지 못했다. 비빔 소스의 눈물나게 매운맛이 미각을 마비시켜서 다른 어떤 맛도 느껴지지 않는다는 평이었다.

마지막으로 육개장을 주문해서 밥과 함께 먹게 했다. 헝가리 친구 아틸라는 땀을 뻘뻘 흘리며 한 그릇을 다 비웠다. 헝가리의 얼큰한 수프 굴라시보다 낫다고 최고의 평가를 내렸다. 수프 안에 든 정체불명의 말린 채소(고사리)와 쌀밥을 수프에 말아먹는 것, 수프를 메인 요리로 서빙하는 것 등이 좀 어색했다는 반응도 있었지만 음습한 영국의 겨울날씨에 제격이라는 평가가 많았다.

초대받지 않은 식객들 덕분에 그날 나는 지갑을 톡톡 털어야 했다. 게다가 친구들이 소주를 얼마나 좋아하는지 한 병에 1만 2000원이나 하는 소주가 식탁에 즐비했다. 하지만 미래의 스타 셰프들에게 한식이라는 미지의 신세계를 보여주었다는 사실에 뿌듯한 마음으로 식당 문을 나섰다. 한식의 세계화란 일방적인 전파가 아닌 함께 배우고 공유하는 소통이 아닐까. 친구의 레시피를 배우고 나의 레시피를 나누는 것처럼.

'창의적인 플레이'와 '혼모노'를 가르치는 요리사

〈누들로드〉가 끝나고 4개월 뒤, 나는 〈주방의 철학자, 한식을 논하다〉라는 프로그램을 내놓았다. 두 명의 요리거장에게 우리 음식에 대한 컨설팅을 받아 한식세계화의 방안을 고민해보자는 콘셉트로, 미슐랭 쓰리스타 셰프인 피에르 가니에르와 '츠지 조리사 전문학교' 교장 츠지 요시키를 섭외했다.

피에르 가니에르의 파리 레스토랑을 취재하면서 나는 세계 최고 셰프의 일상을 엿볼 수 있었다. 예순 살이 넘은 그는 매일 아침 여덟시면 파리의 교통난을 피해 모터사이클인 '트라이엄프'를 타고 출근했고, 다른 셰프들과 마찬가지로 밤 열시에 퇴근했다.

손님을 촬영하지 않는다는 조건으로 시작한 취재라 우리가 홀을 찍을 수 있는 시간은 손님들이 오기 전 몇 시간뿐이었다. 세계 최고의 레스토랑이니 화려한 샹들리에에 황금빛 카펫이라도 깔려 있을 줄 알았는데, 피에르 가니에르의 파리 레스토랑은 호사스럽다기보다는 아늑하고 세련된 곳이었다. 레스토랑은 편안하게 음식을 먹는 장소인 동시에 문화적인 공간이어야 한다는 그의 생각을 그대로 보여주는 실내였다.

식사시간이 임박하자 우리는 홀에서 카메라를 철수하고 주방으로 들어갔다. 그는 '주방의 피카소'라는 별칭에 걸맞게 아티스트적인 기질이 강했다. 프레젠테이션에 얼마나 완벽을 추구하는지 하나의 접시 속에 우주를 담을 기세였다. 샐러드에 담기는 이파리 하나도 그냥 놓는 법이 없어 때로는 손님이 기다리는 것도 아랑곳하지 않고 조그만 빵 하나를 이렇게 놓았다가 저렇게 놓았다가 하면서 창의적으로 플레이했다. 손님이 기다릴까봐 안절부절못하는 사람은 피에르 가니에르가 아니라 그의 오른팔인 마스터 셰프(이 사람은 관리형 셰프였다)였다.

분자요리의 대가인 피에르 가니에르가 레시피를 개발하는 장면을 촬영할 때였다. 접시 하나를 앞에 두고 과학적 원리를 음식에 접목시키기 위해 토론하는 피에르 가니에르와 분자요리의 창시자인 에르베 티스^{Hervé This}는 발명품을 연구하는 과학자들 같았다. 이를테면 이런 식의 대화가 오갔다.

"이렇게 두 개의 사물이 가까이 있을 때 접촉을 이루는 여기, 이 경계선 말이야. 액체가 올라오잖아. 모관현상이지. 여기에서 알

수 있는 것은 표면을 이렇게 맞대면 액체가 빨려 올라간다는 것인
데…… 그래, 지금 그 현상이 일어나고 있는 거야."

"음, 모관현상으로 식재료 안에 다른 맛을 넣는 원리를 찾을 수 있
겠구먼."

눈으로 봐서는 오징어인지 생선인지 알 수 없는 분자요리들은 추
상미술이나 해체미술과 비슷하다. 피에르 가니에르는 엄청난 상상력
과 실험정신으로 절정의 아름다움을 추구하는 '주방의 피카소'였다.
그 자신은 요리란 예술이기 이전에 수공업이며, 요리는 과학과도 예
술과도 비슷하지 않다고 말했지만 말이다.

"요리란 그저 사람들을 먹이는 일입니다. 저는 제가 하는 일을 통
해 어떻게 스스로에게 충실할 수 있는지 질문할 뿐이지요."

자신의 레스토랑에 상주하지 않는 요리사들과 달리, 자신의 주방
에서 나가는 모든 음식을 하나하나 체크하는 대가의 모습은 감동적
이기까지 했다. 매니저와 웨이터 등 홀에서 일하는 직원은 대개가 몇
십 년째 그곳에서 일한 장기근무자들이었고, 그는 말단 직원의 이름
까지 일일이 기억하고 따뜻하게 대해주었다.

욕설과 고함이 난무하는 시끄럽고 난폭한 일반 레스토랑의 주방
과 달리, 피에르 가니에르의 주방은 큰소리 한 번 없이 조용했다. 모
든 셰프들이 자신의 역할을 정확히 알고 있었고, 자발적으로 일했다.
주방이 왜 이렇게 조용하냐고 물었더니 피에르 가니에르는 '창의성은
야단치고 억누르고 소리 지르는 데서 나오는 게 아니라 알아서 하는
데서 나오는 것'이라고 대답했다.

미슐랭 가이드에서 쓰리스타를 받은 셰프는 전 세계에서 100명도 되지 않는다. 그것도 퀄리티가 떨어졌다고 판단하면 강등되기 일쑤다. 나는 피에르 가니에르의 주방을 촬영하면서 오랜 시간 동안 그가 세계 최고를 유지해온 이유를 찾을 수 있었다.

츠지 요시키를 알게 된 것은 그의 저서 『세계를 움직이는 미식의 테크놀로지』가 한국에 출간되었을 즈음이었다. 이 책은 그가 알랭 뒤카스, 미셸 브라스^{Michel Bras} 등 세계 최고 셰프 여섯 명을 인터뷰하여 그들의 성공 노하우를 기술한 에세이다.

츠지 요시키의 강연을 들으면서 흥미를 느낀 것은 요리학교 그 자체였다. 지금은 요리학교가 낯설지 않지만 '요리'를 '학교'에서 가르치겠다고 생각한 것은 현대에 이르러서였다. 그전까지 요리는 주방에서 맞아가며 배우는 도제 시스템이었다. 괴팍하고 인정사정 봐주지 않는 '사부' 밑에서 물을 긷고 바닥을 닦고 심부름을 하면서 '한 수 가르쳐주기만' 바라며 수천 년 동안 전수된 요리를 학교에서 가르치게 된 것은 기껏해야 100년 남짓이다.

취재를 위해 본교가 있는 오사카로 갔다. 학생들이 등교하는 장면을 찍는데, 선생님들이 교문에 서서 두발과 복장을 규제하는 것부터 놀라웠다. 규율이 엄격한 고등학교와 다를 바 없었다. 손님들에게 인사할 때 허리를 숙여야 할 각도와 시선의 위치까지 정해주는 인사수업이 있는가 하면, 메뉴판에 손수 글을 쓰기 위해 글씨를 교정하는 서예수업도 있었다.

인사나 메뉴판도 그렇게 치밀하게 교육하는 곳이니 요리수업은 말할 것도 없었다. 당근 하나 써는 것도 룰을 어기지 않고 세밀하게 썰 수 있도록 가르치는 곳이 츠지조였다. 요리사의 프로 의식에 일본인 의 꼼꼼함이 더해진 요리학교였다.

츠지조를 일주일간 아침부터 저녁까지 촬영하면서 무엇보다 인상 적이었던 것은 이 학교의 정신 '혼모노(진짜배기)'였다. 츠지조의 학제 는 처음 일 년간 양식(프랑스, 이탈리아), 일식, 중식을 배우고 이 년째 부터 전공을 선택해서 심화과정에 들어간다. 그 모든 과정에서 반복 적으로 요구되는 것이 혼모노다.

"정통의 맛을 내기 위해선 먼저 정통의 맛을 알아야 한다는 게 우 리의 교육이념입니다. 프랑스 음식을 한다면 프랑스인들의 진짜 맛 을, 이탈리아 음식을 한다면 이탈리아인들의 진짜 맛을 먼저 배워야 지요."

츠지 요시키 교장의 말처럼, 츠지조의 학생들은 일식 전공자는 물 론 양식 전공자들도 본토에서 사용하는 식재료와 거의 가까운, 최고 의 것만을 사용했다. 츠지조는 이 혼모노 정신에 따라 리옹에 분교 를 세웠다. 프랑스 요리 전공자들이 현지에서 프랑스 최고의 셰프들 에게 프랑스 요리를 배울 수 있도록 한 것이다.

오사카 본교에서 촬영을 마친 우리는 리옹으로 날아갔다. 일본 학 생들이 프랑스 시골에 처박혀 하루 세끼 프랑스 요리만 먹고 프랑스 어로 수업을 듣고 프랑스 요리만 만드는 모습을 취재하고 있자니 '이 학교 진짜 독하네' 하는 생각이 절로 들었다. 오리지널의 맛을 기억하 고 체득하게 하겠다는 혼모노 정신은 맛에 대해 타협하는 것도, 어설프게 흉내내는 것도 용납하지 않았다.

좋은 레스토랑이, 그것도 수많은 좋은 레스토랑이 나오려면 50년, 아니 100년은 족히 걸린다. 뛰어난 눈과 귀와 입을 가진 오너 셰프가 몇만 명을 넘어 몇백만 명이 있어야 하고, 그걸 알아보는 안목을 갖춘 고객이 몇백만 명 혹은 몇천만 명은 있어야 비로소 그 나라의 음식이 경쟁력을 가지는 것이다.

일본이 미식의 메카로 떠오르고 미슐랭 스타 셰프들을 배출하는 이유, 프랑스와 함께 세계음식의 헤게모니를 거머쥔 이유는 츠지조의 이 지독한 혼모노에서 시작되었는지 모른다. 일본이 세계음식의 트렌드를 주도하고 요리사들이 일본 요리에 열광하는 것도 그 때문이리라.

BREAD
A SLICE OF HISTORY
John Marchant, Bryan Reuben & Joan Alcock
SOUP
THE

지독한 잡식성의
도시, **런던**

학교 바로 앞에는 우리 친구들이 즐겨 가는 샌드위치 가게가 있다. 위치도 위치지만 샌드위치 메뉴가 다양하고 커피가 맛있어 우리가 자주 빈 강의시간을 보내는 곳이다. 구조도 무척 편안한데 중앙에 폭이 좁고 세로가 긴 테이블이 놓여 있어 여러 명이 몰려가더라도 빙 둘러앉아 함께 식사할 수 있다. 혼자 가거나 둘이 갈 때는 조그만 테이블에 앉는데, 그곳에서 창밖의 행인들을 바라보고 있으면 느긋하고 행복한 기분이 들곤 한다.

하지만 내가 지금 이야기하고자 하는 레스토랑은 그 샌드위치 가게가 아니라, 같은 건물 이층에 있는 '프로비도레The Providores'라는 조금 더 격식 있는 퓨전 레스토랑이다. 어느 날 요리책을 보다가 프로비도레의 오너 셰프인 피터 고든Peter Gordon의 이야기를 읽게 되었다.

피터 고든은 고향인 뉴질랜드에서 요리의 길에 입문해, 호주의 멜버른 레스토랑에서 오 년간 일하다 동남아시아로 여행을 떠났다. 타이, 라오스, 베트남, 인도네시아 등지를 여행하며 거리음식을 비롯한 아시아 요리를 접한 뒤 그는 커다란 문화적 충격에 빠졌다. 그 여행은 그의 인생에 터닝포인트가 되어 여행이 끝난 후 그는 서양요리에 아시아 조리법을 가미한 퓨전요리를 선보였고 큰 성공을 거두었다.

그의 요리책 『퓨전』은 그가 전 세계를 여행하면서 매료되었던 식재료들을 모아 그 역사와 특징을 탐구한 책이다. 책에는 식재료에 대한 풍부한 해설뿐 아니라 이를 활용한 다양한 퓨전 요리가 가득하다. 여행을 통해 새로운 문화를 받아들이는 것, 그리고 그것을 자기식으로 해석해내는 것이 내가 피터 고든이라는 셰프에게 관심을 가지게 된 이유였다.

점심시간, 나는 자주 드나들던 일층 샌드위치 가게 대신 이층의 프로비도레로 향했다. 내가 주문한 락사는 동남아시아의 대표적인 국수 요리이자 피터 고든이 퓨전으로 재탄생시키기 위해 가장 오랫동안 연구한 메뉴다. 구운 코코넛, 아삼, 어묵, 일본식 소바, 메추리알, 바삭하게 구운 샬럿, 고수 등이 들어간 프로비도레의 락사는 페낭이나 싱가포르에서 먹었던 락사와 전혀 달랐다. 어울리지 않는 조합이라고 여겨질 식재료들로 그는 무척 조화로운 음식을 만들어냈다.

또하나의 특징적인 메뉴는 요구르트와 고추 버터가 가미된 터키 스타일의 수란이었다. 이 메뉴는 그가 이스탄불에서 일한 경험을 살려 만들어낸 요리로, 완벽하게 조리된 두 개의 수란이 휘핑 요구르트, 고추 버터와 함께 나온다. 부드럽고 크리미한 그리스 요구르트와 매콤하고 톡 쏘는 고추의 상반된 두 가지 맛이 혀 안에서 부드럽게 얽히며 멋진 조화를 이루어낸다.

혹자는 말한다. '현대적인 요리는 모두 퓨전이다.' 맞는 말이다. 현대의 모든 요리는 국경을 넘어 뒤섞이고 서로를 모방하거나 반영하는 과정을 거쳐왔으니까. 하지만 퓨전의 가장 특징적인 요소는 무엇보다 정해진 틀을 깨는 데 있다. 타이의 식재료로 이탈리아 파스타 만들기, 프랑스 요리에 한국적인 소스를 가미하기 등 식재료와 조리법을 종전의 것과 전혀 다른 방식으로 매치하면서 익숙한 조합을 거부하는 것이다.

얼핏 생각하면 퓨전 요리만큼 쉬운 게 없을 것 같다. 김치찌개에 토마토케첩과 치즈와 소시지를 잔뜩 넣고 "이건 퓨전이야"라고 말할 수도 있으니까. 그러나 익숙한 조합을 깨뜨린다는 것은 그만큼 외면당하기도 쉽다는 뜻이다. 동서양을 넘나드는 방대한 식재료의 특성을 이해하고 그것을 조화롭게 요리할 수 있는 것이 퓨전이지, 마구잡이로 뒤섞어놓는 것이 퓨전은 아니다. 자칫하면 "하나만 똑바로 하라구!"라는 비난을 듣기 십상이다.

퓨전 요리에 대한 피터 고든의 신념은 분명하다.

"음식은 항상 바뀌는 것이다. 음식사에서도 항상 그래왔다. 정치적인 국경을 통해 음식을 구분하는 것은 그릇된 일이다."

다채로운 음식문화가 공존하고 있는, 먹거리에 있어 진정한 올림픽 레이스가 펼쳐지는 런던에서 그의 말은 더 큰 울림으로 다가온다.

실제로 런던에 모여 있는 다양한 나라의 음식들은 거듭되는 이종교
배로 진화해왔고, 이런 분위기 속에서 런더너들은 요리에 관해 철저
한 코즈모폴리턴, 지독한 잡식성이 되었다. 내가 런던에 매혹된 것도
바로 이 '문화적 믹스 앤 매치'였다.

La Belle Epoque,
아름다운 시절

졸업반 학생들에게 자신의 실력을 유감없이 발휘할 절호의 기회가 왔다. 고급반의 최종 테스트 중 하나인 '스튜던트 이벤트'가 임박한 것이다. 초급반이나 중급반과 달리 고급반의 마지막 시험은 필기와 실기고사 말고도 또하나의 관문이 포함되는데 그것이 바로 스튜던트 이벤트다.

간단한 이름에 비해 스튜던트 이벤트의 내용은 그리 단순하지 않다. 학생들 스스로가 각 파트를 맡아 하루 동안 실제 레스토랑을 여는데 오만 원 상당의 티켓도 판매한다. 가격 대비 훌륭한 요리가 나오는 르 코르동 블뢰의 행사이니만큼 학생들의 가족과 친구, 졸업생은 물론 일반인들에게도 인기 만점이다.

조리의 전 과정은 물론이고 레스토랑 콘셉트 결정, 메뉴 선정, 그

롯 고르기, 테이블 꾸미기, 서빙과 티켓 판매, 홍보까지 학생들이 각자 역할을 분담한다. 학생들에게는 졸업 후 전장에서 벌어지는 상황을 체험해보는 일종의 모의전투이고, 손님들에게는 단 하루의 만찬이다.

행사 2주 전 정규수업이 끝난 저녁, 졸업반 학생 전원이 모였다. 하루종일 있었던 수업으로 다들 녹초인데다 저녁식사도 제대로 못한 채 회의가 시작되었다. 어떤 콘셉트의 레스토랑을 열지, 어떤 메뉴를 정할지 토론으로 결정해야 했다. 한 차례 이벤트라고 생각하면 대충 정하고 넘어갈 수도 있겠지만 학교생활의 마지막 피날레인지라 마음은 그게 아니었다. 토론에 불이 붙으면서 한 시간 예정이었던 회의는 세 시간 가까이 지속되었다.

"폴 보퀴즈^{Paul Bocuse}의 대표적인 레시피를 재연해보면 어때?"

"아냐, 누벨 퀴진도 이제 지루해."

"재패니즈 퀴진의 미니멀리즘을 시도해볼까?"

"그건 오버야. 여기는 프랑스 요리학교지 스시 아카데미가 아니잖아."

"엉뚱하게 들릴지 모르지만, 독일의 옥토버 페스티벌 콘셉트를 가져오자."

"정말 엉뚱하네. 그건 너무 웃겨."

"콘셉트도 콘셉트지만 나는 메뉴에 푸아그라를 넣었으면 좋겠어."

"일단 콘셉트부터 정하고 메뉴를 정하자구."

서양친구들은 논쟁에 능하고 자기주장에 거침없다. 한국에서 촬영하다 보면 말 잘하는 셰프 찾기가 갈치살에서 잔가시 골라내는 것만큼 어려운데, 유럽에서는 학생들조차도 자기 요리에 대한 철학이 뚜렷하고 표현이 유창했다.

나는 좋은 요리사의 중요한 요건 중 하나가 '말하기'라고 생각한다. 셰프의 언어능력은 자신의 요리를 타인에게 설명한다는 뜻을 넘어서, 레스토랑의 격을 좌지우지하기도 한다. 예를 들어 셰프가 식탁에 멋지게 나타나 "전남 신안에서 막 잡아온 신선한 병어로 만든 이 요리는 이러저러한 화이트와인에 곁들여 드시면 기막힌 풍미를 느낄 수 있는데 이 화이트와인으로 말씀드릴 것 같으면……" 하고 설명하는 순간, 손님은 그 요리에 대해 호감을 가지게 된다. 요리에 담긴 스토리를 들려주는 셰프의 달변은 식탁을 더 풍성하게 만든다.

밤 열시가 넘었지만 친구들은 지친 기색도 없이 열띤 토론을 펼치고 자신의 주장을 관철시키기 위해 노력하고 있었다. 수업에서는 이미 정해준 메뉴를 요리했다면 이제는 처음부터 끝까지 우리만의 힘으로 해야 했다. 그것은 요리학교를 졸업하고 십 년이 지나도 잊히지 않을, 멋진 경험일 터였다.

학생들만이 아니라 담당선생님도 적극적이었다. 행사에서는 한 분이 총주방장을 맡게 되는데, 마침 우리 행사의 총주방장은 그해에 처음 들어온 캐나다인 선생님이었다. 프랑스 선생님 일색인 르 코르동 블뢰에서 두각을 나타내야 하니, 그에게도 스튜던트 이벤트는 중요한 기회일 것이다. 게다가 이 전해의 총주방장이었던 프랑스인 셰프가 행사를 성공적으로 이끌었기 때문에 더 부담스러운 상황이었다.

심야의 격론 끝에 정해진 레스토랑의 콘셉트는 '라 벨 에포크^{La Belle Epoque}' 즉 아름다운 시절이었다. 라 벨 에포크는 19세기 말부터 일차세계대전 전까지 유럽 사회의 황금기를 일컫는 말이다. 전쟁은 일어나지 않았고 경제적으로는 풍요로웠던, 유럽 역사상 최고의 황금기였다. 이 시기에 인상파가 등장했고 영화가 탄생했으며 밤거리는 캉캉춤의 리듬에 흥청댔다. 아, 환희에 가득 찬 인생이여.

이 평화롭고 여유로운 시기에 근대 프랑스 요리는 기틀을 잡게 되는데 그것이 이른바 '라 벨 에포크'풍의 요리다. 맛은 풍부하면서 섬세했고, 꾸밈새도 화려하고 예술적으로 완벽했다. 누구도 성인병과 콜레스테롤과 똥배를 걱정하지 않았기에 버터와 크림과 먹음직스러운 고깃덩어리가 커다란 식탁에 넘쳤다. 근대 프랑스 요리의 왕으로 불리는 에스코피에^{Auguste Escoffier}도 이 시대를 풍미했던 전설적인 셰프

카나페

였다.

콘셉트에 이어 주방에서의 역할도 정해졌다. 평소 수업시간에는 자기 요리를 하나부터 열까지 혼자 조리했다면, 행사에서는 레스토랑 주방처럼 철저한 분업이 이뤄져야 했다. 아뮈즈부슈 **amuse-bouche**(애피타이저를 먹기 전에 입맛을 돋우는 음식)를 맡은 카나페 팀, 차고 더운 전채요리인 앙트레(서양 코스 요리에서 생선요리와 로스트 사이에 나오는 요리)팀, 고기요리를 담당할 메인 팀, 후식과 빵을 만드는 디저트 팀, 와인을 선정하고 서빙할 소믈리에와 전체 경영 및 홍보를 맡는 매니지먼트 팀까지 자기가 원하는 부서로 인원배정이 이루어졌다.

나는 메인 팀에 지원했다. 팀의 다크호스로 떠오르겠다는 포부를 다지고 있는 중에 뜬금없이 샘이 한마디를 던졌다. "중요한 행사니까 리가 준비과정부터 전부 촬영하는 건 어떨까요? 이벤트 마지막에 손님들에게 상영하면 멋지잖아요!" 아니, 스테이크 굽기도 바쁜데 그걸 언제 찍고 있나 싶어서 나는 손을 내저었다. "아, 난 비싼 프로듀서

303

앙트레

라 안 돼." 하지만 이미 샘의 말에 홀딱 넘어간 선생님과 학생들은 내 '몸값' 따위는 안중에도 없는 듯했다. "그래, 식사가 끝나고 우리가 일하는 모습이 영상으로 나오면 손님들이 얼마나 감동하겠어? 진짜 멋지겠다." 결국 나는 칼과 카메라를 동시에 걸머쥐게 되었다.

메뉴는 조별토론으로 정했다. 푸아그라, 랍스터 등등 맛있지만 비싼 음식들의 이름이 메뉴에 올랐다. 그쯤에서 다시 한번 선생님이 나섰다.

"그 재료들의 원가가 얼만지 아냐?"

프로페셔널과 아마추어의 차이를 간단하게 말하자면, 이윤을 생각하느냐 생각하지 않느냐의 차이일 수 있다. 셰프 개인의 입장에서는 맛있고 호화로운 음식을 손님들에게 대접하고 싶겠지만, 레스토랑은 비즈니스이고 경영의 문제다. 그 토론은 우리에게 오너 셰프가 되었을 때 고민해야 할 문제에 대해 질문을 던져보는 시간이기도 했다.

메인

또한 토론과정은 숨어 있던 보석들이 빛을 발하는 시간이기도 했다. 같이 어울려 수업받을 때는 잘 몰랐는데, 막상 실전상황에 던져지니 자연스럽게 리더가 생겼다. 똑같은 초등학교 육학년 교실에서도 한글이 버거운 아이가 있는 반면, 천자문에 영어까지 능수능란한 아이도 있는 법. 내가 지원한 메인 요리팀의 경우는 포르투갈에서 온 터프가이 휴고가 군계일학이었다. 프랑스 요리에 대한 해박한 지식과 건장한 풍채에 낮고 허스키한 목소리까지, 우리는 그의 강렬한 돼지족발 대세론에 순식간에 넘어가지 않을 수 없었다. 이날 휴고가 어찌나 우러러 보이던지! 나한테 이 정도였으니 여학생들 눈에는 어찌 보였겠나(휴고는 결국 런던의 미슐랭 투스타 레스토랑에 취업했고 브라질에서 온 동급생 마리아나와 결혼했다. 그래, 내 그럴 줄 알았지).

이렇게 해서 결정된 학생행사의 메뉴는 다음과 같았다. 아뮈즈부슈로는 신선한 해물과 올리브를 이용한 다섯 가지 카나페, 전채요리

디저트

는 푸아그라, 메인 요리는 부르고뉴풍의 돼지족발, 디저트는 다크카카오 맛의 초콜릿 퐁당.

학생행사를 준비하는 동안 나는 우리의 모습이 신기하기도 하고 뿌듯하기도 했다. 친구들을 바라보는 내 심정은, 좀 뜬금없지만, 자식의 졸업식을 지켜보는 학부모의 마음 같았다. '우리 애들 참 많이 컸네.' 그런 기분이었다. 갈팡질팡했던 햇병아리 초급반, 슬럼프와 싸워가며 이를 악물었던 중급반, 아는 만큼 두려운 것도 많았던 고급반…… 친구들의 얼굴 위로 힘들고 아름다웠던 그 모든 시간이 스쳐갔다. 행사 전날까지, 늦은 밤에도 르 코르동 블뢰 교실의 불은 꺼지지 않았다(거기다 나는 학교에서 찍은 영상을 밤새도록 편집해야 했다!).

드디어 행사 당일! 오전수업이 끝나자마자 레스토랑 오픈을 준비했다. 주방에는 전날 하루종일 다듬어둔 식재료들이 준비되어 있었다. 몇몇 아이들은 집에서 가져온 인테리어 소품으로 실내를 보기 좋게 꾸몄고, 서빙을 맡은 학생들은 검은색 셔츠를 갖춰 입었다. 그리고 오후 여섯시, 드디어 서비스가 시작되었다. 이제 우리는 평가를 위해서가 아니라 손님을 위해서 한 접시의 음식을 만들어야 했다.

어떤 메뉴를 주문받을지 모르는 레스토랑 주방에 비해 이미 정해놓은 메뉴만 만들면 되기 때문에 변수가 적었음에도 주방은 전쟁터였다. 나는 미친 듯이 고기를 굽고 있는데 페드로랑 니콜라스는 뭔가 손발이 맞지 않는지 고함을 지르고 싸우질 않나, 그러잖아도 초조한데 서빙을 맡은 애들은 계속 압박을 가해오질 않나. 하지만 정신없는 와중에도 마음이 벅차올랐다. 요리가 협업의 결과이자 아름다운 군무라는 것을, 그 주방에서 나는 확연히 느꼈다. 혼자 조몰락대며 만든 요리와, 여러 사람이 힘과 지혜를 모아 완성한 요리는 전혀 달랐다. 우리처럼 손님들도 접시 하나하나에 감탄했다. 내년에도 20파운드짜리 디너 티켓을 망설이지 않고 살 것이 분명했다.

서비스가 끝나갈 무렵 이벤트의 대미를 장식할 비디오를 틀 준비를 했다. 그런데 프로젝터에 무슨 문제가 있는지 영상이 제대로 나오지 않았다. 결국 음식을 마무리하다 말고 런던 시내 한복판에 있는 셀프리지 백화점 근처까지 뛰어가서 장비를 사와야 했다. 그리고 저녁 아홉시, 세 시간의 서비스가 끝나자 마거릿 대처 교장이 단상에 올랐다.

"정말 놀랍군요. 한 치의 문제도 없는 성공적인 행사였습니다. 오늘 우리 학생들은 런던의 어떤 훌륭한 레스토랑과 비교해도 뒤지지 않는 요리를 선보였습니다."

교장의 말이 끝나자 이벤트의 제목처럼 우리의 '아름다운 시절'이 담긴 영상이 흘러나왔다. 사회를 맡은 샘이 큰 소리로 말했다.

"오늘의 주인공을 소개합니다!"

우리는 한 사람씩 셰프 재킷과 앞치마 차림으로 홀로 입장했다. 테이블에서 우레와 같은 박수가 터져 나왔다. 박수 소리는 아주 오랫동안 이어졌다. 한 사람의 셰프가 탄생하는 순간이었다.

졸업
시험

퀴진 과정 졸업반 마지막 수업이 있는 날이었다. 교실 창밖에는 싸라기눈이 내리고, 스톡(육수) 냄비에서는 향긋한 김이 모락모락 올라오고 있었다. 오전 여덟시 시연수업, 선생님과 학생들 모두 약간 상기된 표정이었다. 재료를 다듬고 맛을 보는 셰프의 움직임은 어느 때보다 진지했다. 내일이면 전선으로 떠날 훈련병들을 대하는 조교의 심정이었을까, 마지막까지 하나라도 더 가르쳐주려는 스승의 마음이 전해졌다.

수업이 끝날 때쯤 셰프가 학생 한 사람 한 사람의 이름을 부르며 눈인사를 나누었다. 가슴이 뭉클했다. 주방에서 함께 땀흘리며 정들었던 친구들과 헤어진다는 아쉬움, 아직 배워야 할 것이 많은데 벌써 학교를 떠나야 한다는 두려움, 그리고 고생스러웠던 긴 여정이 끝나간다는 안도감이 교차했다.

그날 밤 나는 잠을 이루지 못했다. 이리저리 뒤척이다 다락방에 올라가 오랫동안 손대지 않던 담배를 피워물었다. 멀리서 짐승의 울음소리가 들려왔다. 햄프턴코트 숲의 여우였다. 처음 이 나라에 왔을 때 한없이 두렵고 낯설었던 것들이 이젠 편안하고 익숙한 것들로 바뀌어 있었다.

요리학교 생활도 그랬다. 처음은 고꾸라졌다 일어나기의 연속이었다. 양파 하나 제대로 썰 줄 몰랐던 방송국 프로듀서가 세계 최고 요리학교 정규과정에 덜컥 뛰어들었으니 오죽했을까. 좌충우돌 구르면서 나는 요리의 노하우를 하나씩 알아나갔고 혀끝과 손끝으로 음식 맛을 익혔다. 음식 프로그램을 제대로 제작하기 위해서는 프로듀서도 셰프의 세계를 알아야 한다는 일념으로 시작한 나의 치기 어린 모험은 어느덧 결승점을 코앞에 두고 있었다.

다음날 졸업시험, 나는 여행가방을 끌고 햄프턴코트 역으로 갔다. 가방 속에는 시험 때 쓸 나이프를 비롯한 주방도구가 들어 있었다. 전날, 시험요령과 규칙에 관해 설명하는 중에 손에 익은 개인도구를 가져와도 된다는 허락을 받았기 때문이다.

등하굣길에 몇백 번은 보았을 런던 풍경이 낯설었다. 평소에도 기차를 타고 다니는 통학길이 여행처럼 느껴졌는데, 여행가방까지 들고 있으니 더더욱 어딘가로 떠나는 기분이었다. 얼마 후면 그렇게 될 것이다. 그리고 그 길의 끝에서 나는 또다른 여행을 떠날 것이다. 레

시피를 외워야 하는데 마지막 등굣길이어서인지 나는 자꾸 감상적이
되었다.

졸업시험은 초·중급반 기말시험과 달리 코스메뉴 4인분을 다섯
시간 만에 완성해야 했다. 제발 생선 대신 고기가 걸리기를 바라며,
시험감독관이 내민 제비뽑기 상자의 가장 깊숙한 곳에 있던 쪽지 하
나를 집었다. 종이에 적힌 메뉴는 감자 무슬린(버터와 생크림, 너트메그
를 넣은 으깬 감자요리)과 시금치를 곁들인 화이트와인 소스의 농어요
리, 사과타르트 디저트였다. 이런, 제기랄, 생선이잖아.

고기는 아주 잘하기도 어렵지만 형편없이 망하기도 어렵기에 한결
만만한 상대였다. 하지만 생선은 그런 회색지대가 없었다. 속이 안 익
으면 비린내가 나서 먹을 수 없었고, 너무 익으면 살점이 설거지용 스
펀지같이 퍽퍽해져 먹을 수 없었다. 그래서 심사위원들이 일초의 망
설임도 없이 채점표에 '식용불능'이라는 낙제점을 줄 가능성이 농후
했다.

게다가 막판에 내 운발이 다했는지, 어젯밤 울부짖던 영국 여우의
저주가 작용했는지, 시험감독이 프랭크 선생님이었다. 매부리코에 깡
패 같은 인상을 가진(프랭크 선생님, 죄송합니다) 프랭크는 자타가 공인
하는 요리 실력을 가졌지만 항상 나를 못 잡아먹어 안달이었다. 내
얼굴만 보면 "앞치마가 지저분하잖아" "안전화는 어쨌어?" "모자는
왜 안 썼지?" "정리정돈을 잘하라니까" 하며 잔소리를 해댔다. 내가
좋아하는 감독관이면 심리적으로 안정이 될 텐데, 재수 없게(다시 한
번 죄송합니다) 왜 프랭크야! 아니나 다를까 시험장에 들어서는데 나

를 보는 프랭크의 눈빛이 따뜻하지 않았다.

마침내 다섯 시간에 걸친 최후의 혈투. 주변의 어떤 소리도 귀에 들어오지 않았고 주변의 어떤 것도 눈에 들어오지 않았다. 시공간에 실존하는 것은 요리하는 나와 감자 그리고 농어, 시금치와 밀가루반죽뿐. 그것은 마치 드라마 〈밴드 오브 브라더스〉의 격렬한 전투장면처럼 갑자기 배우들의 움직임이 느려지고 오디오가 정지되는 초절정의 순간과 같았다.

코스마다 데드라인이 정해져 있어서 요리 하나가 끝날 때마다 웨이터가 다가와 접시를 들고 갔다. 접시는 다른 방에 있는 심사위원들에게 전달되는데, 심사위원이 어떤 선생님인지 학생들은 알 수 없었다. 현장의 시험감독이 체크하는 것은 '위생'이었다.

마감시간보다 무려 오 분을 넘기고 나서야 마침내 내 코스요리의 마지막 접시가 완성되었다. 시간초과에는 가차 없는 감점이 가해지기 때문에 더 불안했다. 이제 내가 할 수 있는 것은 펍에 가서 친구들과 시커먼 기네스를 들이켜는 일밖에 없었다. 화려한 크리스마스 장식과 불빛이 밝히고 있는 밤거리에서, 우리는 늦게까지 이별주를 마셨다.

이틀 뒤, 시험결과를 듣기 위해 아침 일찍 학교에 나갔다. 면접실로 들어서니 앉아 있던 선생님이 서류철에서 채점표를 꺼냈다. 가슴이 반죽기 모터같이 요동쳤다. 채점표를 한참 들여다보던 셰프가 싱긋 웃었다.

"아슬아슬했네, 미스터 리. 합격입니다. 축하해요, 셰프!"

점수를 보니 정말 턱걸이였다. 나름대로 정리정돈에도 신경 썼건만 위생점수는 거의 빵점이었다(프랭크, 마지막까지 나를 엿 먹이는군요). 면접실을 나오자 먼저 나와 있던 친구들이 "와" 하는 함성과 함께 나를 축하해주었다. 그리고 며칠 후 졸업식, 나는 비로소 영광의 슈피리어 메달을 목에 걸었다. 아, 그리고 천만다행, 요리학교 졸업장에는 성적이 찍혀 나오지 않았다.

방송국 복귀 첫날. 이 년 만에 돌아온 자리, 창밖으로 보이는 여의 315
도의 풍경은 그대론데 동료들의 모습은 조금씩 변한 것 같았다. 다
들 배가 조금씩 더 나왔고(그동안 버터를 매일 먹었던 나만큼은 아니었으
나), 옷 입은 폼이 좀더 아저씨 같아졌으며, 앞머리도 약간 벗어져 보
였다. 하지만 동기들은 조직의 관리자로 단단한 입지를 구축한 듯 보
였고 후배들도 중견 프로듀서로서 관록이 제대로 붙은 모습이었다.
40대의 나이, 방송국에서의 2년 공백은 피디로서 많은 것을 놓치고
잃을 수 있는 타이밍이었다. 그러나 후회는 없었다. 인생이라는 요리
에는 모두가 따라야 할 정해진 레시피란 없으며, 오직 자기가 만들어
가는 자신만의 레시피가 있을 뿐이라는 것을 알았기 때문이다.

오랜만에 다큐멘터리국 한구석 내 책상에 앉아 노트북을 켰다. 앞

으로 만들고 싶은 프로그램을 써보았다. 나도 모르게 타자를 치는 손이 빨라졌다. 이 년 동안 잠재워두었던 프로듀서로서의 욕망이 모니터 속 백지를 새까맣게 채워나가고 있었다. 하지만 가장 먼저 할 일은 이미 정해져 있었다. 한국으로 돌아올 때 내 가방을 가득 채운 외장하드들, '르 코르동 블뢰'에서의 모든 기억이 그 안에 담겨 있었다.

르 코르동 블뢰의 생활을 담은 〈셰프의 탄생―500일의 레시피〉의 촬영원본들을 하나 하나 열어보기 시작했다. 지각을 모면하기 위해 런던 거리를 헐레벌떡 뛰는 나, 요리학교 실습실에서 친구들과 어깨를 부딪혀가며 음식을 만드는 나, 학교가 파한 뒤 친구들과 펍에서 술잔을 기울이는 나……기분이 묘했다. 벌거벗은 내 몸을 보는 느낌이었다.

모든 장면에서 그때의 감정이 되살아났다. 특히 가자미 요리를 만드는 장면에선 그 순간의 타들어가던 심정이 고스란히 느껴져 괴롭기까지 했다. 제한 시간은 일분일초 다가오고, 요리는 완성되지 않고, 등 뒤에선 셰프의 따가운 눈총이 느껴지고…… 급기야 고함을 지르며 화를 내는 셰프 앞에서 나는 쩔쩔매며 접시에 음식을 담고 있었다. 시뻘겋게 달아오른 얼굴빛과 긴장감으로 바들바들 떨리는 손까지 카메라에 잡혀 아주 리얼했다. 방송국에서 〈셰프의 탄생〉을 편집하고 있는 현재의 나와, 모니터 속 르 코르동 블뢰 교실에 앉아 있는 예전의 나는, 같은 사람이면서 같은 사람이 아니었다.

방송국 피디가 요리유학을 다녀왔다고 하자 이런 질문을 던지는 사람이 많았다. "피디가 요리학교 나와서 뭐하시려고요? 기술 배워서 나중에 레스토랑 하실 건가요?" 그건 아니었다. 그렇다면 나는 르 코르동 블뢰에서 무얼 배웠던 걸까? 그 배움의 시간은 내 안에 어떤 씨앗을 남긴 거지? 그것은 프랑스 요리의 현란한 레시피나 테크닉이 아니었다. 내가 배운 것은 한 접시의 요리를 앞에 놓고 질문을 던지고 생각해보는 법이었고, 음식을 만드는 일과 요리하는 사람에 대한 애정과 존경이었다. 또한 그것은 타인의 요리, 다른 문화의 음식에 감탄하는 법을 익히는 것이었고, 좋은 음식과 그것을 우리에게 준 자연에 감사하는 법이었다. 아직도 나의 나이프 스킬은 정확하지 못하고 주방에서의 동작은 굼뜨지만, 그런 깨달음을 얻었다는 것만으로도 뿌듯하고 자랑스럽다.

이젠 식당에 가면 주방이 먼저 보인다. 문틈 사이로 분주히 움직이는 요리사들을 보며 동지애를 느낀다. 어떤 요리사의 표정이 굳어 있거나 어깨가 축 처져 있는 모습을 보면 무슨 일일까, 손님으로 상관할 일도 아니면서, 괜히 걱정이 되고 마음이 아프다. 음식을 먹어도 요리의 단점 보다는 장점을 보게 되었고 만든 사람이 처했을 어려움과 정성을 찾아보려고 노력하게 되었다. 주방 동료들의 따뜻한 격려와 배려가 없었다면, 양파 하나 제대로 썰지 못하던 내가 세계 최고의 요리학교, 르 코르동 블뢰에서 살아남지 못했을 것이다. 최고의 한 접시를 꿈꾸며 오늘도 뜨거운 주방을 뛰어다니고 있을 요리사 친구들아, 우리들 인생의 메인 요리는 지금부터가 시작이다. 나도 전 세계 시청자를 행복하게 해줄 최고의 음식 프로그램을 만들어볼게!

르 코르동 블뢰 친구들의 근황을 궁금해할 독자들에게 소식을 전한다. 벨기에 갑부 아가씨 헬레나는 사진작가 애인과 스위스에서 결혼했다. 나한테 결혼식 때 와서 비디오 좀 찍으라고 했는데 바빠서 못 갔다. 쫓겨난 두 명의 예비 셰프 중 토미는 요리사의 길을 포기하고 전자제품 사업을 시작했다. 얼마 전에 크로아티아 바닷가에 있는 아버지의 콘도로 놀러오라고 페이스북으로 연락을 해왔다. 브라질 터프가이 호세는 르 코르동 블뢰에서 쫓겨난 뒤 다른 요리학교에서 과정을 마쳤고 런던의 스페인 레스토랑에서 일하다 작년 말에 브라질로 돌아갔다. 아틸라는 옥스퍼드 인근의 레스토랑에서 일하는데 얼마 전 수세프로 승진했고 첫아이를 얻었다. 런던의 코프만 레스토랑에서 일하던 페드로는 이제는 배울 만큼 배웠다며 새로운 레스토랑을 찾아 이탈리아로 떠났다. 페드로의 '레시피 훔치기' 순례 여행은 앞으로 5, 6년은 계속될 것이다.

르 코르동 블뢰 친구들이 레스토랑 주방을 박박 기고 있는 동안 나는 또다른 음식 프로그램을 준비하고 있다. 프로그램의 제목은 거창하게 〈요리인류〉. 〈누들로드〉가 국수를 통해 본 문명사였다면 〈요리인류〉에는 빵, 바비큐, 향신료, 밥, 채소, 두부에 이르는 다양한 음식들이 주인공이다. 〈요리인류〉는 시리즈마다 주제가 있지만 테마는 하나다. 인간은 요리를 통해서 비로소 인간이 되었다는! 욕심일지 모르겠으나 고은 시인의 『만인보』와 같은, 인류 식문화의 만다라 같은 다큐멘터리 시리즈를 내 평생을 거쳐 만들어보고 싶다. 하긴, 음식만큼 인류 문화의 창의성과 다양함을 보여주는 것이 또 있을까?

나의 르 코르동 블뢰 시절의 이야기를 담은 다큐멘터리 〈셰프의 탄생〉 이야기도 빠뜨릴 수 없다. 해외에 있는 르 코르동 블뢰 동기들을 위해 유투브에 프로그램 몇 토막을 올렸다. 며칠 후, 페이스북에 올라온 친구들의 열렬한 반응이라니. '정말 감동적이다' '눈물 났다' '그때로 돌아가고 싶다' '그립다' '모두 사랑한다'. 감동의 댓글들이 쏟아졌다. 놀랍게도 나를 두고두고 괴롭혔던 프랭크 선생님도 한줄 남기셨다. '셰프 리, 최고의 다큐멘터리였소. 그런데 후속은 없남?'

■ 앙드레 J. 쿠앵트로_ 르 코르동 블뢰 회장

Q: 르 코르동 블뢰는 전 세계에서 가장 오래된 요리학교다. 간략히 소개한다면.

A: 르 코르동 블뢰는 1895년 파리에서 문을 연 세계에서 가장 오래된 요리학교다. 우리 학교는 일찌감치 국제적인 전문요리학교로 성장해왔다. 1897년에는 최초의 러시아인이, 1905년에는 최초의 일본인이 우리 학교에 입학한 바 있다. 1933년에는 런던에, 1942년에는 뉴욕에 분교를 설립하기도 했다. 우리는 전 세계 20개국에 44개의 분교를 두고 있다. 그리고 내년 1월에는 말레이시아에, 9월에는 뉴질랜드에도 분교가 개설될 예정이다.

Q: 르 코르동 블뢰의 명성은 어떻게 만들어졌는가.

A: 훌륭한 학생을 훈련시켜 그가 업계에서 활약한다면 결국은 훌륭한 명성을 얻게 된다고 생각한다. 우리가 학생들을 가르치고 훈련하는 이유가 바로 거기에 있다. 구직이 아니라 이곳에서 배운 실력을 바탕으로 전문경력을 쌓는 것이 목표가 되어야 한다. 학생들의 지속적인 성공이 르 코르동 블뢰의 명성을 견고하게 하는 셈이다.

Q: 요리는 주방에서 도제식으로 배우는 것이라는 통념을 깬 것이 르 코르동 블뢰다. 중요하게 생각하는 것은 무엇인가.

A: 학생들을 가르칠 때 교육과 훈련의 의미를 구분하는 일이다. 구직을 위해 몇 가지 기본요소들만 가르치는 것은 단순한 훈련이다. 우리가 하고자 하는 교육은 학생들이 자신의 창의력을 충분히 발휘해 경력을 쌓을 수 있도록 기본적인 '모든 것'들을 가르치는 일이다. 이전까지 요리사들은 도제방식으로 가르치고 배워왔다. 몇몇 열의를 가진 이들은 수년 동안 여기저기 옮겨 다니며 기술과 레시피를 습득하기도 했다. 하지만 우리는 그보다 나은 교육방식이 존재한다고 생각한다. 그 결과가 우리의 교육프로그램이다.

Q: 르 코르동 블뢰에서 가르치고자 하는 기술은 무엇인가.

A: 교육자로서 우리는 학생들에게 완전학습을 시키고자 한다. '요리기술을 학생들에게 완벽하게 가르칠 수 있을까.' 우리가 큰 성공을 거둔 이유는 처음부터 그런 인식을 갖고 있었기 때문이다. 10년, 15년 후에 성공할 수 있도록 학생들에게 필요한 모든 기술과 역량을 가르치는 것은 우리의 과제였다. 오늘날 퓨전 요리들이 성행하지만 우리는 학생들에게 가장 기본적인 것부터 성실히 배우라고 강조한다. 유행하는 얄팍한 요리기술을 배우려고 이곳에 온 것이 아니기 때문이다. 우리가 가르치려는 것은 요리에 관한 '모든' 기술이다. 세계 각국에서 온 학생들이 일단 르 코르동 블뢰에서 제대로 배운 후에 자신의 나라로 돌아가 어떤 퓨전 요리든 시도해도 무방하다. 어떤 풍미든 어떤 식재료든 맘껏 활용할 수 있어야 한다. 자신의 필요에 따라 식재료들을 혼합할 수 있는 능력을 갖춰나가는 것이 셰프의 길이다. 르 코르동 블뢰에서는 모든 요리기술을 가르치지만 특정 요리의 레시피는 가르치지 않는다. 그런 것은 중요하지 않다. 레시피란 단지 학생들이 요리를 공부하는 과정에서 배워야 하는 부분일 뿐이다. 우리는 특정 셰프의 요리방식을 가르치는 것이 아니다. 프랑스식을 사용하되 각 지역에 맞는 적절한 요리를 만들 수 있도록 가르친다.

Q: 다양한 외국 학생들과 함께 배우는 이점은 무엇인가.

A: 우리 르 코르동 블뢰는 요리사 훈련교육의 유네스코라 칭할 수 있을 것이다. 이곳 런던분교의 경우 지난 학기에 세계 50개국의 학생들이 수강했다. 다양한 국적의 학생들이 모인 것은 서로 다른 나라의 요리법을 공유하는 것 이상의 의미다. 공통의 열정을 공유하는 것이다. 열정이 넘치는 이들은 이곳에서 자신의 가치를 나누는 것을 배운다.

Q: 르 코르동 블뢰의 학생선발 기준은?

A: 르 코르동 블뢰 입학자격에 요리기술이 필요하다고 생각하는 사람들이 많은 것 같다. 그러나 실제는 그 반대다. 우리는 확실한 목표의식을 가진 학생들을 더 선호한다. 이 때문에 르 코르동 블뢰에서 공부하고 싶어하는 의지가 담긴 편지(신청서)

가 가장 중요하다. 요리는 육체적으로 힘겨울뿐더러 많은 시간을 투자해야 하는 일이다. 한가롭게 즐기듯 요리를 할 수 있다고 생각한다면 오산이다. 우리의 교육방식은 매우 비용효율적이다. 런던에서 생활하는 데는 비용이 만만치 않기 때문이다. 따라서 우리는 최상의 노하우를, 최소한의 시간 안에, 매우 압축된 교육프로그램을 통해 제공하고자 한다. 우리는 교육만료일까지 100퍼센트 기술습득을 목표로 하고 있다. 따라서 진지하고 성실한 자세로 시간을 쏟아부을 수 있는 학생을 원한다.

Q: 최고의 셰프가 되자면 반드시 프랑스 요리를 배워야 한다는 인식이 있다. 왜 프랑스 요리가 중요한 건가.

A: 프랑스 요리에는 두 가지 중요한 특징이 있다. 먼저 프랑스 요리의 풍미에 대한 것이다. 프랑스는 유럽의 가운데에 위치해 있어서 최상의 기후조건을 갖고 있다. 이로 인해 최상급 와인이나 식재료들이 풍성하다. 또한 와인, 올리브오일을 비롯해 지역별로 식재료가 달라서 다양한 요리법이 발달했다. 그러나 프랑스 요리가 칭송받는 이유는 그게 전부가 아니다. 프랑스는 셰프를 아티스트로 봤다. 프랑스 귀족들은 가문의 이름으로 된 레시피를 갖고자 했다. 이로 인해 셰프는 귀족가문과 항상 함께했고 셰프를 통해 특별한 손님접대가 가능했다. 또한 셰프는 의회나 외교 및 각종 정치행사 등에도 함께했다. 이처럼 셰프를 존중했기 때문에 요리법은 물론 서비스 방식까지 성문화됐다. 프랑스 요리법은 단순히 프랑스 요리의 풍미만을 칭하는 것이 아니다. 요리의 기법이나 기술, 과학 등 전 세계 요리법의 활용을 의미하는 것이다. 르 코르동 블뢰는 단지 프랑스 요리를 배우는 학교가 아니다. 이곳은 프랑스 요리기법을 바탕으로 각자의 출신지에서 성공적으로 식당을 창업할 수 있도록 돕는 곳이다.

Q: 훌륭한 셰프의 자격요건이라면?

A: 사랑이 중요하다. 위대한 셰프의 손에서 탄생한 음식을 보면 최상의 식재료를 사용해 정성을 다해 조리했음을 알 수 있다. 유명한 셰프들은 모두 따뜻한 마음을 지녔다. 때로는 경제적으로 큰 성공을 거두기도 하지만 셰프의 삶은 매우 힘겨운 것

이다. 장시간 일하는 건 물론 매일 밤까지 이어지는 노동에, 금요일과 토요일에도 가족과 함께할 수 없는 직업이다. 개인적으로 난 셰프라는 직업을 존경한다. 나는 전 세계 44개 분교를 통해 다수의 셰프들을 알고 있다. 그들은 모두 헌신적이고 열정적이며 배려심이 있고 나눌 줄 아는 사람들이다.

Q: 일본의 '츠지조'는 한국인·중국인·일본인 등을 대상으로 온라인교육을 시도하고 있다. 르 코르동 블뢰의 향후 계획은 무엇인가.

A: 현재 우리가 진행하는 교육의 20퍼센트 정도는 온라인교육이라 할 수 있다. 앞으로 이런 추세는 더 확대될 것이다. 요리기술에 있어서 이론부분은 온라인교육으로 충분할 것이다. 평가시스템이나 개인교습 시스템도 마찬가지다. 디지털기술을 통해 다양한 학습이 가능해졌다. 이런 접근법에 우리는 상당한 투자를 하고 있다. 새로운 교육방식에 대해 이야기하자면 셰프는 혁신적인 기술을 모두 섭렵해야 한다. 시대에 따른 신기술 훈련도 필요하다. 이 때문에 런던에 설립된 학교에서는 학생마다 개인용 오븐이나 인덕션(진공포장요리)장비가 주어지고 냉동 및 온도조절 등 모든 최첨단 장비들이 구비되어 있다. 학생들은 앞으로 최첨단 주방에서 일할 것이기 때문이다. 따라서 우리는 항상 교육의 내용과 방식에 초점을 맞추고 열린 자세를 가지려고 한다. 현재 존재하지 않는 5~10년 후의 신기술에 대비하는 것이다.

Q: 한국 정부나 기업들이 한국 음식 알리기에 적극적으로 나서고 있는데 그에 대해 조언을 준다면?

A: 역사적으로 모든 문명은 고유의 음식을 통해 번영을 이뤘다. 한국음식은 한국인만의 것이 아니라 전 세계인을 위한 것이다. 태국 음식이나 인도 음식, 중국 음식 등도 마찬가지다. 난 한국 정부가 이 같은 분야를 적극 지원하고자 하는 사실을 반갑게 생각한다. 실제로 요리는 고용창출과 맞닿아 있다. 전 세계 관광사업의 50퍼센트 이상을 요리기술이 차지하고 있으며 전 세계 직업 중 평균 8퍼센트 정도가 요식업 및 접객업에 포함된다. 이는 상당한 비율이다. 지난 100년 동안 접객 및 요식업 관련 교육분야가 크게 성장한 이유가 여기 있다. 한국 음식은 다양한 맛을 내

는 섬세한 조리법을 가지고 있다. 더구나 한국 음식은 건강식이다. 채소나 밥, 국, 반찬 등은 우리와 매우 가까운 것들이다. 막걸리도 마찬가지다. 한국 음식은 세계인들의 자연스런 입맛과 맞닿아 있다. 음식이란 맛뿐만 아니라 건강에 이로운 요소까지 생각해야 한다. 상대적으로 매우 낮은 한국인들의 발암률은 한국인의 식습관과 무관하지 않을 것이다. 요리법이나 맛은 물론 건강이나 영양 면에서 한국 음식에는 놀라운 점이 많다. 한국 정부가 그 같은 한국 음식을 널리 알리는 데 적극적이라는 사실은 매우 고무적이다.

■ 얀 바오고_ 르 코르동 블뢰 런던분교 수석 셰프

Q: 아시아 학생들은 완전히 다른 음식문화권이다. 유럽 학생들과 아시아 학생들이 프랑스 요리를 배우는 데 차이점이 있나.

A: 르 코르동 블뢰는 세계 각지에서 온 학생들을 가르친다. 때문에 아시아, 유럽, 그 외의 어느 나라에서 왔건 모두에게 같은 방식으로 가르친다. 아시아 학생들은 조용하고 내성적이며 음식을 만드는 데 느린 편이다. 하지만 조리기술이나 숙련도는 높은 수준이다.

Q: 맛의 차이는 어떤가, 예를 들어 내 경우에 일부 프랑스 요리가 짜게 느껴진다.

A: 음식의 간, 즉 향신료의 비율은 개인의 입맛이나 자라온 배경과 연관되어 있다. 당신이 집에서 하는 요리와 내가 집에서 하는 요리는 굉장히 다를 것이다. 또한 당신의 국가에서 일반적으로 사용하는 향신료를 프랑스에서는 사용하지 않는다. 내가 당신에게 두 가지 향신료를 준다면 아마 소금과 후추를 줄 것이다. 소금을 향신료로 분류한다면 말이다. 아시아인들은 향신료를 많이 사용한다. 그것이 그들에게 익숙한 방식이기 때문이다.

Q: 르 코르동 블뢰의 교육단계에 대해서 알려달라.

A: 르 코르동 블뢰의 교육과정은 초급과정·중급과정·고급과정으로 나뉜다. 초급과정인 기초단계에서 우리가 가르치는 것은 과거 50~60년간 이어져온 고전적이고 정통적인 요리법이다. 모든 셰프가 필수적으로 알아야 하는 것은 결국 고전적인 것들이기 때문이다. 하지만 초급과정을 지나 중급과정인 발전단계와 고급과정인 심화단계로 가면 현대적인 기술과 요리법 등을 보강하게 된다.

Q: 기초 단계의 학생들을 가르치면서 가장 중요시하는 것은 무엇인가.

A: 먼저 우리는 학생 개인이 일하는 방식을 체계화하도록 한다. 전문적인 주방은 완전히 새로운 곳이다. 순서에 따라 체계적으로 일을 진행해야 한다. 따라서 실기수업을 시작하기 전에 완성해야 하는 레시피에 대하여 간단히 이야기한다. 먼저 무엇을 하고 두번째로 무엇을 하고, 그 이후에 무엇을 할지. 학생들은 앞으로 무엇을 해야 하는지를 생각하며 요리해야 한다. 요리는 매번 다르지만 모든 요리는 2시간~2시간 반 안에 완성해야 하기 때문이다. 또한 선생은 학생들을 일일이 지도하는 일부터 시작한다. 기본적으로 한 주에 3, 4개의 기술적인 물음들을 던지는데 이것이 실기수업으로 이어지게 한다. 선생은 학생에게 무엇을 해야 하는지, 무엇을 하면 안 되는지 가르쳐주는 것이 아니라 직접 시연으로 보여준다. 그리고 실기수업을 비롯해 학생 각자가 이 과정에서 필요한 스킬을 반드시 숙지하도록 한다. 이것이 르 코르동 블뢰의 기본적인 교육방식이다.

Q: 초급과정의 기말시험은 어떻게 평가하나. 무엇이 중요한가.

A: 시험은 미리 공지된 두 가지 요리 중에 한 가지를 만드는 것으로 평가한다. 요리는 시험 당일에 추첨을 통해 정해진다. 학생들은 이를 '추첨운'이라고 부른다. 재료는 익힌 채로 주어지며 첫 15분은 레시피를 적어 내야 한다. 요리의 각 단계를 얼마나 정확히 숙지하고 있느냐를 평가하는 것이다. 그후에 두 시간이 주어진다. 요리는 각 학생이 5분의 간격을 두고 시작하는데 심사위원이 5분 간격으로 맛을 봐서 그들의 요리를 적절히 평가할 수 있도록 하는 것이다.

Q: 초급과정에서 몇 명이나 낙제하나.

A: 정확하게 얘기하기 힘들다. 낙제하는 학생이 없는 경우도 있고 학생수에 따라서 3, 4명이 낙제하는 경우도 있다. 올해는 67명의 초급반 학생들이 있는데 평소에 잘하던 학생들도 시험 당일에 재료를 태우거나 예상치 못한 사고로 시험을 망치는 경우가 있다. 평균적으로는 50~60명의 학생 중에 1~3명 정도의 학생이 낙제한다.

Q: 세계에는 수천 개의 요리학교가 있다. 그중에서 르 코르동 블뢰가 최고의 자리에 있는 이유는 무엇인가.

A: 르 코르동 블뢰는 1895년 파리에서 시작되었다. 사람들은 테크닉을 배우려고 르 코르동 블뢰에 갔다. 테크닉과 기본을 안다면 어떤 요리든 할 수 있기 때문이다. 또한 르 코르동 블뢰의 교수진 중에는 프랑스 최고 요리사인 MOF도 있다. 우리는 최고의 가르침을 줄 수 있는 인력과 교육방식을 갖추고 있다고 생각한다.

Q: 르 꼬르동 블뢰는 아시아, 미국 등 각국에 분교를 가지고 있는데 런던분교에서 공부하는 이점은 무엇인가.

A: 런던은 유럽에서 가장 큰 도시 중 하나다. 그리고 다양한 나라에서 온 학생들이 모여 있다. 이로 인해 다양한 문화와 다양한 요리를 접할 수 있다. 그것이 런던이라는 도시가 주는 재미다.

쿡 쿡 — 누들로드 PD의 세계 최고 요리학교 르 코르동 블뢰 생존기
ⓒ이욱정 2012

1판 1쇄   2012년 10월 17일
1판 5쇄   2020년   5월 19일

지은이 이욱정 | 펴낸이 염현숙
기획 김소영 형소진 | 글정리 하재영 | 책임편집 김소영 | 편집 조영주 오동규 | 모니터링 이희연
사진 이욱정 최완석 이재영 | 디자인 김선미
마케팅 정민호 박보람 우상욱 안남영 | 홍보 김희숙 김상만 지문희 우상희 김현지
제작 서동관 김애진 김동욱 임현식 | 제작처 한영문화사

펴낸곳 (주)문학동네
출판등록 1993년 10월 22일 제406-2003-000045호
주소 10881 경기도 파주시 회동길 210
전자우편 editor@munhak.com | 대표전화 031) 955-8888 | 팩스 031) 955-8855
문의전화 031) 955-8895(마케팅), 031) 955-2671(편집)
문학동네카페 http://cafe.naver.com/mhdn | 트위터 @munhakdongne
북클럽문학동네 http://bookclubmunhak.com

ISBN 978-89-546-1952-3 03810

* 이 책의 판권은 옮긴이와 문학동네에 있습니다.
  이 책 내용의 전부 또는 일부를 재사용하려면 반드시 양측의 서면 동의를 받아야 합니다.

* 이 도서의 국립중앙도서관 출판예정도서목록(CIP)은 서지정보유통지원시스템
  홈페이지(http://www.seoji.nl.go.kr)와 국가자료종합목록 구축시스템(http://kolis-net.nl.go.kr)에서
  이용하실 수 있습니다. (CIP제어번호: CIP2012004718)

* 잘못된 책은 구입하신 서점에서 교환해드립니다. 기타 교환 문의: 031) 955-2661, 3580

www.munhak.com